No fio da navalha
malandragem na literatura e no samba

Giovanna Dealtry

No fio da navalha
malandragem na literatura e no samba

Todos os direitos desta edição reservados à Malê Editora e
Produtora Cultural Ltda.
Direção: Francisco Jorge & Vagner Amaro

No fio da navalha: malandragem na literatura e no samba
ISBN: 978-65-87746-85-2
Edição: Vagner Amaro
Capa: Dandarra Santana
Diagramação: Maristela Meneghetti
Revisão: Carolina Barcelos

Texto revisado segundo o novo Acordo Ortográfico da Língua Portuguesa.
Proibida a reprodução, no todo, ou em parte, através de quaisquer meios.

Dados Internacionais de Catalogação na Publicação (CIP)
(Câmara Brasileira do Livro, SP, Brasil)

```
Dealtry, Giovanna Ferreira
   No fio da navalha : malandragem na literatura e
no samba / Giovanna Ferreira Dealtry. --
Rio de Janeiro : Malê Edições, 2022.

   Inclui bibliografia
   ISBN 978-65-87746-85-2

   1. Características nacionais brasileiras na
literatura 2. Literatura brasileira - História e
crítica 3. Rio de Janeiro (RJ) - Usos e costumes
4. Samba - História e crítica - Rio de Janeiro (RJ)
I. Título.

22-117752                              CDD-B869.09
```

Índices para catálogo sistemático:

1. Literatura brasileira : História e crítica
   B869.09

Cibele Maria Dias - Bibliotecária - CRB-8/9427

Rua Acre, 83, sala 202, Centro. Rio de Janeiro
www.editoramale.com.br
contato@editoramale.com.br

Ao Paulo Roberto e ao Bento,
de novo,
sempre.

Aos meus pais,
por terem me ensinado a liberdade da leitura.

Nota da autora à segunda edição

Mais de uma década após o lançamento da primeira edição de *No fio da navalha – malandragem na literatura e no samba* tenho o prazer de ver novamente o livro, fruto da minha tese de doutoramento em Letras, pela PUC-Rio, circular pelas ruas físicas e praças acadêmicas. Não eliminei nada que não constasse da edição de 2009, mas aprofundei alguns aspectos – em especial nos capítulos "Macunaíma, filho de Exu" e "Samba e malandragem" – resultado do diálogo com novas leituras e o desdobramento das minhas pesquisas e reflexões nesse período. Outras pequenas modificações dizem respeito à redação.

O principal, para os leitores que têm o livro pela primeira vez em mãos, será perceber como as *estratégias da malandragem* fornecem um caminho de entendimento da literatura e do samba em consonância com a formação da identidade cultural carioca e, por vezes, brasileira. Para os que estão reencontrando *No fio da navalha* talvez chame atenção, como ocorreu comigo durante o processo de revisão, a atualidade da análise frente ao cenário cultural e intelectual contemporâneo.

O enigma e o ebó

Luiz Antonio Simas

"Ô Zé, quando vem lá da lagoa
Toma cuidado com o balanço da canoa"

Na formação da cultura da cidade do Rio de Janeiro – com todas as rasuras, contradições, incoerências, fluxos, sabores e tensões desse processo – a figura do malandro desponta, ao mesmo tempo, como um enigma e um ebó. É um enigma porque não se adequa ao conforto da fixidez e não percorre caminhos retos. O malandro se adequa para transgredir, é o desordeiro que negocia com a ordem, se esquiva para preparar o golpe, usa sapatos porque quer ter o direito de andar descalço e, eventualmente, morre para continuar vivo, dançando e curando nos terreiros.

Ao mesmo tempo, o malandro traz em seu próprio corpo macumbado – disponível para transitar – os princípios de um ebó. Os ebós, afinal de contas, são sacrifícios e oferendas que buscam, em seus procedimentos místicos e mágicos, restituir a vivacidade, resolver encrencas, desamarrar os nós e alargar os caminhos diante das dificuldades. É da sobrevivência cotidiana que se trata.

Encarando o enigma e cutucando os ingredientes do ebó, Giovanna Dealtry, neste *No fio da navalha*, percorre as encruzilhadas em que a malandragem se manifesta e despacha os carregos que assombram a cidade, cerzindo os fios que ligam a literatura, o samba e os terreiros. O livro, publicado originalmente em 2009 e adaptado do doutorado da autora, chega à praça outra vez, com pequenas modificações e acréscimos que, sem mexer nos fundamentos da obra inovadora, fincam bandeira no fundamento da malandragem: a capacidade constante de adaptação e fluxo, mudança e permanência.

Para mim, o contato com o livro de Giovanna Dealtry foi um marco de virada que desatou vários nós. Interessado em estudar, a partir da História, a cidade e as ruas, encontrei nas páginas mandingueiras pistas sedutoras para percorrer as diversas camadas do Rio de Janeiro de Noel Rosa, João do Rio, Martins Pena, Sinhô, Antônio Fraga, Wilson Batista, Heitor dos Prazeres, Zé Pelintra, Exus... Continuo desde então a tentar cabecear as bolas que *No fio da navalha* cruza, driblando o lateral e chegando cheio de ginga à linha de fundo, para deixar a gente na cara do gol.

Em um contexto em que o país mergulha no horror institucional e a cidade parece se render a um conglomerado narco-miliciano-evangélico, a nova edição do livro de Giovanna Dealtry ganha tintas de um manual de sobrevivência. Sem romantizar o precário, sem fazer a apologia do tal do "jeitinho brasileiro" ou bater palmas para a cafajestagem, o texto aponta as artimanhas de sobrevivência nas frestas dos muros do ódio, redefine o papel do malandro no imaginário social da formação brasileira – qualquer um de nós pode ser o malandro e o seu algoz – e encara o enigma e o ebó que fizeram da cidade um lugar marcado pelo pau que bate nos corpos lanhados, quase todos eles não brancos, e pela baqueta que bate no coro do tambor para criar o mundo.

No meio do temporal, gingando para não cair na lagoa de águas perigosas e fundo lamacento, com a flor em uma mão e a navalha na outra, o malandro samba nas páginas que seguem (também nas ruas), no livro que lhe constitui e lhe transporta como canoa: a palavra é corpo.

Sumário

Abrindo os trabalhos 15

Capítulo 1 – Macunaíma, filho de Exu 23
Exus, pelintras e outros diabos 23
Alegoria e malandragem em *Macunaíma* 43

Capítulo 2 – Samba e malandragem 53
A palavra malandra 53
Batuque no terreiro: João da Baiana e a negação da malandragem 68
Sinhô: malandragem e construção do indivíduo 82

Capítulo 3 – *Desabrigo*: a mediação entre marginais e intelectuais 105
Avenida no corpo da cidade, avenida no corpo malandro 105
"Eu só arqueditaria num deus que sobesse sambá": quando os malandros do Mangue encontram Nietzsche 129

Capítulo 4 – Jacques Pedreira, um rapaz folgado 145
Melhor que ser é parecer ter 145
A útil cidade fútil 155

Capítulo 5 – Homens livres? Os vadios de Manuel Antônio de Almeida e Martins Pena.. 171
Acadêmicos da malandragem 171
Os lucrativos ofícios sem nome 181
A cultura do ócio no Romantismo 195

Fechando a gira 203
Referências bibliográficas 208
Referências fonográficas 219

Eu sou assim
Quem quiser gostar de mim
Eu sou assim

Meu tempo é hoje
Não existe amanhã para mim
Eu sou assim

"Meu mundo é hoje" – Wilson Batista

A todos que estão me ouvindo
Eu agradeço.
Esta atenção dispensada,
É mais do que mereço
Se não gostarem
Não digam nada a ninguém
Senão os outros
Não vão me aturar também.

"Peçam Bis" – Ismael Silva

Abrindo os trabalhos

Uma das maiores polêmicas do mundo do samba envolveu dois grandes compositores dos anos 1930: Noel Rosa e Wilson Batista. A disputa entre os dois resultou em composições como "Rapaz Folgado" e "Frankenstein da Vila", uma nada sutil alusão de Wilson Batista à aparência de Noel. Tempos depois, após a morte de Noel, os sambas produzidos foram reunidos no LP "Polêmica" (Odeon – 1956), interpretados por Roberto Paiva e Francisco Egydio e com direito a capa ilustrada por Nássara. A disputa musical pode ainda hoje ser a mais conhecida no meio do samba, mas não foi a primeira. Em 1927, Heitor dos Prazeres entrara em conflito com Sinhô, acusando-o de plagiário. Sinhô, por sua vez, poderia ganhar o apelido de "Rei da polêmica" ao invés de "Rei do samba", como ficou conhecido. Além de Heitor dos Prazeres, teve desavenças com outros compositores da Cidade Nova, sempre presentes às festas de Tia Ciata, como Donga e Hilário Jovino. O próprio Donga, por sua vez, foi acusado pelos companheiros de registrar "Pelo Telefone" (1916) apenas em seu nome, samba que teria sido uma criação conjunta dos frequentadores da casa de Tia Ciata.

Invariavelmente, tais polêmicas acabavam sendo desfeitas e o convívio entre os compositores voltava à certa normalidade. Afinal, a polêmica era uma espécie de divulgação para os sambas da época, importante, principalmente, para músicos iniciantes como Wilson Batista. Essas desavenças revelam, em parte, a passagem de um cenário dominado por um sentido de comunidade – onde o samba era tido como mais um elemento da cultura negra marcada pela égide da coletividade – para o surgimento de um sentido de "autoria", com destaque para o indivíduo. Por um lado, o direito autoral passará a conferir ao compositor anônimo das rodas de samba a possibilidade de sustento. Por outro, cria-se uma tensão entre o meio e o sujeito, a herança cultural do coletivo e a fratura do indivíduo. Esta é uma das linhas principais deste livro: como, a partir de uma coletividade marginalizada, emerge a figura aparentemente individualista do malandro?

Ao buscar respostas para esta questão, observei que essa tensão entre indivíduo e coletividade não era restrita aos anos 1930, nem à ascensão do samba, tampouco exclusivamente à comunidade negra. Podemos entendê-la como um traço constante nas representações da malandragem na literatura desde meados do século XIX. Dos atritos entre as classes marginalizadas e as elites dominantes emerge a figura malandra; em alguns momentos, tomada como uma espécie de "herói" popular, em outros, como síntese do pior em nossa cultura. O termo malandro torna-se volátil e depende muita mais da entonação de quem o diz, do contexto em que é dito, do que de um significado fixo. Malandro pode ser o sujeito que foi esperto no momento certo, aproveitou uma boa oportunidade e, assim, confere um caráter elogioso; ou, pelo contrário, pode ser o sujeito trapaceiro, beirando a criminalidade. Entre estas e outras vertentes do termo foi construído um imaginário popular vinculado à malandragem, em especial, quando falamos de Rio de Janeiro.

Interessa-me investigar as possíveis relações entre a presença de uma representação de malandros e malandragens na literatura e na música popular e as imagens de nação brasileira. Representação porque acredito aqui em uma triangulação entre o intelectual, escritor ou compositor, a vida nas ruas e o texto malandro. Malandros e malandragens porque este trabalho, além de se debruçar sobre textos clássicos da malandragem, como *Desabrigo*, de Antônio Fraga, investiga as possíveis disseminações de *estratégias de malandragens* em nossa cultura. Fundamental é romper com a visão estereotipada de que todo malandro é preto, pobre e sambista. Acredito que ao percebermos que o jeitinho, as artimanhas, os aproveitamentos, as negociações estão presentes em outras camadas da sociedade poderemos entender como o malandro se constitui e se fixa no imaginário da nação.

Por isso, tento não fazer coro ao ponto de vista nostálgico que acredita no fim da malandragem, mas explorar novos caminhos, novas frestas insuspeitas: as entidades malandras na religiosidade afro-brasileira; a malandragem no samba antes do seu apogeu nos anos 1930; as relações entre o escritor marginal e o ocaso do Rio Malandro, tematizado em *Desabrigo*; João do Rio e as investigações sobre a "gente de cima e a canalha", ambas inescrupulosas; e, finalmente, a malandragem branca e romântica de Manuel Antônio de Almeida e Martins Pena.

A escolha desse material vai ao encontro da tentativa de responder à pergunta: como e por quais motivos a malandragem permanece como um traço distintivo de nossa cultura? Os períodos aqui tratados correspondem igualmente a momentos de um maior controle sobre as camadas marginalizadas da população, em que era necessário eliminar esse sujeito desviante. Este procedimento, por diferentes motivos que veremos ao longo dos capítulos, ensaia-se tanto no Rio de Janeiro de meados do século XIX, na *Belle Époque* de Pereira Passos, como durante o governo populista de Getúlio Vargas.

Não se trata meramente de eliminar o malandro do cenário urbano, mas de perceber a ambiguidade da sociedade que o condena, ao mesmo tempo que confere passagens e brechas pelas quais ele pode agir. O malandro, assim como outros tipos considerados marginais, não sobrevive sem a cidade oficial, ela mesma repleta de representantes de uma suposta ordem que se utilizam do poder para atingir finalidades pessoais.

Nesse aspecto, a situação mais emblemática continua a ser o conto do vigário. É durante esse "trato", quando o otário pensa estar enganando o esperto, que presenciamos o funcionamento da malandragem. O outro tem que ser convencido, seduzido, atraído a participar da transação. O que move este outro é a certeza de que ele terá um lucro fácil, de maneira rápida e certa. Ou como diz a delegada Elizabeth Cayres: "– Vítimas do conto do vigário caem por ganância ou ingenuidade. [...] O conselho que eu posso dar é a pessoa não começar a conversar com estranhos. Evitar sempre. Caso contrário, pode acabar caindo na lábia" (O Globo, 18 de dezembro de 1999).

A lábia, palavra maliciosa, astuta, é o segundo objeto de investigação aqui presente. Quais as relações entre a palavra malandra e o estabelecimento do sujeito marginal? De que forma a palavra, principalmente no samba, colabora para a construção de um sujeito em meio à coletividade? A esta questão soma-se outra: como compreender esse sujeito feito de excessos e exageros que parece ser o malandro, desprovido, aparentemente, de profundidade; feito na superfície do mascaramento? Ao lidar com a ideia de uma constituição do sujeito através de uma superficialidade, sigo os passos de Nietzsche em *A gaia ciência*.

> O que é agora para mim, "aparência"! Na verdade, não o contrário de alguma essência – o que sei eu dizer de qualquer essência, a não ser, justamente, apenas os predicados de sua aparência! Na verdade, não há uma máscara morta que se poderia pôr sobre um X desconhecido e depois retirar! (Nietzsche, 1983, p.78.)

Nessa leitura, perde-se o sentido da dicotomia máscara/mentira *versus* essência/verdade. Não procuro uma suposta essencialidade do ser malandro, tampouco considero que o constante ato de se mascarar acoberte uma verdade em si. Aqui, máscara é o próprio elemento de troca, sensibilização e negociação do malandro.

> Parece-me, portanto, que o novo interesse que manifestamos pelo tema da máscara assinala uma ruptura com a obsessão "moderna" de furar as máscaras a fim de chegar à plenitude do sentido que elas dissimulam. Antes, começamos a ressentir a nostalgia de sua materialidade e de sua sensualidade [...]. (Gumbrecht, 1998, p. 106.)

Tantas vezes negado, esse corpo malandro emerge como forma de identidade, por vezes em atrito, por vezes em consonância com a nação. Valendo-me da análise de Silviano Santiago (1978, p. 151) em texto referente a Caetano Veloso, no malandro, o corpo é tão importante quanto a voz, a roupa é tão importante quanto a ginga, a *performance* é tão importante quanto o discurso. É necessário deixar que estes elementos se contradigam, gerando um estranho "clima lúdico, permutacional", apenas passível de ser temporariamente organizado pelo olhar do outro.

Tento escapar das leituras que veem na aparência da malandragem um ensejo de emulação das classes altas, uma vontade de ser como os mocinhos elegantes, uma resultante exclusiva da condição socioeconômica. Acredito na formulação de uma identidade devido ao pertencimento a determinada camada social. Mas, de igual forma, acredito na vontade de diferenciação do indivíduo, independentemente do papel a ele designado por esta mesma sociedade. Assim, lidarei aqui sempre com estes dois fatores: a mobilidade característica do estrategista malandro, capaz de valer-se do anonimato, do discurso inesperado, da antecipação ao outro para garantir o ganho pessoal, e pelo revés, a hiperidentificação desse mesmo tipo, reconhecível por todos e já tendo lugar assegurado em nosso imaginário.

Sigo a lição que Noel Rosa ensinou a Wilson Batista. Em 1933, Silvio Caldas grava "Lenço no pescoço", de Wilson Batista.

Lenço no pescoço

> Meu chapéu de lado,
> Tamanco arrastando,
> Lenço no pescoço,
> Navalha no bolso,
> Eu passo gingando

> Provoco e desafio
> Eu tenho orgulho em ser tão vadio
>
> Sei que eles falam deste meu proceder
> Eu vejo quem trabalha, andar no miserê
> Eu sou vadio porque tive inclinação
> Eu me lembro era criança tirava samba-canção
>
> Comigo não
> Eu quero ver quem tem razão

O samba configura-se como uma profissão de fé em que encontramos dispostos os principais ícones da malandragem: o chapéu de banda, o orgulho da vadiagem, a navalha, a aversão ao trabalho, a vocação inata para a música, a ginga. Elementos lúdicos e permutacionais que acabam por formar a imagem contraditória, aos nossos olhos, de um sambista que pode também, se provocado, tornar-se violento, perigoso, ameaçador. Imagem, de certa forma, misteriosa e atraente ao público de classe média que começa a consumir os sambas malandros, mas igualmente delatora, comprometedora ao sambista que deseja permanecer no anonimato, longe da contínua perseguição policial. Noel Rosa, no mesmo ano de 33, oferece uma resposta ao impasse em "Rapaz Folgado".

Rapaz Folgado

> Deixa de arrastar o seu tamanco
> Pois tamanco nunca foi sandália
> E tira do pescoço o lenço branco,
> Compra sapato e gravata
> Joga fora essa navalha que te atrapalha
>
> Com o chapéu de lado deste rata
> Da polícia quero que escapes
> Fazendo samba-canção, já te dei papel e lápis
> Arranja um amor e um violão
>
> Malandro é palavra derrotista
> Que só serve pra tirar

> Todo o valor do sambista.
> Proponho ao povo civilizado
> Não te chamar de malandro
> E sim de rapaz folgado.

Em uma primeira visão, poderíamos dizer que Noel Rosa tenta domesticar esse malandro, retirar-lhe as características que o assemelham com o marginal, normatizá-lo aos olhos da boa sociedade carioca. Entretanto, por trás desse discurso aparentemente dócil esconde-se um dos principais traços da composição roseana, a constante desconstrução dos signos. Noel nos ensina: a palavra fixada é alvo fácil para a perseguição policial e para o constante observar do moralismo burguês. É preciso transformar-se aos olhos de todos e, assim, permanecer na mobilidade. Carlos Sandroni aventa para a possibilidade de "Rapaz folgado" ser uma maneira de Noel ensinar a Wilson Batista o caminho que leva do malandro ao compositor.

> Noel faz isso, como ele mesmo diz, 'dando papel e lápis', isto é, estimulando o registro do samba, nos dois sentidos concomitantes: registro escrito que retira o samba da esfera da oralidade pura, que transforma os improvisos em 'segundas' definitivas; e registro autoral, que transforma o tirador de samba em virtual colega de Beethoven. (Sandroni, 2001, p. 177.)

Ou podemos seguir a explicação dos biógrafos de Noel, João Máximo e Carlos Didier, que asseguram que Wilson teria tomado de Noel uma "pequena" na Lapa. Mas aqui, como foi dito anteriormente, não se busca furar a máscara e descobrir uma verdade, mas lidar com a aparência, com o jogo que se dá entre um texto produzido em uma determinada época e a leitura que hoje fazemos dele. No âmbito da narrativa, esta é a verdade mais válida, o caminho da mediação. O caminho ofertado por grandes autores que não se tornam datados e esquecidos pelo tempo, mas que sempre são revitalizados pelo olhar contemporâneo. É do meu tempo e do meu lugar que falo.

Nessa perspectiva, "Rapaz folgado" parece-me também uma proposta de uma nova *estratégia de malandragem*. Mesma destituída de seus signos – o tamanco, a navalha, o lenço branco –, a malandragem perpetua-se pelo dinamismo empregado na troca de máscaras. A grande malandragem está em se apropriar dos elementos do trabalhador, o sapato e a gravata, e livrar-se dos seus; está em "profissionalizar" o sambista na *aparência*.

Trocando os termos "malandro" por "rapaz folgado", Noel rearticula o jogo das máscaras sem, entretanto, abrir mão das *estratégias da malandragem*. Ao perceber as constantes modificações do imaginário urbano, Noel atualiza a relação de especularidade entre o malandro e o "outro", no caso "o povo civilizado". A aparência, como o próprio samba, volta a garantir a mobilidade do indivíduo pela sociedade.

Ou como diz o próprio Noel em entrevista dada em 1935,

> A princípio, o samba [...] era considerado distração de vagabundo. Mas o samba estava bem fadado. Desceu do morro, de tamancos, com o lenço ao pescoço, vagou pelas ruas com um toco de cigarro apagado no canto da boca e as mãos enfiadas nas algibeiras vazias e, de repente, ei-lo de fraque e luva branca nos salões de Copacabana. (apud. Máximo e Didier, 1990, p. 357.)

Em 1933, Wilson Batista aprendia que o "bom malandro" deve ser o primeiro a não chamar a atenção sobre si, a não se identificar como tal. A malandragem, e não a "máscara morta" de malandro, permite ao indivíduo o livre trânsito pela sociedade. A mobilidade confere-lhe permanência, o pertencimento, ainda que temporário e circunstancial, a outros grupos; permite ao sambista malandro ser absorvido, senão em pessoa, através da música, do imaginário que passeia pelos salões de Copacabana.

Wilson Batista e Noel Rosa aparecem aqui como teóricos da malandragem com visões discordantes sobre o tema. Em Noel Rosa, a malandragem pode e deve ser disseminada via samba pelo restante da sociedade e este procedimento não acarretaria explicitamente uma perda de identidade do sambista malandro, em Wilson Batista, por sua vez, é justamente a indissociabilidade entre corpo e samba a única possibilidade de se reconhecer como indivíduo.

Mocinho da Vila

Você que é mocinho da Vila
Fala muito em violão, barracão e outros fricotes mais
Se não quiser perder o nome
Cuide do seu microfone
Deixe quem é malandro em paz

Injusto é seu comentário
Fala de malandro quem é otário

> Mas malandro não se faz
> Eu de lenço no pescoço, desacato
> Também tenho meu cartaz

Nessa visão, encontram-se em oposição o cantor de sucesso, o "falso" malandro, ao malandro das ruas, o "verdadeiro" malandro, e não o moço branco, morador de Vila Isabel, ainda que Noel escapasse dessa definição burguesa. Malandro não se faz, diz Wilson, malandro se *é*. E dessa forma, retirar qualquer ícone do malandro, inclusive a violência, é destituí-lo de sua identidade. É pôr abaixo o jogo lúdico e permutacional.

Como provoca Noel em "Feitiço da Vila", um dos sambas considerados nascidos da polêmica: "quem é bacharel não tem medo de bamba". Esta mesma frase pode ser usada como guia neste percurso. Aqui, vamos confrontar estas duas visões, não num sentido meramente oposicionista, mas como forma de perceber que estes dois sentidos se articulam nas representações de malandragem. Uma malandragem de bamba, como a de Wilson Batista, Antônio Fraga, Macunaíma, capoeiras e sambistas, personagens reais ou ficcionados, em que o corpo se torna último foco de resistência e identidade.

Outra, bacharelada, vinda de representantes da cidade oficial, como Jacques Pedreira, de João do Rio, ou, até mesmo, o próprio Vargas; uma malandragem de rapazes folgados. É somente o jogo da malandragem, no seu sentido de improvisação, de câmbio, que pode aqui ser momentaneamente capturado.

1 – Macunaíma, filho de Exu

Saravá, Seu Zé Pelintra
Moço do chapéu virado
Na direita, ele é maneiro
Na esquerda ele é pesado

Olha lá, meu camarada
Não ponha mão na cumbuca
Quem mexer com Zé Pelintra
Vai ficar lelé da cuca.

Sou filho de Zé Pelintra
Tenho que me orgulhar
Pra me livrar da mandiga
Carrego o meu patuá.

Wanderley Martins
"Saravá, seu Zé Pelintra"

Exus, pelintras e outros diabos

Capeta, Tranca ruas, Elegbará, Zé Pelintra, Seu Sete, Morcego, Caveira, Veludo, Gira Mundo. O caminho que trouxe Exu desde a África, passando pela Bahia e pelo Rio de Janeiro, até consagrá-lo vulgarmente como o diabo, é tão longo e tortuoso quanto são incontáveis seus nomes e suas representações aculturadas. Na origem desta história, encontramos um orixá "violento, irascível, astucioso, grosseiro, vaidoso, indecente" (Verger, 1999, p.19) que, por seus atributos ligados a uma extrema sexualidade e à rejeição aos princípios morais eurocêntricos, espantava os comerciantes e missionários cristãos que aportavam em territórios africanos a partir do século XVI.

Tanto os missionários como os viajantes europeus, como nos conta Reginaldo Prandi, atribuem a Exu dupla identidade: a do deus fálico greco-romano Príapo e a do diabo judeu-cristão. A primeira por causa dos altares, representações materiais e símbolos fálicos do orixá-vodum; a segunda em razão de suas atribuições específicas no panteão dos orixás e voduns e suas qualificações morais narradas pela mitologia, que o mostra como um orixá que contraria as regras mais gerais de conduta aceitas socialmente, conquanto não sejam conhecidos mitos de Exu que o identifiquem com o diabo (Prandi, 2001, p.47).[1]

Ao buscar compreender o orixá que lhes provocava estranhamento e espanto, o olhar europeu acaba por incutir sentidos próprios da cultura branca e ocidental no que, à primeira vista, se afigura como o caos. O procedimento de criar uma correspondência entre elementos da cultura europeia e da cultura africana configura-se em uma tentativa de "traduzir" e, com a tradução, domesticar o que nos é estranho. Para atingir esse fim é preciso ordenar o pensamento designado como "selvagem", "primitivo", "exótico" em oposição ao dito "civilizado". Nesse tipo de procedimento, em vez de se ensaiar uma aproximação com o que nos é diferente, acabamos por reduzir o diferente ao que já nos é conhecido e, portanto, seguro. Como nos fala Silviano Santiago, na perspectiva etnocêntrica,

> a experiência de colonização é basicamente uma operação narcísica, em que o outro é assimilado à imagem refletida do conquistador, confundido com ela, perdendo sua condição única de alteridade. Ou melhor: perde a sua verdadeira alteridade (a de ser outro, diferente) e ganha uma alteridade fictícia (a de ser imagem refletida do europeu). (1982, p.15-16.)

Capturado pela moral cristã, Exu perde os atributos que lhe conferem um caráter ambivalente, marginal e transformador e passa a ser visto apenas como o correspondente africano do símbolo supremo do mal ocidental. De herói *trickster*, capaz de pôr as regras sociais em questão e quebrar a tradição estabelecida, o orixá passa a ser identificado com o diabo, figura que, apesar do medo que inspira, é elemento fundador da cultura ocidental estabelecida sobre o binarismo bem/mal.

---

[1] Exu é a nomenclatura utilizada para o orixá de origem iorubá, enquanto Legbá é um dos principais voduns dos povos ewe-fon. O primeiro está presente no candomblé nagô e o segundo no candomblé jeje, ambos ambientados no Brasil. Tanto Exu como Legbá, apesar de ocuparem territórios diferentes na África, eram representados por deuses com falos proeminentes e também chifres, características que, decerto, contribuíram para a associação com o diabo cristão.

> [...] à primeira vista, [Exu] parece um ser malicioso que se compraz em brincadeiras, em lograr tanto os outros deuses como os homens. Esse elemento de malícia, que tem talvez um significado que em seguida devemos tentar descobrir, também é conhecido pelos fiéis dos candomblés brasileiros. Mas, devido a circunstâncias históricas, esse elemento tomou um colorido mais sombrio; o "diabinho" das lendas iorubas transformou-se em diabo mesmo, num diabo cruel e malvado, o mestre todo poderoso da feitiçaria. (Bastide, 2001, p.161-162.)

Na transformação do deus ardiloso africano em diabo judaico-cristão perde-se a capacidade de nuançar e compreender as zonas de fronteira entre o bem e o mal. Exu, em sua simbologia original, é justamente o "elemento dialético do cosmo" (Bastide, 2001, p.172), capaz de abrir as portas e ligar os caminhos entre o mundo dos orixás e dos mortais. Atua não somente como mensageiro, mas como intérprete, traduzindo os conselhos divinos em linguagem humana.

Como vemos, os atributos e características relacionados a Exu são infinitamente mais complexos do que a visão reducionista proposta pelo elemento branco. Há mesmo, dentro dos próprios candomblés, inúmeras divisões na abordagem desse orixá. Nos candomblés angola/congo, a vibração de Exu aproxima-se do inquice Pambu Nijla, o senhor das encruzilhadas e caminhos. Em certos lugares do Brasil, Exu chega a ser sincretizado a certos santos católicos como ocorre no Batuque do Rio Grande do Sul, onde Exu Bará é identificado com São Pedro – pelo seu papel de porteiro –, ou em Recife, onde é identificado com São Gabriel e considerado o anjo da guarda dos homens. "Para nós, o importante é mostrar a impossibilidade de se encarar Exu sob um aspecto estritamente demoníaco, devido à variação de todas essas pretensas equivalências" (Bastide, 2001, p.171).

É possível, tendo em vista a multiplicidade de sincretismos e atributos do orixá, temer e, ao mesmo tempo, adorar Exu. Como explica Renato Ortiz (1978), o Exu que guarda a entrada do candomblé é tido como maléfico, enquanto aquele que recebe os sacrifícios de sangue tem como função ajudar os que solicitam sua proteção. Não há entre os diversos exus presentes no candomblé uma relação opositiva, como ocorrerá mais tarde na umbanda. Eles, simplesmente, fazem parte de uma cosmogonia maior em que as relações se estabelecem mais como funções complementares do que antitéticas.

Será com o aparecimento da umbanda que os diversos Exus serão capturados pelo polo "maléfico". Influenciada pelo Catolicismo e pelo espiritismo de Alan Kardec, a umbanda passa a ser um espaço sagrado de domínio exclusivo do bem, renegando as entidades de caráter dubitativo. Em complementaridade à umbanda surge a quimbanda, espaço profano em que as entidades decaídas são assimiladas e os rituais voltam-se supostamente para a feitiçaria e a magia negra.

> Até uma ou duas décadas atrás, as sessões de quimbanda, com seus exus e pombagiras manifestados no ritual de transe, eram praticamente secretas. Realizadas nas avançadas horas da noite em sessões fechadas do terreiro de umbanda, a elas só tinham acesso os membros do terreiro e clientes e simpatizantes escolhidos a dedo, tanto pelo imperativo de suas necessidades como por sua discrição. Era comum entre os seus cultores negar a existência dessas sessões. A quimbanda nasceu como um departamento subterrâneo da umbanda e como tal se manteve por quase um século, embora desde sempre se soubesse da regularidade desses ritos e se pudessem reconhecer nas encruzilhadas as oferendas deixadas para Exu. (Prandi, 2001, p.56.)

Se no candomblé o caráter protetor de Exu e seu papel de regulador do cosmo não eram incompatíveis com seu lado astucioso e marginal, na passagem para a umbanda estes lados tornam-se mutuamente excludentes, passando a pertencer a territórios opositivos. Este procedimento revela mais do que uma simples influência entre as culturas brasileiras e africanas. Na transformação do pensamento religioso notamos uma nova organização em que o elemento negro, portanto "selvagem", passa a ser desvalorizado em favor dos princípios brancos, "civilizados".

> Ser umbandista, sob essa ótica, é praticar a magia para o "bem", a magia branca, contra a magia usada para o "mal", a magia negra. Desta maneira, o pensamento umbandista reinterpreta a tradição afro-brasileira, dentro das categorias de "bom" ou "maléfico". Uma vez mais constatamos que a sociedade global funciona como modelo de classificação; identificando-se a magia negra à magia do negro. Nesse sentido podemos afirmar que os orixás da umbanda são entidades brancas, enquanto Exu é a única divindade que ainda conserva traços de seu passado negro – sugestivamente ele se associa ao reino das trevas. (Ortiz, 1978, p.122.)

Expulsar definitivamente Exu para o território do "mal" significa, por associação, uma tentativa de controle, por parte da sociedade dita branca e moderna, dos elementos representativos da cultura africana. A estratégia é mais complexa do que simplesmente "esquecer" ou "eliminar" o outro. A existência do "outro" – identificado com o mal e, portanto, inferior – é necessária para que se mantenha a hierarquia reguladora entre brancos e negros, cultura "civilizada" e "barbárie". Ao retirar de Exu o papel de ser em constante movimento, sem caráter absoluto, a umbanda termina por eliminar o aspecto religioso do orixá e reforçar seu atributo mágico/diabólico. Absorvido como o "mal", Exu perde sua capacidade de quebrar a tradição e as regras, de questionar o socialmente aceito, de promover as mudanças. E, por mais paradoxal que seja, aprisionado em diabo ele torna-se menos perigoso à ordem estabelecida. Desprovido de seu caráter dialético, Exu torna-se uma entidade fixa e submetida aos orixás e outras entidades de luz.

Ocorre mesmo uma divisão entre Exus-pagãos e Exus-batizados, que visa a refletir a aproximação ou o afastamento dos Exus da esfera do bem. Como explica Cavalcanti Bandeira, Exu-pagão é aquele "sem luz, sem conhecimento da evolução, trabalhando na magia do mal e para o mal, em pleno reino do quimbanda". Enquanto o Exu-batizado é sensibilizado pelo bem, trabalhando dentro do reino da quimbanda "como um policial que penetra nos antros da marginalidade" (Bandeira, 1970, p.138).

Nota-se claramente o peso do pensamento e da religiosidade branca nessa classificação. E mais importante: nota-se como o pensamento ocidental sustenta-se em cima de um binarismo – batizado/pagão, luz/trevas, policial/marginal – que exclui qualquer possível área de fronteira, ao contrário do que ocorre com o Candomblé, em que percebemos o conflito entre as diversas religiões de origem africana e ocidental ser expresso pela pluralidade de características e papéis atribuídos a Exu.

A umbanda vive, pois, uma permanente contradição, entre a cruz e a encruzilhada, para utilizar a expressão de Lísias Nogueira Negrão (1996). Por um lado, a umbanda abraça o sentido ocidental, europeu e branco da religião moderna, em que o bem é o único caminho e objetivo a ser alcançado, por outro, ela não abandona a prática encantatória, vivenciando a dialética de assimilar/apagar o mal, simbolizado por Exu e a herança dos candomblés, macumbas e encontros com religiões ameríndias. Para Lísias Nogueira Negrão, enquanto as federações e intelectuais – e aqui vemos uma crítica direta a Renato Ortiz – empenham-se em unificar as visões sobre a umbanda, a prática do terreiro continua sendo plural. Negrão, no entanto, não nega o viés moralizante da umbanda. "A ideia de um Deus transcendente e perfeito, a concepção de pecado, a incorporação de valores e atitudes cristãs, são amplamente generalizadas" (Negrão,1996, p.4).

É interessante perceber que a umbanda surge no primeiro quartel do século XX, justamente quando a sociedade, recém-liberta da escravatura, questiona-se como absorver o enorme contingente de Homens e mulheres negros livres. E mais, como lidar com a crescente atração e influência exercida pela cultura negra – incluindo aí a religiosidade – sobre a chamada "boa sociedade".

Acredito que não por coincidência será a imagem dos negros escravos, trabalhadores dóceis, pacíficos e sábios que será absorvida pela umbanda na figura das pretas e pretos-velhos. Enquanto o candomblé cultua exclusivamente os orixás, a umbanda convive também com entidades que um dia foram homens e mulheres comuns. Como guias do bem ou da direita, encontramos os já mencionados pretos-velhos e os caboclos que um dia foram "índios de reconhecida bravura e invejável bom-caráter, não sem uma certa inocência própria do bom selvagem" (Prandi, 2001, p.54).

Ou seja, são os mesmos preceitos que orientaram a formação da nação brasileira no século XIX que se encontram transpostos na estruturação da umbanda no início do século XX. Aos moldes românticos, o bom índio e o bom negro são aqueles que se submetem à ordem estabelecida e ao ideário civilizador. O caboclo da umbanda, assim, possui qualidades semelhantes às atribuídas por José de Alencar ao índio brasileiro – bravo, inocente, valoroso – enquanto o negro é admitido socialmente pelo seu caráter servil e obediente.

Ao assimilar elementos do imaginário da nação oitocentista em suas diretrizes religiosas, a umbanda reflete o jogo de aproximação e afastamento perpetrado entre a sociedade branca do começo do século XX e os grupos afro-brasileiros e indígenas. As entidades da umbanda, formada pelos Excluídos da história, vivenciaram os aspectos materiais da formação brasileira excludente. Caboclos, pretos e pretas-velhas, o povo da rua têm em comum a luta contra o esquecimento dos desvalidos. Como destaca Roberto Moura (1983, p.87), "Exu, ao contrário dos outros Orixás do panteão nagô [...] ganharia representações históricas e teria diversas expressões, malandros e rebeldes que voltariam à terra bebendo cachaça numa gira que se torna mais popular entre o povo".

Em comum, tais representações possuem o caráter desestruturador da ordem e desestabilizador das regras que regem a sociedade oficial. Livres do jugo das entidades de luz da umbanda, estes personagens estão aptos a exercer seu poder de mediação sobre os mortais, atendendo a demandas independentemente dos efeitos "maléficos" ou "benéficos", como concebidos pela religiosidade ocidental. "Essa posição marginal é interpretada em linguagem mágico-religiosa mas dentro de uma perspectiva nova; os exus vão se insurgir contra a ordem do universo umbandista, ou seja, a ordem da sociedade brasileira" (Ortiz, 1978, p.134).

Monique Augras (2009, p. 16), por sua vez, vale-se do termo umbanda-quimbanda por acreditar que, na prática, a quimbanda não constitui uma seita dissidente, mas uma interpelação de dentro da própria umbanda. "Tudo aquilo que se situa fora da moral vigente passou a ser jogado para o domínio dos deuses da desordem, expressos sinteticamente pelas figuras dos Exus." Compartilho dessa perspectiva que renega separações ou dicotomias. Umbanda-quimbanda, candomblés, macumbas, o mundo dos encantados, encontram formas sincrônicas de magia porque não correspondem – ou respondem – aos mesmos desígnios controladores da sociedade urbana, branca e moderna.

Mais recentemente, Luiz Antonio Simas, Luiz Rufino e Rafael Haddock-Lobo têm se debruçado sobre o "reencantamento" do mundo por meio da macumba. Obras como *Fogo no Mato – a ciência encantada das macumbas* (Simas e Rufino, 2018), *Pedagogia das Encruzilhadas* (Rufino, 2019) e *Abre-caminhos:* assentamentos de metodologia cruzada (Haddock-Lobo, 2022) defendem a potência libertária de Exu e dos encantados nesse cruzamento que nasce e reverbera nas ruas, na diáspora africana, no saber das matas. Os próprios textos e livros desses autores estão ocupando um espaço singular na fortuna crítica sobre o tema; entre o saber acadêmico e a cultura das ruas; entre o olhar teórico e o saber do corpo; entre uma escrita próxima da crônica e a aproximação com o saber científico, por exemplo, ao criar a figura do "pesquisador cambono", aquele que assumindo a contradição, "nos lança na porteira da condição de não saber e da emergência da condição de praticar" (Simas; Rufino, 2018, p. 37).

Elimina-se o sentido contraditório porque ambos os campos – o não saber e o praticar – deságuam na prática da encruzilhada, lugar, para relembrarmos, consagrado a Exu e malandros. Em uma perspectiva moderna e ocidentalizada, a encruzilhada é apresentada de forma negativa, lugar de indecisão diante do futuro desconhecido. Nos saberes africanos e ameríndios, e mesmo na antiguidade clássica, a encruzilhada é lugar de oferenda. De aceitação do mistério e do contraditório. É interessante destacar aqui o mito que consagra a encruzilhada a Exu.

> Houve um dia em que Exu passou a ir à casa de Oxalá e por lá permaneceu durante dezesseis anos. Exu não perguntava; apenas observava e prestava atenção. Exu aprendeu tudo. Oxalá disse a Exu para postar-se na encruzilhada por onde passavam os que vinham à

sua casa. Exu permaneceu por lá, tomando conta para que todos que viessem até Oxalá não passassem sem destinar suas oferendas. [...] Oxalá decidiu recompensá-lo: qualquer um que viesse ou que voltasse de sua casa deveria pagar algo a Exu também. Exu trabalhou, prosperou e fez da encruzilhada sua morada. (Simas; Rufino, 2018, p. 23.)

Dois elementos chamam-me a atenção nessa história. O primeiro diz respeito à paciência de Exu e, o segundo, o respeito à obediência, à valoração silenciosa do trabalho, sem demandar de Oxalá nada em troca, características não muito vinculadas ao orixá da astúcia. Entendo a encruzilhada como um lugar de saber, consagrado ao orixá das ambivalências. É interessante perceber a vinculação desse conhecimento com a paciência destinada ao aprendizado e ao trabalho. A encruzilhada torna-se lugar de aceitação do contraditório, do mistério, a partir da compreensão da passagem do tempo. Nada é pra já. A oferenda a Exu, nesse sentido, pode ser vista como um signo que propicia a continuidade do movimento, a potencialização do axé em circulação.

Exus, Padilhas, malandros, orixás, mesmo pretos-velhos e caboclos, configuram-se como elementos perturbadores da ordem, mesmo com a popularização da umbanda entre a classe média branca, quando não emulam o discurso da caridade e a retórica da divisão entre bem e mal. É da tentativa de exclusão ou de domesticação desses seres, no entanto, que nasce a voz crítica em contraponto à ética e moral das elites dominantes. Se, historicamente, em uma cidade como o Rio de Janeiro, o chamado avanço da modernização urbana corresponde à expulsão gradativa das classes populares para a periferia da cidade, na esfera do cotidiano estas mesmas classes teimam em (inter)ferir nos valores burgueses alicerçados sobre modelos europeizados.

Mais tarde veremos a complexidade desses diversos níveis de interferência da cultura afro-brasileira sobre o restante da sociedade carioca. No momento, interessa-me destacar que a perseguição aos malandros e vadios é uma estratégia de reconduzir estes tipos aos papéis que lhes cabem; em especial do trabalhador mal remunerado, desqualificado, base de sustentação da economia no novo período pós-abolição. É preciso, na ordem do dia, transformar os corpos do povo da rua em corpos trabalhadores. Ao reprimirem o jogo, a vadiagem, a cafetinagem, o logro do otário, meios usuais pelos quais estes malandros ganham a vida, as instituições representativas da ordem, bem como a moral burguesa, igualmente, tentam domesticar os corpos dos antigos escravizados e garantir que a hierarquia entre as classes sociais não se altere. Certos discursos religiosos e intelectuais, por este caminho, podem ser lidos como mais uma instância reguladora da ordem branca, que valoriza os *corpos dóceis* – para lembrar Foucault – das entidades preocupadas com a evolução, a luz e a caridade em contraponto aos *corpos selvagens* dos exus da umbanda-quimbanda.

Os corpos selvagens dos malandros, à semelhança de Exu, criam um caminho próprio – que ultrapassa a questão da sobrevivência econômica – em que o comportamento, o estilo, a linguagem, as artimanhas, a negação do trabalho aos moldes capitalistas são ferramentas asseguradoras de uma individualidade e fontes de uma constante negociação com os determinantes da sociedade reguladora. Da mesma forma que Exu se destaca da umbanda para existir, ainda que em território de sombras, como senhor de seus atos, a figura do malandro irá se destacar da categoria "povo", tão necessária à unidade da nação, para ganhar existência, no território da marginalidade, como sujeito. Na construção deste novo imaginário, o conceito imanente de "povo", como afirma Homi Bhabha, serve a um ideal pedagógico que anseia vê-lo como representação de uma nação pretensamente homogeneizada, impedindo qualquer expressão do *sujeito* (1998, p. 206-207). Os excluídos – sociais e culturais – só são admitidos na categoria povo enquanto comportam-se como corpos domesticados, corpos anônimos. Tornar-se *sujeito*, neste âmbito, significa tornar-se *marginal*.

Ao aproximarmos as representações do malandro e de Exu, encontramos na entidade de Seu Zé Pelintra o mediador mais que perfeito. Exu, materializado na figura do malandro, ganha historicidade, passado, data de nascimento. Seu Zé teria nascido em Pernambuco, mas sua mitologia logo se espalharia pelo Brasil. No Rio de Janeiro seu arquétipo foi prontamente identificado ao do malandro da Lapa. Como o malandro carioca, Seu Zé, quando se manifesta, Traja gravata e terno branco e chapéu de panamá, não esquecendo também da camisa de seda, que embeleza ao mesmo tempo em que evita o corte da navalha.

Interessante, nesse contexto, é recuperar a fala do padre Lopes da Gama que, em meados do século XIX, redigia, em Pernambuco, o folhetim "O Carapuceiro". Nele, Lopes da Gama dirige-se aos seus leitores de modo didático, sempre com a intenção de estabelecer regras de conduta e comportamento de acordo com a moral vigente. No número 6 do folhetim, datado de 20 de abril de 1842, o padre discorre, justamente, sobre as vilezas físicas e morais do tipo pelintra.

> Muito raramente haverá pelintra que não seja vadio, sujeito sem emprego, sem estudos, sem indústria honesta de que viva. Entretanto, apresenta-se sempre asseado e garrido, e em qualquer mesa de jogo

desova patacões e meias doblas, que é um pasmar. O botequim, o teatro e as esquinas são o seu pórtico, o seu liceu, a sua academia, o seu ateneu. (Gama, 1996, p. 379.)

E mais adiante: "O pelintra de ordinário é bazófio, mentiroso, metido a valentão e superfinamente caloteiro. Gaba-se de conquistas espantosas, e mal pela pobre menina que cai na pequice de lhe dar corda..." (Gama, 1996, p. 381).

Retirando-se os sinais da época, a descrição dos modos do pelintra, inclusive a preocupação estética que Gama destaca nesta figura, é praticamente idêntica ao malandro que encontraríamos um século mais tarde dominando a Lapa. Não se trata de estabelecer a origem do malandro lapeano em Pernambuco. Trata-se de perceber que este tipo e suas variantes já são objeto de preocupação e repressão por parte das autoridades coercitivas de cada momento histórico, ao mesmo tempo que se consagram como seres errantes. Da jurema, de fortes raízes indígenas, seu Zé migra para a umbanda e a encantaria da malandragem carioca. Em dois pontos consagrados vemos essa narrativa do nascimento misterioso do malandro: "Seu Zé Pelintra[2], onde é que o senhor mora?/ Seu Zé Pelintra, onde é sua morada?/Eu não posso te dizer/ Porque você não vai me compreender/Eu nasci no Jurema/Minha morada é bem pertinho de Oxalá." Aqui, notamos, mais uma vez, a impossibilidade de tratar as religiões "brasileiras" – afro-indígenas-europeias – a partir de um sentido de pureza. A saudação a Oxalá remete ao Catimbó-Jurema, ou apenas Jurema, já que o Catimbó não estaria ligado aos orixás. Essa pequena observação é importante para afirmar que não lido com sentidos de pureza; pelo contrário, interessa-me na história de Seu Zé, dos Exus, dos malandros, a mistura, o hibridismo cultural e a adaptação por onde esses seres transitam.

Os territórios misturam-se. Religiosidade, história, mitos acabam por encontrar-se na narrativa. Narrar, pois, torna-se uma forma de resistir e interferir no imaginário social. A narrativa que envolve Seu Zé vai além da mera descrição das semelhanças físicas e auxilia no fortalecimento de um ideário sobre a malandragem que veremos ser difundido mais programaticamente pelo samba carioca. Assim é que os pontos cantados de Seu Zé poderiam igualmente ser lidos como motivos recorrentes ao mundo da malandragem tradicionalmente conhecida.

---

[2] Encontramos também o termo "pilintra". Para fins de normatização, optamos por "pelintra". Existem tantos pontos anônimos como também de autoria conhecida para saudar orixás e entidades. Até mesmo é possível ver sambas sendo cantados em terreiros como pontos. Os pontos aqui mencionados, salvo as exceções indicadas, têm a autoria desconhecida ou não certificável.

> De madrugada, quando vou descendo o morro,
> A nega pensa que eu vou trabalhar. (bis)
> Eu boto meu baralho no bolso,
> Meu cachecol no pescoço.
> E vou pra Barão de Mauá!
>
> Mas trabalhar, trabalhar pra quê? (bis)
> Se eu trabalhar eu vou morrer.[3]

A aversão ao trabalho, o mundo das favelas, a presença do jogo e do engano como forma de sustento e a relação com a figura feminina são algumas das marcas identitárias comuns aos malandros e à entidade da quimbanda. Para além de um registro de fontes e influências entre malandros e exus, encontramos uma contaminação entre o mundo das ruas do Rio de Janeiro e a religiosidade afro-brasileira que adiciona novos elementos a uma leitura da malandragem urbana, usualmente ligada ao samba dos anos 1920 e 1930.

Em paralelo à popularização da figura do malandro – e a quase simultânea perseguição a esse elemento por parte das instituições da ordem – ocorre uma representação de figurações da malandragem apresentando-se fisicamente como os malandros do Mangue ou da Lapa. Como o Exu – sempre oscilante sobre a fronteira que ora o diaboliza, ora o absolve –, o malandro carioca termina por ser visto de maneira inocente, quase romântica, ou satanizado, como indivíduo prejudicial à ordem social vigente. Escapar a estas dicotomias totalizantes parece ser mais a mais difícil tarefa numa leitura aprofundada da malandragem.

É necessário propor novos significados para a aproximação entre Exu e o diabo cristão. No ensaio "O duplo e a falta – construção do Outro e identidade nacional na Literatura Brasileira", Ettore Finazzi-Agrò assinala como a cultura europeia incorporou os elementos ligados ao "instinto e às leis misteriosas do corpo" – aí incluindo o louco, a mulher, o negro etc. – ao "imenso domínio da Alteridade que acabou, assim, por se transformar numa grande feira da Diversidade."

> Nesta dimensão que não é *uma* dimensão – mas sim uma proliferação incontrolável de espaços e tempos diferentes impera, desde sempre, [...] o Dia-bo, em suma: aquele que "separa" (do grego dia-bàllein) e que aparece, ele mesmo, como dividido, múltiplo, contra a sacralidade do

---

[3] Existem pontos anônimos como de autoria conhecida para saudar orixás e entidades. Quando não há uma especificação de autoria é porque trata-se de um ponto tradicional ou não foi possível determinar a autoria.

> Não-divisível, do Sim-bólico, do que se apresenta, com efeito, *In-dividuus*.
> (Finazzi-Agrò, 1991, p. 53 – grifos do autor.)

A afirmação de Finazzi-Agrò refere-se sobretudo à relação estabelecida entre os escritores brasileiros com o referencial europeu na construção de uma identidade nacional. Entretanto, a relação mesmo/outro é também seguidamente reproduzida no âmbito interno da nação. Contra a imagem do *In-dividuus* brasileiro civilizado surgem *corpos em dissonância*. Corpos *dia-bólicos* que, ao invés de se agregarem ao grande corpo da *urbs*, criam narrativas próprias, em desajuste com o discurso monofônico oficial. Vistas dessa maneira, as narrativas sincréticas, próprias desse pensar diabólico, múltiplo, terminam por quebrar as relações hierarquizantes entre brancos e negros, cultura civilizada e barbárie, para estabelecer uma visão em suplemento, capaz de conferir uma identidade própria – e não por mera oposição à cultura *sim-bólica* – aos negros, mestiços, homens e mulheres pobres da cidade do Rio de Janeiro. A malandragem e a macumba farão, por certo, parte dessas narrativas diabólicas.

A macumba carioca – assim como as festas populares e os novos gêneros musicais – é justamente um desses *loci* discursivos sincréticos em que se estabeleceriam "novas identidades intelectuais e afetivas, numa linguagem nova que desse conta das situações de identidade e conflitos que caracterizariam essas novas classes urbanas do Rio de Janeiro" (Moura, 1983, p. 90).

Como afirma o próprio Roberto Moura (1983), é uma minoria étnica originária da Bahia que assume o controle da macumba carioca. Os negros muçulmanos haussás, guerreiros quase eliminados na Bahia por conta das constantes revoltas citadinas, misturam-se aos candomblés de diversas etnias nagôs e passam a atender a toda a gente, incluindo aí brancos bem posicionados socialmente.

As tensões entre os diversos grupos de africanos e afrodescendentes no Rio de Janeiro da virada do século XIX para o XX podem ser vistas na série de reportagens "No mundo dos feitiços", parte do volume *As religiões do Rio*, de João do Rio. O flâneur-cronista transita pelos candomblés levado pelo guia Antonio. João do Rio afirma que Antonio estudou em Lagos, então, seria possível levantar a hipótese de que Antonio pertencesse ao grupo linguístico iorubá, apesar dos bantos serem em maior número na cidade. A fala do guia corrobora o desprezo dos grupos iorubás e mulçumanos em relação aos cabindas[4],

---

[4] Cabinda hoje é uma província de Angola, mas no século XIX fazia parte do Congo, uma das muitas regiões de falantes de línguas bantas. Os nativos dessa área passavam a ser designados como "cabindas" ao chegarem ao Rio de Janeiro por causa do porto de onde partiam.

— Também essa gente [cabindas] é ordinária, copia os processos dos outros e está de tal forma ignorante que até as cantigas das suas festas têm pedaços em português.
[...]
Eu estava atônito. Positivamente Antônio achava muito inferiores os cambindas.
— As iaôs?
— As filhas-de-santo macumbas ou cabindas chegam a ter uma porção de santos de cada vez, manifestando-se na sua cabeça. Sabe V.S. o que cantam eles quando a iaô está com a crise?
Maria Mucangué
Lava roupa de sinhá,
Lava camisa de chita,
Não é dela, é de iaiá.
[...]
Houve uma pausa e Antônio concluiu:
— Por negro cabinda é que se compreende que africano foi escravo de branco. Cabinda é burro e sem-vergonha![5] (Rio, 2006, p. 36.)

Algumas questões escapam ao furioso Antonio. Em primeiro lugar, afrodescendentes de tronco linguístico banto eram muito mais numerosos do que qualquer outro grupo de escravizados ou livres na capital e estavam aqui há muito mais tempo. Antonio, pertencente a outras tradições, não poderia saber a magnitude da tradução cultural e religiosa que dava a João do Rio – e este muito menos entendia – ao afirmar que para os cabindas "Orixalá é Ganga Zumba" (Rio, 2006, p. 35). O primeiro grande quilombola, filho do Congo, em pleno centro do Rio de Janeiro oitocentista, vive como criador supremo do seu povo.

Por isso, passada mais de uma década da publicação da primeira edição deste livro, não sei se continuo concordando, integralmente, com a afirmação do inesquecível Roberto Moura, que abriu tantos caminhos. De fato, os ritos nagôs adquirem uma visibilidade para fora dos espaços exclusivamente negros ao contrário de outras formas religiosas dos grupos bantos que se sustentaram no silêncio. Ainda, nos nossos dias, não é raro encontrarmos textos de intelectuais que abordam o candomblé queto como uma forma mais "pura" ou próxima das raízes africanas, algo de fato impossível.

---

[5] José Carlos Rodrigues optou por corrigir a ortografia dos termos africanos encontrados na primeira edição de *As religiões do Rio*, como "cambinda", "iauô", "yayá". Acho importante esse destaque para que o leitor possa compreender as dificuldades da transcrição oral, o desconhecimento dos termos etc. Fato que se perde nas edições mais recentes.

Nei Lopes vem há décadas atuando no combate à hierarquização entre bantos e sudaneses, construído, em especial, pelo cientificismo do século XIX e pelo apagamento cultural da presença banta entre nós. Um dos pontos centrais da crítica aos diversos povos de origem banta seria uma "fraqueza que teria levado à aculturação e ao sincretismo" (Lopes, 2008, p. 25). O pensador ressignifica os estereótipos de docilidade e servilidade dos inúmeros povos bantos ao demonstrar como a aproximação com o inimigo, em alguns casos, seria uma estratégia de sobrevivência, enquanto, em outros casos, a organização, como no caso de Palmares, estava presente desde os primeiros tempos de escravização no Brasil.

De qualquer forma, isso não significa que esse sistema de julgamento entre indivíduos de diferentes "nações" não estivesse presente entre africanos e negros brasileiros antes e pouco depois da abolição. Interessa-me somente destacar que se os nagôs tinham suas formas de organização social, no qual o candomblé – palavra de origem banta, por sinal – tinha um papel central, os povos originários da África Banta construíram outros sistemas culturais e religiosos aqui no Brasil, nem mais ou menos africanos do que os nagôs por utilizarem termos em português. Essa, aliás, a grande maleabilidade desses grupos que costumam privilegiar os antepassados em seus cultos.

De qualquer forma, essa abertura das casas, como destaca Roberto Moura, sinaliza a efetivação da consulta pessoal em que são atendidos "aqueles em busca de remédio, dinheiro ou vingança, gente que chega de todas as partes da cidade, revelando uma enorme crise mística que toma aqueles tempos de transformações, esperanças e miséria" (Moura, 1983, p. 87).

São esses os personagens reais, em busca de remédio, dinheiro ou vingança, que encontramos ficcionalizados no capítulo "Macumba" – palavra originária do quimbundo – do romance marioandradeano. Personagens que, independentemente de seu local de origem cultural ou econômica, se encontram reunidos no zungu da Tia Ciata pedindo proteção e favores a Exu. Ao debruçar-se sobre a macumba carioca, Mário de Andrade termina por espetacularizar um Rio de Janeiro distante dos ideais de "progresso" e "civilização", porém próximo ao cotidiano dos intelectuais cariocas, atraídos pela mística em torno dos cultos africanos e pela concretização do ideário modernista, que vislumbra no contato direto com as camadas populares a possibilidade da construção de uma cidade – para usar um termo do próprio Mário – polifônica.

Aqui é importante que se tenha claro o seguinte fator: o Rio de Janeiro das primeiras décadas do século XX é uma cidade marcada pela vivência cotidiana entre uma alta intelectualidade, composta por nomes como Manuel Bandeira, Villa-Lobos, João do Rio, Orestes Barbosa, e uma elite popular, constituída por nomes como Pixinguinha, Tia Ciata, Sinhô, João da Baiana.[6] Ruas, cafés, áreas de boêmia como a Lapa e o Mangue, macumbas da Cidade Nova, festas populares formam uma rede que serve à aproximação e à constante troca intelectual e cultural entre estes grupos. O modernismo carioca irá se organizar de forma diferente do que veremos mais adiante acontecer em São Paulo. Ao contrário dos modernistas paulistas, os intelectuais cariocas refutam a ideia de um movimento artístico organizado.

No imaginário desses intelectuais, a ideia de um projeto remetia à sua institucionalização, o que significava perda de originalidade e, sobretudo, comprometimento. É nessa perspectiva que eles preferem falar da descoberta da cidade, de seus lugares e seus tipos como ponto de partida para uma reflexão mais ampla (Velloso, 1996, p. 29).

Assim, conjugamos vários fatores pertencentes a essa nova organização social do Rio de Janeiro e que vemos serem tematizados em "Macumba". A marcante presença da cultura negra no cotidiano da cidade, seja através da música, das festas ou das práticas religiosas; a crescente mistura entre grupos sociais de origem diversa; o interesse e o contato mantido entre intelectuais e elites populares; a malandragem não compreendida apenas como fator determinado pela questão social ou econômica, mas, no caso exclusivo de "Macumba", como fator preponderantemente da ordem cultural e religiosa.

Como podemos observar, encontramos em *Macunaíma* um Exu demoníaco, temido e ao mesmo tempo adorado, chamado de "nosso pai" pelos frequentadores do zungu da Tia Ciata. As fontes policiais da Corte, por todo o século passado, mencionam a existência de habitações coletivas, administradas geralmente por mulheres negras, onde os escravos que circulavam pela cidade encontravam pouso, participavam de festas e saboreavam o angu, comida básica do cativo urbano (Soares, 2001, p. 211).

O local escolhido por Mário de Andrade não é, portanto, aleatório. Os zungus serviram como espaço de resistência da comunidade negra, muitas vezes abrigando escravos fugitivos. "Na luta por autonomia diante das arbitrariedades senhoriais e a intervenção do Estado, o zungu era um referencial de identidade coletiva, um espaço de solidariedade" (Soares, 2001, p. 215).

---

[6] São diversas as publicações que tratam desses "encontros" entre estas duas camadas. Destaco algumas aqui: *O encontro de Bandeira e Sinhô* (André Gardel, 1995), *Modernismo no Rio de Janeiro* (Mônica Velloso, 1996), *O mistério do samba* (Hermano Vianna, 1995), *Modernidade em preto e branco: arte e imagem, raça e identidade no Brasil – 1890 – 1945* (Rafael Cardoso, 2022).

No zungu andradiano mantém-se o sinal de identidade coletiva. No entanto, esta identidade é forjada não mais apenas pelo domínio do elemento negro, mas por uma identificação de indivíduos pertencentes a diferentes raças e classes sociais, unidos pela devoção à música e à religião de origem africana, elementos de uma ordem cultural carioca que serve como amálgama aos diferentes indivíduos ali presentes.

Assim, Macunaíma nos é apresentado como filho de Exu. O herói chega ao Rio de Janeiro, mais especificamente ao terreiro da baiana Ciata, no Mangue, com a missão de ganhar força e, dessa forma, castigar ferozmente Venceslau Pietro Pietra. Ali, Macunaíma defronta-se com a cultura negra, representada no capítulo "Macumba" pelo universo dos orixás e do samba carioca. Tia Ciata, "mãe-de-santo famanada e cantadeira ao violão", (Andrade,1986, p.57) divide-se entre as lideranças religiosa e musical. Como registra o próprio Mário,

> Uma das mais recentes mães-de-santo (pois que podem ser também mulheres) famosas foi a Tia Ciatha, (sic) mulher também turuna na música. Passava os dias de violão no colo inventando melodias maxixadas e falam mesmo as más-línguas que muito maxixe que correu Brasil com nome de outros compositores negros eram (sic) dela e apropriações mais ou menos descaradas. (Andrade,1928, p.162 apud. Silva e Filho, 1998, p. 317.)

Mário utiliza-se de um adjetivo hoje em desuso para designar Tia Ciata. Turuna, como define o *Dicionário Aurélio*, vem do tupi e significa "negro poderoso". Nas primeiras décadas do século, este termo é empregado no sentido de forte, valentão e associa-se diretamente à marginalidade. Conforme Velloso (1998, p.11), "Rapidamente o termo *turuna* acabou sendo identificado à figura tradicional do malandro carioca". Malandro vinculado não somente à esperteza – atributo que parece ter se perpetuado no imaginário popular – mas também ao valente, ao brigão, capaz de enfrentar com pernadas de capoeira e com a navalha qualquer desafio. Empregada por Mário, a palavra turuna enfatiza tanto a condição de mãe de santo como o papel de líder musical de Tia Ciata.

No Rio de Janeiro da *Belle Époque*, as tias baianas aparecem como personagens turunas o suficiente para conseguir sobreviver sendo negras, macumbeiras e cantadoras. Vindas da Bahia, são mulheres como Tia Ciata que assumem a liderança dos candomblés e muitas vezes sustentam as famílias, com a venda nas ruas de seus quitutes. É no ambiente das festas nas casas das tias que o samba nasce e encontra proteção. Reprimido severamente pela polícia, o samba ganha força e tradição no quintal das casas, enquanto nas salas, na porta da rua, grupos de choro encobrem a batucada e o movimento erótico dos corpos.

O interessante ao observar a vida na Pequena África, como a região da Cidade Nova era chamada por acolher diversas famílias negras, é perceber que espaço e tempo adquirem significados em muito diferentes dos defendidos pelos ditames civilizatórios. O tempo do trabalho é o tempo do fazer religioso e, consequentemente, o tempo da festa. O espaço e a música dos terreiros e dos orixás são partes fundamentais para a formalização do samba e da dança. Nenhum desses elementos pode ser analisado em separado, mas como formadores de uma arquitetura cultural sincrética, em que as fronteiras entre privado e público, "ordem" e "desordem", "civilização" e "barbárie" apresentam-se constantemente borradas.

Melhor dizendo, esses pares dicotômicos, registro de um pensamento ocidental, perdem sua força quando contrapostos à organização da cultura negra que, à semelhança de Exu, estrutura-se no território da ambivalência. No lugar da estratégia hierarquizante, que termina por fixar o lugar do outro como "inferior", oferece-se uma estrutura deslizante que dinamiza o jogo entre os opostos, recambiando a todo o momento seus significados. Assim, é possível que se compreenda que Exu *é*, ao mesmo tempo, positivo e negativo. Pai nosso e diabo. Os pares não se excluem, ao contrário, agregam-se.

O registro literário de Mário privilegia igualmente essa leitura. Na macumba andradiana, a religiosidade não se separa da musicalidade, e não por acaso o escritor escolhe para iniciar as saudações aos orixás em "Macumba" "o ogã tocador de atabaque, um negrão filho de Ogum, bexiguento e fadista de profissão" (Andrade, 1986, p. 57). Sabemos que, na verdade, a figura do ogã era uma homenagem de Mário a Pixinguinha. Pesquisador obsessivo, Mário se encontrou com o músico, em São Paulo, no ano de 1926, e dessa conversa recolheu informações sobre a macumba de Tia Ciata, da qual Pixinguinha, ao lado de compositores como Donga, Sinhô e Heitor dos Prazeres, eram frequentadores.

Mário percebe que é impossível excluir a manifestação religiosa da musical e vice-versa, e constrói "Macumba" por este duplo caminho: sagrado-profano, espírito-matéria, ritos-ritmos. O corpo irá servir como palco para mediar estas múltiplas forças. E o samba e o candomblé como meios de resistência da comunidade negra diante da opressão das chamadas elites dominantes. É o corpo do negro, utilizado até pouco tempo como força escrava, que se transforma em corpo liberto capaz de compor e, em transe, comunicar-se com os deuses.

O corpo no candomblé faz parte de um círculo de comunicação maior com o sagrado, que envolve igualmente a música, a palavra, os atabaques. Só que, mais uma vez, esses elementos não podem ser analisados em separado como ocorre na cultura ocidental. Nos ritos afro-brasileiros, "praticamente não existe a palavra sem o seu componente da música. A palavra é som, é ritmo, é música e é movimento sonoro e corporal" (Lühning, 2001, p. 24).

Compreender esse sincronismo é tarefa árdua, já que a maior parte das categorias ocidentais utilizadas para a análise musical e linguística separa naturalmente a palavra cantada da palavra poética. É preciso compreender a diversidade de elementos presentes num ritual afro-brasileiro não a partir de uma divisão ocidental, mas da dinâmica, do caráter semovente que se dá no jogo entre palavra, ritmo, música, corpo etc. E o orixá que, justamente, rege esta concepção africana de "palavra" é Exu, que conduz a voz humana e o som compreendidos como um processo "desencadeado sempre por pares de elementos genitores – seja a mão batendo no atabaque, seja o ar repercutindo nas cordas vocais" (Sodré, 1998, p. 67).

Esta afirmação valerá tanto para a compreensão das religiões africanas como do samba urbano nascido no Rio de Janeiro. Como informa Muniz Sodré (1998, p.68), "no samba, a figura de Exu – frisamos, princípio do movimento que, no sistema nagô, outorga individualidade ao ser humano e lhe permite falar – é latente mas poderosa. É o seu impulso que leva o corpo a garimpar a falta".

A fala, que engloba igualmente a fala do corpo e a fala dos instrumentos musicais, garante o sentido de individualidade aos participantes do candomblé e do samba e, de maneira menos óbvia, mas igualmente eficaz, aos malandros que circulam, nos anos 1920 e 1930, pelo centro do Rio e pelas composições dos sambistas e escritores.

Em perspectiva complementar a usual, que faz uma leitura aproximativa entre samba e malandragem nos anos 1930, podemos acrescentar esse aspecto da religiosidade afro-brasileira como elemento igualmente construtor do imaginário sobre malandros e malandragens, como concebido naquele período.

É importante esclarecer que não estabeleço uma origem da representação da malandragem no período referenciado. Como veremos em outros capítulos, a literatura brasileira há muito já lidava com esses tipos em suas páginas, basta que nos lembremos do Leonardo, de *Memórias de um sargento de milícias*. O elemento diferenciador da malandragem, a partir das décadas de 1910 e 1920, é que os malandros passam a falar por si pela primeira vez. Não é mais um relato mediado pelo intelectual, jornalista ou escritor que encontramos, mas a narrativa direta composta por sambistas que fazem questão de utilizar o pronome pessoal para corroborar a identificação entre sambista e malandro. Veremos mais adiante as implicações dessas identificações. Pelo momento, é interessante notar que religiosidade, samba, malandragem etc. são elementos de diferenciação da comunidade negra naquele período histórico.

Mário de Andrade, ao trazer Exu para o centro de sua "macumba desgeografizada", efetiva a articulação entre identidade, corpo e música, tão cara à Pequena África quanto ao próprio malandro. Em *Macunaíma*, o orixá rege a musicalidade do terreiro e determina o sentido dos corpos, da mesma forma que veremos a vertente malandra dar nova direção ao samba. Em "Macumba" – título compreendido como experiência religiosa e musical – a sonoridade dos instrumentos e os cantos não funcionam como pano de fundo, como "trilha sonora" do que se passa, mas sim como roteiro a conduzir os personagens aos seus destinos.

No terreiro composto por "médicos padeiros engenheiros rábulas polícias criadas focas assassinos, Macunaíma" (Andrade, 1986, p. 59), os corpos entram em transe e são tomados pela música, pelos cânticos e ritos. Assim como o texto, que segue frenético, sem pontuação em vários momentos, como a correr à frente do leitor ou acompanhando a cadência acelerada dos atabaques até o clímax, em que a prostituta polaca se transforma em "cavalo" de Exu, da mesma forma que Macunaíma torna-se "cavalo" de Mário (cf. Diniz, 1995, p.365).

> Nem bem reza recomeçou se viu pular no meio da saleta uma fêmea obrigando todos a silêncio com gemido meio choro e puxar canto novo. Foi um tremor em todos e as velas jogaram a sombra da cunhã que nem monstro retorcido pro canto do teto, era Exu! *Ogã pelejava batendo tabaque pra perceber os ritmos doidos do canto novo, canto livre de notas afobadas cheio de saltos difíceis, êxtase maluco baixinho tremendo de fúria.* [...] Só Tia Ciata veio vindo e chegou junto do corpo duro da polaca no centro da saleta ali. A feiticeira tirou a roupa, ficou nua, só com os colares os braceletes os brincos de contas de prata pingando nos ossos. Foi tirando da cuia que ogã pegava, o sangue coalhado de bode comido e esfregando a pasta na cabeça da babalaô. Mas quando derramou o efém verdento em riba, a dura se contorceu gemida e o cheiro iodado

embebedou o ambiente. Então a mãe-de-santo entoou a reza sagrada de Exu, a melopéia monótona. (Andrade, 1986, p. 60-61 - grifos meus.)

Como afirma Michel Maffesoli (1996, p. 314), "os orixás para o Candomblé, [...] à imagem dos 'panteões' nos quais se situam, fazem, da pessoa que assediam, um conjunto complexo e em perpétuo movimento". Ou seja, trata-se menos de uma entidade estável do que um processo nos quais estão dispostas as diversas máscaras do mesmo sujeito. O corpo faz-se local da identidade ao mesmo tempo múltipla e una, em que a música também se torna objeto constituinte.

Os atabaques de Pixinguinha lutam freneticamente com o corpo ensandecido da polaca tomado por Exu, como se duas linhagens musicais ali se defrontassem e tivessem como palco o corpo do outro. Pixinguinha, já mestre consagrado, e Exu/Malandro instilando canto novo, desconhecido, capaz de quebrar a tradição e instaurar um novo espaço musical.

> Muitas vezes os instrumentistas, mesmo o ogan (tocador de atabaque, posto importante) pelejam pra acompanhar direito esses cantos estranhos, muitas vezes improvisações duma variedade rítmica tão infinita e sutil que não tem compasso possível pra elas. "Seria preciso muitos compassos diferentes pra anotar esses cantos", me contou meu informador. E essa a maneira inculta de dizer que esses cantos são por vezes de ritmo livre é absolutamente fidedigna, pois, quem me informa sabe música brasileira a fundo, é turuna dos nossos ritmos populares. (Andrade, 1928, p.162 apud. Silva e Filho, 1998, p.318.)

Dessa feita, é o turuna Pixinguinha quem relata a Mário a dificuldade de transpor para o registro musical ocidental o que se passa em um terreiro de candomblé. "Seria preciso muitos compassos" pois os cantos não anotados são concebidos de maneira relacional ao orixá manifestado, aos outros corpos presentes, ao ritmo e as palavras proferidas no instante do culto. São os atabaques, tambores próprios do candomblé, que ensaiam domar ou conduzir esses cantos novos, e a música e o rito somente acontecem na mediação que o corpo executa entre o ritmo e o canto.

> Temos que lembrar que dentro do conceito africano a fala do tambor não leva somente a uma degustação auditiva [...]. Esse som, através das vibrações das batidas, deve ser sentido pelo corpo e dessa forma finalmente ser transformado em movimento. Esse tipo de movimento

acontece na forma da dança, que normalmente obedece às mais diversas indicações sonoras, sendo guiadas pelos padrões percussivos rítmicos. Podem ser movimentos religiosos ou profanos. Essa transformação de som em movimento talvez seja a essência da música africana e afro-brasileira, religiosa e/ou profana. (Lühning, 2001, p. 26-27.)

Em "Macumba", Mário vai além e nos faz presenciar não somente a transformação do som em movimento, mas também a luta que se instaura entre "os ritmos doidos do canto novo", promovido por Exu, e a fala dos atabaques, defendida por Pixinguinha. Canto novo, novos ritmos que surgem no espaço dominado pelas baianas da Cidade Nova. Como afirma Diniz (1995, p.365), a escrita de Mário de Andrade é "para além do real histórico e para dentro do real ficcional". O canto novo invade o terreiro onde até o maestro renomado reinava absoluto. Uma nova maneira de cantar e tocar invade tanto as páginas de *Macunaíma* quanto as ruas do Rio de Janeiro. Mário de Andrade não está sozinho nesta constatação.

Alegoria e malandragem em *Macunaíma*

Em 1935, Ribeiro Couto publica o conto intitulado "Endereço de Tia Ciata". Quis o tempo e a historiografia literária que Ribeiro Couto se tornasse praticamente um nome desconhecido entre os leitores contemporâneos. Entretanto, Ribeiro Couto teve papel fundamental no modernismo carioca dos anos 1920. Como Manuel Bandeira, de quem era grande amigo, Couto recusou-se a participar da Semana de Arte Moderna em 22. Não por discordar das prerrogativas do modernismo paulista; pelo contrário, era um ardoroso fã do verso livre. Mas, tal como o poeta pernambucano, não tinha a intenção de contestar os simbolistas e os parnasianos, nem os versos rimados e metrificados. Era um poeta que transitava por entre o melhor da técnica poética tradicional e a modernidade iconoclasta de certa vertente modernista. Como nos conta o próprio Bandeira, "foi por intermédio dele [Ribeiro Couto] que tomei contato com a nova geração literária do Rio e de São Paulo, aqui com Ronald Carvalho, Álvaro Moreira e Di Cavalcanti, em São Paulo, com os dois Andrades" (Bandeira, 1966 p.168).

O círculo de boêmios intelectuais seria ainda acrescido por nomes como Jaime Ovalle, Sérgio Buarque de Hollanda e Rodrigo Mello Franco de Andrade. Todos apresentados a Bandeira por aquele que viria a ser durante décadas embaixador do Brasil em diversos países europeus. E cada um destes homens, a seu modo, estava propondo caminhos para o Brasil modernista. Antes de 1930, sociologia, poesia, política e pintura seriam antes de tudo estratégias para se pensar novas formas de nação. E como já vimos, o pensar modernista carioca passava invariavelmente pelo caminho das ruas e da cultura popular.

"Endereço de Tia Ciata" pode ser lido como um registro daquele momento peculiar do modernismo carioca, quando a tradição literária se vê invadida por aspectos e personagens da cultura popular que irão subverter a ordem e mudar os parâmetros da composição poética. Como em "Macumba", domina a cena do conto a musicalidade africana intercambiada pela religiosidade. Ao invés do personagem marioandradeano, sua antítese: José Elezeário Gomes, crítico literário e funcionário público. Em relação a sua primeira atividade tem posição categórica: "– Sou pelas Boas Tradições do Verso." Imagine-se, pois, o espanto quando José Elezeário recebe, com direito até a dedicatória, *Libertinagem* (1930), de Manuel Bandeira,

> Trancou na gaveta o livro secreto, mas não conseguiu escapar ao atordoamento provocado por aqueles "pseudos-versos". Até que um dia, como que emperrando num obstáculo sub-consciente, passou a repetir:
> – *Sambas de tia Ciata,*
> *Cadê mais a tia Ciata,*
> *Talvez em Dona Clara meu branco,*
> *Ensaiando cheganças p'ra o Natal.*
> (Couto, 1935, p.173 – grifos no original.)

Em "Mangue", Bandeira traz para a poesia o cotidiano das ruas esquecidas do Rio, da mesma forma em que se nutre das formas, ritmos, musicalidades próprias ao universo afro-brasileiro. O jogo que se dá em "Macumba" entre Exu/polaca e Ogã/Pixinguinha no conto é transformado em luta ferrenha entre o crítico e o canto novo, invasor do terreiro sagrado da poesia. José Elezeário torna-se obcecado pelos versos e pela própria Tia Ciata. *Libertinagem* o havia enfeitiçado. "Sobretudo aquele pseudo-poema da página 31, e sobretudo a misteriosa atmosfera criada pelo dito pseudo-poema" (Couto, 1935, p.177).

O feitiço ocorre pela fala, não mais a palavra "original" do negro feiticeiro, mas do feiticeiro branco Bandeira contaminado, em definitivo, pela junção entre palavra cantada e música, própria aos cultos africanos. Diante do feitiço nem branco nem negro somente, mas também branco e também negro, o defensor das boas tradições do verso teima em se proteger, em proteger seus princípios e valores, os quais, até então, pareciam inabaláveis. O outro, representado por Tia Ciata, o toma duplamente: como revolução poética e forte presença musical. O corpo do pobre José Elezeário não suporta essa invasão.

Como a prostituta em *Macunaíma* transformada em "cavalo" de Exu, José Elezeário torna-se "cavalo" de Bandeira, ou de Tia Ciata falando por Bandeira. Ele transforma os versos em assobios, cantoria, música de feitiçaria e passa a perseguir esse fantasma de mulher, emblema da cultura popular. Tentativas inúteis do crítico de compreender e delimitar os versos de Bandeira ou encontrar o endereço de Tia Ciata. Encontrar tais respostas – Onde mora Tia Ciata? O que são aqueles versos? – implicaria uma redefinição do próprio lugar de fala de José Elezeário.

É possível a um crítico estritamente literário, desconhecedor da cultura carioca das ruas e terreiros, compreender a amplitude dos versos de Bandeira? O que Ribeiro Couto coloca à prova é o perfil do crítico de gabinete, voltado apenas para compreensão estrita do fazer poético. Nesse jogo metalinguístico e de referencialidades literárias, o intelectual passa a estabelecer contatos diretos com compositores, músicos, integrantes dos candomblés, marginais, malandros. Ou se quebra com a tradição dos bons versos e da boa cultura, ou se sucumbe diante do inevitável. O que José Elezeário não pode compreender é que a influência da cultura negra já havia ultrapassado os limites da Pequena África e dos subúrbios cariocas.

Em "Mangue", como em outros poemas de Bandeira, são os corpos, o samba, as baianas, a própria rítmica e fala que invadem o reduto da poesia tradicional. Ribeiro Couto traça de maneira fatalista o destino de homens como José Elezeário Gomes. Em busca de definições para suas perguntas o crítico se perde; primeiro em ida improdutiva até Santa Clara, depois perde sua sanidade, e por fim, diante da inevitabilidade do encontro com o outro, perde sua própria vida. Os últimos parágrafos do conto são exemplares nesse sentido.

> À distância, o Maravilhoso fizera efeito. Tia Ciata e os demais fluídos líricos perseguiam José Elezeário Gomes. O Defensor Perpétuo das Boas Tradições do Verso consumia-se, cada dia um pouco, com todos os seus Pontos de Vista. Uma noite, sangue de José Elezeário Gomes virou água. D. Candoquinhas foi ver, estava morto (Couto, 1935, p.182).

Mais uma vez, Ribeiro Couto dialoga com Manuel Bandeira. O último parágrafo remete diretamente à "Macumba do Pai Zusé" (Bandeira, 1993, p. 141), também do livro *Libertinagem*.

> Na macumba do Encantado
> Nego veio pai de santo fez mandinga
> No palacete de Botafogo
> Sangue de branca virou água
> Foram vê estava morta!

Segundo o próprio Bandeira conta em *Itinerário de Pasárgada*, *Libertinagem* teria nascido da convivência quase que diária com ilustres boêmios como Jaime Ovale, Dante Milano, Osvaldo Costa e Geraldo Barroso do Amaral. Poemas como "Mangue", "Macumba do Pai Zusé", "Noturno da Lapa" e "Na boca" "seriam resultado da convivência do grupo entre si e da comunhão com a cidade" (Bandeira, 1993, p.42). Certo, no entanto, é que Ribeiro Couto questiona em "Endereço de Tia Ciata" o lugar do crítico literário tradicionalista e sua incapacidade de perceber as interações entre o fazer poético e as modificações culturais ocorridas na cidade.

Ribeiro Couto e Manuel Bandeira provam que a organização espacial da cidade moderna não é totalmente controlada pelas intervenções do Estado que, pelo menos desde o governo de Pereira Passos, visa sistematicamente estabelecer territórios diferenciados para cada classe. Nos textos dos autores modernistas, incluindo Mário de Andrade, as fronteiras geográficas explodem para dar lugar a narrativas que primam pela contaminação de culturas. Assim, a escrita torna-se igualmente campo de batalha dos confrontos entre os defensores ardorosos da "boa tradição e dos bons costumes" e o inegável fascínio produzido pelas diversas dimensões da cultura negra, que eclode através da renovação literária e musical.

O desfecho do capítulo "Macumba" contrapõe-se ironicamente à incapacidade de José Elezeário de estabelecer o local de pertencimento do Outro, de demarcar seu espaço geográfico e cultural.

> E pra acabar todos fizeram a festa juntos comendo bom presunto e dançando um samba de arromba em que todas essas gentes se alegraram com muitas pândegas liberdosas. Então tudo acabou se fazendo a vida real. E os macumbeiros, Macunaíma, Jaime Ovalle, Dodô, Manu Bandeira, Blaise Cendras, Ascenso Ferreira, Raul Bopp, Antônio Bento, todos esses macumbeiros saíram na madrugada. (Andrade, 1986, p.64.)

Os *macumbeiros-demoníacos*, que não sofreram com a inquietação de estabelecer fronteiras entre o mesmo e o outro, entre a tradição erudita e a popular, invadem festivamente a madrugada. Aqui o plano histórico dialoga com a literatura para juntos criarem uma nova instância de alegria libertadora. O Rio de Janeiro dos anos 1920 e 1930 não é mais espaço para críticos literários tradicionalistas como José Elezeário Gomes, mas para homens como Manuel Bandeira e Ribeiro Couto, que podem transitar livremente entre o espaço literário e o comprometimento com as manifestações e representações da cultura popular.

O projeto de Mário de Andrade se completa ao unir, na mesma narrativa, elementos pertencentes aos planos histórico e imaginário, criando um lugar igualmente sincrético que passa a funcionar como espaço de discussão da cultura popular – representada pelo candomblé e o samba –, em interseção com a própria experiência modernista. Torna-se clara a opção de Mário de Andrade em atribuir a paternidade de Macunaíma a Exu. Herdeiro direto do orixá, Macunaíma reúne os mesmos elementos de ambivalência e transfiguração de seu pai. Macunaíma reafirma-se como o herói sem nenhum caráter fixo, ao mesmo tempo em que, à maneira de Exu, instaura o elemento transformador e o desrespeito às regras e à moral por onde passa. Macunaíma é ao mesmo tempo branco, negro e índio; urbano e rural; erudito e popular. Macunaíma muda de raça, de lugar, sem abrir mão do engano, da astúcia, da esperteza, da aversão ao trabalho como ferramentas decisivas no seu contato com o mundo.

Nesse contexto, é possível aproximar Macunaíma, filho de Exu, da figura do malandro. Se, no plano histórico, podemos estabelecer a linhagem que une Exu ao malandro Zé Pelintra, no plano ficcional podemos ligar Exu ao malandro Macunaíma. Não será somente a paternidade de Exu ou mesmo a maneira com que ambos lidam com as adversidades os únicos fatores a aproximá-los.

Como explica Alfredo Bosi (1996, p. 171), Mário de Andrade constrói *Macunaíma* sobre duas motivações principais:

> (a) por um lado, o desejo de contar e cantar episódios em torno de uma figura lendária que o fascinara pelos mais diversos motivos e que trazia em si os atributos do *herói*, entendido no senso mais lato possível de um ser entre humano e mítico [...]
> (b) por outro lado, o desejo não menos imperioso de pensar o povo brasileiro, *nossa gente*, percorrendo as trilhas cruzadas ou superpostas da sua existência selvagem, colonial e moderna, à procura de uma identidade que, de tão plural que é, beira a surpresa e a indeterminação; daí ser o herói sem nenhum caráter. (grifos no original.)

Essas duas vertentes se entrecruzam ao longo de toda a narrativa, sendo mesmo impossível e improdutivo determinar onde termina o viés mítico e inicia-se a discussão sobre a constituição da identidade nacional. Da mesma forma, podemos aplicar estas vertentes de leitura para "ler" a concepção usual sobre o malandro. Por um lado, o malandro que ainda hoje participa do imaginário nacional foi construído nesse viés entre o homem e o mito, o que permitiu que em determinados momentos fosse alçado à condição de "herói da nossa gente". Por outro lado, sua representação também é construída sobre a indeterminação e a incapacidade de aprisioná-lo em uma conceituação fechada, em uma identidade única, pois o malandro, tal qual Macunaíma, precisa constantemente trocar de máscara para permanecer apto a enganar o outro. As diversas "máscaras" de Macunaíma colaboram para que ele logre o outro, ultrapasse os obstáculos e alcance seus objetivos.

Como afirma Antonio Candido em "Dialética da malandragem" (1973, p.71), "o malandro seria elevado à categoria de símbolo por Mário de Andrade em *Macunaíma*". Esta afirmação traz em si um paradoxo, o fio da navalha por onde caminha a análise da representação da malandragem. Ao creditarmos a Macunaíma e ao próprio malandro a categoria de símbolo, não estaríamos colaborando para seu desaparecimento? Não é justamente a constante mutabilidade de *personae* que faz desses tipos o que são? Se nos ativermos à categoria de símbolo romântico identificada por Walter Benjamin em *A origem do drama barroco alemão*, veremos que o símbolo traz em si uma definição fechada, retirando-o do patamar histórico para restringi-lo à categoria de mito.

> O que chama a atenção no uso vulgar do termo é que esse conceito, que aponta imperiosamente para a indissociabilidade de forma e conteúdo, passa a funcionar como uma legitimação filosófica da impotência crítica, que por falta de rigor dialético perde de vista o conteúdo, na análise formal, e a forma, na estética de conteúdo. Esse abuso ocorre sempre que numa obra de arte a "manifestação" de uma "ideia" é caracterizada como "símbolo". (Benjamin, 1984, p.182.)

Ao símbolo não é permitido o caráter contraditório; a busca pela unificação de signos opostos almeja sempre uma identidade indissolúvel que remete o espectador a uma suposta revelação do caráter essencial do objeto analisado. Ao contrário, a função alegórica permite que o mesmo objeto possa ser lido, como Benjamin afirmou, de maneira fragmentária, sendo articulado sob forma dialética.

> Na perspectiva alegórica, portanto, o mundo profano é ao mesmo tempo exaltado e desvalorizado. A dialética da convenção e da expressão é o correlato formal dessa dialética religiosa do conteúdo. Pois a alegoria é as duas coisas, convenção e expressão, e ambas são por natureza antagonísticas. (Benjamin, 1984, p.197.)

Obviamente, a referência de Candido a símbolo não deve ter sido feita levando em conta a discussão benjaminiana, mesmo porque, como já mostra o título do ensaio, Candido trabalha numa perspectiva dialética. Ou seja, se ambos privilegiam a abordagem dialética, parecem diferir quanto à concepção de símbolo. No entanto, parece ser tentador identificar Macunaíma como símbolo do malandro. Deve-se lembrar que o malandro foi, em muitas ocasiões, identificado como um símbolo de Brasil.

No caso de Macunaíma, assumir que o malandro seja símbolo implica tentar estabelecer uma identidade fechada, contrária à proposta narrativa e alegórica que remete a incontáveis diálogos em relação a uma identidade nacional em constante redefinição. "[...] não há em *Macunaíma* a contemplação serena de uma síntese. Ao contrário, o autor insiste no modo de ser incoerente e desencontrado desse "caráter" que, de tão plural, resulta em ser nenhum" (Bosi, 1996, p.178).

Não seria, portanto, possível aproximar o conceito de alegoria proposto por Benjamim com a definição de diabólico vista até aqui? Ambos não propõem sentidos múltiplos no lugar da síntese perseguida pelo símbolo? Relembrando Finnazi-Agró (1991, p.53): "O Dia-bo, em suma: aquele que "separa" (do grego dia-bàllein) e que aparece, ele mesmo, como dividido, múltiplo, contra a sacralidade do Não-divisível, do Sim-bólico, do que se apresenta, com efeito, *Individuus.*"

Macunaíma, malandro cristalizado, transforma-se em estrela fixa, simbólica, no firmamento a brilhar inutilmente. Macunaíma, compreendido como personagem diabólico, alegórico, é capaz de dialogar mais amplamente com as diversas questões que envolvem a nação ao longo do texto. Ou, como diz Renato Cordeiro Gomes (1998, p. 80),

> Uma narrativa de fundação é aquela que tematiza a constituição da identidade cultural e da nacionalidade. Este tipo de narrativa surge nos países colonizados do Terceiro Mundo, no Romantismo, como uma essência conciliadora, tendo um aspecto não só artístico, mas também uma função política, social e ideológica. Quer, assim, com a "fundação", representar a nação, por meio de um discurso que revela a sua origem.

Às vezes, como no Romantismo, como algo imanente, uma essência absoluta atrelada a uma unidade. Macunaíma, contudo, é uma alegoria da impossibilidade de determinar o caráter único, dominante, que tipificasse o ser nacional. É um outro tipo de narrativa de fundação, que abre mão do ufanismo e não promete final feliz, através da reconciliação dos opostos.

Nessa acepção alegórica cai por terra um sentido possível de unicidade e essência e torna-se possível utilizar o sentido da aparência como um caminho para ler a malandragem. Para melhor compreender como se opera esta concepção é preciso retornar a Nietzsche. Para o pensador alemão, as dicotomias moralizantes verdade/ falsidade; essência/aparência; bem/mal devem ser analisadas para depois cair por terra como um valor próprio de sua era racionalista. "Nietzsche derruba, portanto, estas oposições ou, mais precisamente, ele inverte estes valores na própria medida em que erige uma outra tábua de valores que, doravante, conferirão prioridade ao falso, ao incerto, ao aparente e ao não verdadeiro" (Almeida, 2005, p. 277).

A verdade, conhecida através da emoção romântica ou da razão, revela-se para Nietzsche como hipótese mal fundamentada da história do conhecimento. "Porque toda vida só é possível com base em estimativas perspectivistas, ou em aparências que decorrem da própria vida" (Almeida, 2005, p. 289). Surge daí uma forma de conhecimento estetizante, valorizada pela experiência corporal como um todo, e não apenas do olhar contemplativo. Esta teoria quebra com a expectativa da revelação "epifânica" tendo como base o conhecimento da profundidade. Onde não há essência a ser descoberta, a medida do conhecimento não pode vir somente através da organização racional ou da valoração do sentimento. Corpo, sentidos, somados à razão, apresentam novas formas de se pensar os personagens em trânsito pelo regime da estética e da artificialidade.

A prevalência da aparência e do sensorial pode ser vista como uma nova via pela qual os malandros interagem com o ambiente social, enquanto asseguram a diferenciação em meio à massa. A tão comentada "superficialidade" malandra em seus modos de vestir e agir, que em uma perspectiva materialista significaria apenas um desejo de emulação das classes superiores, agora pode ser vista como uma concepção estetizante da própria vida que permite ao sujeito marginalizado estabelecer – na aparência – sua singularidade.

À concepção estetizante da malandragem soma-se o sentido fluido e multirrepresentativo das diversas estratégias negociadoras relacionadas à formação das identidades nacionais e culturais brasileiras. A ligação entre os termos "malandro" e "símbolo" não é feita de forma desinteressada, mas espelha certos momentos históricos da nação em que é rentável sustentar este par. Se hoje é discutível, quando não aparentemente ultrapassado, propor um símbolo para o país, nem sempre foi assim.

Em um momento de antevisão, Mário de Andrade em carta a Manuel Bandeira afirma que:

> Macunaíma não é símbolo de brasileiro, aliás, nem no sentido em que Shylock é a Avareza. Si escrevi isso, escrevi afobado. Macunaíma vive por si, porém possui um caráter que é justamente o de não ter caráter. Foi mesmo a observação disso, diante das conclusões a que chegara, no momento em que lia Koch-Gruenberg, a respeito do brasileiro, do qual eu procurava tirar todos os valores nacionais, que me entusiasmou pelo herói. [...] Macunaíma não é símbolo do brasileiro como Piaimã não é símbolo do italiano. Eles evocam "sem continuidade" valores étnicos ou puramente circunstanciais da raça. (Bandeira, 1958, p. 162-163.)

Em um dos prefácios não publicados a *Macunaíma*, Mário de Andrade identifica o personagem com "um sintoma de cultura nossa" (Lopez, 1974). O *Dicionário Aurélio* nos informa quatro possíveis significados para a palavra. Sintoma como "fenômeno de caráter subjetivo provocado no organismo por uma doença"; entendido como "sinal"; "presságio, agouro"; ou, na linguagem popular paulista, a qual Mário conhecia intimamente, entendido como "semelhança, aparência".

Macunaíma, assim como o malandro, não é um todo fechado em si, mas um indício de uma cultura maior e deve ser compreendido sempre de forma relacional, nunca isoladamente. Da mesma forma, ele também é aparência, superfície, e não essência de nenhuma realidade absolutizada e escondida, capaz de ser revelada ao se retirar a máscara. A aparência, a mascarada, não funciona como esconderijo de um "eu" verdadeiro, a aparência é, em si, o jogo constitutivo de uma identidade pontual cuja existência se relaciona com o outro e as condições culturais e históricas ao seu redor. Macunaíma vale-se da malandragem como uma estratégia ao se relacionar com o mundo externo.

Caso a hipótese acima esteja correta, não seria, no mínimo paradoxal, afirmar que em certos momentos da literatura e da música brasileira o malandro é representado justamente como signo fixo, símbolo de um suposto brasileiro? Não é justamente a malandragem, o jeitinho brasileiro, uma das prováveis características conformadoras da nossa identidade cultural, no dizer não somente nosso, mas também do estrangeiro?

O problema parece ser de fácil solução se nos ativermos à questão da representação literária, como vista acima em *Macunaíma*. Entretanto, quando nos transportamos para a ambiência carioca a partir dos anos 1920 surgem outros dados complicadores. Nesse momento surge a figura tipificada – e guardem bem este termo – do malandro. No imaginário da nação, encontramos uma suposta gênese da malandragem com os sambistas portadores de uma ginga particular, elegantes em seu terno branco e camisa de seda, cantando a história de personagens que, muitas vezes como eles próprios, vivem de aplicar golpes em otários e da "generosidade" das mulheres. Nesse curto período, entrecruzam-se mais claramente as instâncias históricas e ficcionais na trajetória da malandragem.

Obviamente, não é a primeira vez que personagens advindos das camadas populares têm seu universo retratado. Mas, naquele momento, este universo passa a ser representado pelo próprio indivíduo saído destas classes. Um samba composto por Wilson Batista, por exemplo, ganha contornos autobiográficos, feito praticamente inédito até então.

O malandro se equilibra sobre o fio da navalha. Em especial, certa parcela de músicos, associada à vagabundagem pelo ofício de sambista, pelo racismo ou pelas formas de autorrepresentação encontradas nos sambas. Como diz Claudia Matos (1986, p.42), os sambistas do Estácio, Cidade Nova, Morro da Favela, Gamboa, Saúde e São Carlos foram os primeiros a ostentar a designação de "malandros" e a orgulhar-se dela. A malandragem deixa de ser apenas uma forma de sobrevivência para tornar-se um diferenciador positivo em relação aos outros grupos, um símbolo desta identidade.

Malandragem e samba passam a garantir a mobilidade social na sociedade estratificada e, pela primeira vez, indivíduos das camadas populares podem obter maiores ganhos pessoais ao darem voz à própria história.

2 – Samba e malandragem

Sou carioca e vou te escrever nas pontas dos pés

João da Baiana
As vozes desassombradas do museu

Vem vadiar no meu cordão,
Cai na folia meu amor,
Vem esquecer tua tristeza,
Mentindo a natureza,
Sorrindo a tua dor.

Assis Valente
"Minha embaixada chegou"

A palavra malandra

Final de tarde de uma sexta-feira e o táxi em que eu estava subia morosamente a engarrafada Figueiredo Magalhães, em Copacabana. Por trás dos vidros e do ar-condicionado salvador, eu pensava em como lidar com a profusão de malandros e malandragens que a cada dia invadia em maior número meu cotidiano. Não pude deixar de rir da ironia quando percebi na calçada a figura de calça branca, camisa vistosa estampada e boné branco.

"Bezerra da Silva", o motorista do táxi anunciou. E completou: "Esse aí é que é malandro mesmo. Porque malandro não é quem rouba, é quem usa o dom da palavra para conseguir o que quer."

O motorista de táxi, espécie de guia que transita por todos os pontos das cidades a ligar cartografias e vozes, tinha me oferecido, sem saber, um belo e produtivo caminho pelo qual eu poderia me aproximar dessas vozes malandras. Com sua frase contundente, o motorista escapava às definições usuais do malandro carioca compreendido, de forma exemplar, como "um ser deslocado das regras formais, fatalmente excluído do mercado de trabalho, aliás definido por nós como totalmente avesso ao trabalho e individualizado pelo modo de andar, falar e vestir-se" (DaMatta, 1997, p. 263) ou ainda com o indivíduo que "vive do jogo, das mulheres que o sustentam e dos golpes que aplica nos otários" (Sandroni, 2001, p.156). Não que as proposições acima não sejam justas, pelo contrário, elas já aparecem como totalmente incorporadas ao nosso imaginário.

No entanto, intuía uma incompletude diante desse gênero de abordagem sobre os malandros. E talvez, agora penso, o incômodo se dê porque, invariavelmente, vemo-nos tentando conceituar o "ser malandro". Tentando encarcerar em definições precisas, características paradigmáticas, quem é, afinal, esse personagem tão comum às ruas e à cultura do Rio e tão facilmente escapável a uma conceituação sem brechas. Perdemos, na ânsia metodológica, a capacidade plástica da palavra. A cristalização em torno de conceitos precisos ignora a capacidade metafórica. Rompemos com a linguagem desejante, pela própria natureza, de novos significados. Surge daí uma zona de tensão; a linguagem necessita de uma zona comum, de conceitos gerais, para a expressão e o compartilhamento de determinadas analogias. Em paralelo, é preciso não fixar tais conceitos, transformando-os em "verdades" em si.

Como afirma Nietzsche, "todo conceito nasce da identificação do não idêntico". E para que estes conceitos se tornem comunicáveis, partilháveis por determinada comunidade, é preciso antes de mais nada esquecer as diferenças existentes entre os objetos pertencentes àquele grupo.

> Tão certo quanto uma folha não é jamais totalmente idêntica a outra, da mesma forma o conceito folha foi formado graças ao *abandono deliberado* das diferenças individuais, graças a um esquecimento das características. E traz à tona então a representação, como se houvesse na natureza, dentro das folhas, alguma coisa que seria "a folha" [...]. (1991, p. 181. trad. livre.)[7]

Para Nietzsche, em seu ensaio "Introduction théorétique sur la vérité et le mensonge au sens extra moral", a formação conceitual linguística é determinada pelo

---

[7] No original, "Aussi certainement qu'une feuille n'est jamais tout à fait identique à une autre, aussi certainement le concept feuille a été formé grâce à *l'abandon délibéré* de ces différences individuelles, grâce *à un oubli* des caractéristiques, et il éveille alors la représentation, comme s'il y avait dans la nature, en dehors des feuilles, quelque chose qui serait "la feuille".

esquecimento, este *abandono deliberado* daquilo que pertence ao âmbito do individual e, por isso mesmo, problemático. Ainda segundo o filósofo, não podemos deixar de lembrar que os conceitos são apenas metafóricos, representações e não o contato direto com a "coisa em si". Quando passamos a crer realmente que o conceito *é* em si a essência do objeto, fixamo-nos em verdades primordiais e, consequentemente, inquestionáveis. Suspende-se a capacidade metafórica da linguagem, sempre capaz de criar novos deslizamentos, e instauram-se diálogos binários entre verdade/mentira; superfície/profundidade; erro/acerto. O propósito da linguagem – e da própria vida humana – torna-se, então, o de alcançar a perfeição destes conceitos, abdicando do caráter sempre ilusório e semovente da construção discursiva.

O discurso do malandro, como o motorista claramente intuíra, é a palavra reconduzida à sua função metaforizante. A palavra malandra se transforma em chantagem, engano, logro, convencimento, sedução, ameaça, esperteza, em suma, estratégias de negociação que se constroem na aproximação com o outro e por isso mesmo não podem ser fixas e decodificadas. Podemos, dessa forma, ampliar a concepção de linguagem como elemento que engloba o andar, o falar, o vestir-se, do qual nos fala DaMatta. Compreendido como conceito, o malandro é reduzido à concepção de objeto – delineável, aprisionável –, apreendido enquanto metáfora, passamos a lidar com multiplicidades de discursos e imagens invocatórias do caráter sempre em deslocamento das representações malandras. São estas representações sobre a malandragem, e não exclusivamente produzidas por malandros, que me interessam.

Se procuro caminhos não essencialistas, resta-me a opção de me aproximar dessas representações malandras levando sempre em consideração quem produz esta representação, em qual momento histórico e de que forma esta representação dialoga com as imagens de nação daquele período. A partir dessa abordagem, não teremos um malandro ideal e exemplar, mas *estratégias de malandragens* em deslocamento, em transmutação, agindo de maneira dialógica com a sociedade, da mesma forma que o próprio malandro se desloca, se transmuta não para meramente sobreviver, mas para permanecer em diferença.

De maneira clara, a ideia de metáfora empregada por Nietzsche aproxima-se da concepção de alegoria benjaminiana vista anteriormente. Ambos irão defender a alegoria e a metáfora como categorias problematizadoras, capazes de instaurar o diabólico no terreno seguro do simbólico. Não pretendo cair na armadilha teórica que vê na alegoria um caminho superior ao do símbolo. Pretendo discutir porque, em determinados momentos históricos, o malandro foi utilizado como símbolo de segmentos da cultura carioca, símbolo de uma nação e, com a mesma força, representante de camadas sociais oprimidas e excluídas.

Uma abordagem exclusivamente simbólica da malandragem acaba não abalando o lugar deste tipo no nosso imaginário, não questionando premissas apresentadas como prontas e resolvidas. Símbolo sim, mas com qual intuito? Construído por quem? Para ser representante de qual imagem de "povo"? De qual classe? A abordagem alegórica e que privilegia a representação como metáfora, pelo contrário, acaba por desestabilizar esse chão precioso sobre o qual se erigem mitos intocáveis da nação.

Ao optar por este viés alegórico termino por questionar a unidade simbólica e, por conseguinte, dissociar forma de conteúdo, como propõe Benjamim. Deste modo, é possível propor um afastamento entre os termos "malandragem" e "malandro", tomados como sinônimos à primeira vista. Se "malandro", ainda hoje, é um termo carregado de historicidade, remetendo-nos inexoravelmente ao sambista ou aos valentões da Lapa dos anos 1930, "malandragem" torna-se uma prática – um conjunto de estratégias – até certo ponto, independente da classe social, "raça" ou da geografia da cidade.

Como afirma Claudia Matos (1986, p.77-78), a existência de um grupo de pessoas mais ou menos vasto que consegue sobreviver às custas dos outros (dos "otários"), usando de expedientes mais ou menos ilícitos, não é exclusiva das décadas de 1930 e 1940, nem do Rio de Janeiro, nem mesmo das classes populares.

Temos, então, um problema. A imagem do "malandro ideal" é fixada nesse período, no Rio de Janeiro, ligada à figura do sambista. O desaparecimento deste tipo das ruas do Rio – ou o desaparecimento das conjunções históricas e culturais que permitiam a existência do malandro de terno branco e navalha – não leva ao consequente apagamento do personagem no imaginário nacional. Pelo contrário, o malandro transforma-se em mito. E como mito ele pode ser acessado periodicamente, de acordo com os interesses do momento. Como mito, o malandro sambista dos anos 1930 é reatualizado todos os dias.

> Nos anos 30 e 40, o malandro e sua cultura, principalmente na música popular, encarnavam uma inconsciente defesa de um mundo livre, fugindo criticamente do poder, numa linhagem clara desde "o tempo do Rei", como ensina Antônio Cândido, em "Dialética da malandragem". Em 68, veio a trombada e interrompeu-se uma linha tênue de inocentes comportamentos iluminados por uma funda tradição nacional e começa

a morte da leveza. [...] A gíria era a língua protetora do povo, poética narrativa das aventuras orgulhosas dos malandros e não esta deprimente algaravia de otários de hoje. (Jabor, O Globo, 17 de agosto de 1999.)

O trecho da crônica de Arnaldo Jabor não é uma fala isolada. Representa uma visão romantizada do malandro, ao mesmo tempo em que tenta estabelecer uma "tradição imaginada" do banditismo urbano, como nos fala Michel Misse. No caso da crônica acima, o procedimento é similar ao definido pelo próprio Misse: defende-se a ideia de uma "ruptura significativa entre as características do banditismo de uma época em relação à anterior" (Misse, 2002, p. 200).

O malandro dos anos 1930, "essa figura malasártica da nossa cultura", como Jabor o define seguindo os passos de Roberto DaMatta, é visto como uma espécie de anti-herói das classes populares que, com seus "inocentes comportamentos", reage à opressão das classes dominantes e ao crescente controle do Estado. Elimina-se qualquer elemento "sujo", "perigoso", do malandro, possível de comprometer seu caráter heroico, alegre, esperto. Despe-se o malandro da navalhada mortal, do golpe no otário inocente, da violência contra a mulher que o sustenta, para ficar apenas com a ideia do malandro como sujeito marginal, capaz de escapar aos moldes opressivos da sociedade capitalista pelo caminho da criatividade, via samba, ou pelo caminho da esperteza, via os expedientes "mais ou menos ilícitos", como o jogo e a cafetinagem.

De acordo com essa premissa, torna-se impossível haver correspondência entre a leveza da gíria dos malandros e a gíria hoje protetora de traficantes e assassinos. Para fazer o elogio do malandro heroicizado é necessário excluir da cena a figura do bandido. A inocência, salientada por Arnaldo Jabor, não é do malandro, figura muito mais complexa da nossa cultura. Inocente somos nós, intelectuais, desejosos de encontrar sempre caminhos binários onde possamos encaixar, sem perigos, sem diabos, o nosso passado. O grande problema na leitura desse personagem é justamente pôr em diálogo as diversas faces da malandragem sem perdermos de vista o momento histórico da produção de discursos do e sobre o malandro, e com quais intenções.

Como nos lembra Nietzsche: é necessário trazer para a cena as diferenças deliberadamente esquecidas. A perspectiva mistificadora gira em torno de uma conceituação precisa e colabora para a construção do ideário da malandragem que mais facilmente circula entre nós como contraponto à extrema agressividade urbana na qual estamos inseridos. As atitudes de violência isolada do malandro lapeano, em termos comparativos, nos parecem realmente "inocentes comportamentos", em nada semelhantes à violência "por atacado" das facções criminosas nos dias de hoje.

> A ideia de que no passado o Rio de Janeiro era uma cidade pacífica também se repete ciclicamente, desde meados do século passado, alternando-se com fluxos e refluxos da repressão policial e das sucessivas "pacificações" e "restabelecimentos da ordem pública" na cidade. [...] A oposição entre "malandros" e trabalhadores ou homens "sérios", que marcou o início do século, transferiu-se, com novas dimensões, para a oposição entre trabalhadores pobres e humildes e bandidos ou "marginais" e, atualmente, para a oposição entre trabalhadores honestos e bandidos, traficantes e "vagabundos" (Misse, 2002, p. 200).

A crônica de Jabor assevera esta continuidade: "o pilantra é o malandro oportunista" (Jabor, O Globo, 17 de agosto de 1999). E agora falo por mim: pobre do malandro que não é oportunista. No discurso romantizado, o Rio das décadas de 1930 e 1940 ganha funções imemoriais, simboliza um passado mítico, o ápice de uma tradição da cultura carioca, de base nitidamente popular, que foi podada em parte pelo poder coercitivo das instituições do Estado, em parte pela violência massificada, fruto do racismo e da exclusão social.

E é como tradição estabelecida em bases míticas que, ao lado do futebol e do carnaval, o malandro parece compor a tríade fundadora de uma nação alegre, esperta, com ginga nos quadris para driblar o adversário, fazer às vezes de passista ou aplicar um rabo de arraia no desafeto. Para que o mito do malandro permaneça como um traço dominante da cultura carioca é necessário igualmente que permaneça inquestionável. Mas não é justamente a capacidade metaforizante do malandro, seu constante travestimento diante do outro que lhe garante o caráter de negociador e a mobilidade por diversas esferas da sociedade?

Paradoxo do nosso malandro sambista, personagem histórico das ruas e favelas do Rio. Por um lado, ele chama para a si a definição exata do malandro: "eu passo gingando/ provoco e desafio/eu tenho orgulho em ser tão vadio" ("Chapéu de lado" – Wilson Batista – 1933). Por outro lado, ao identificar-se por completo, ao colar-se à máscara do malandro tipificado, ele perde sua capacidade de camuflar-se, de estar sempre um passo adiante do inimigo, conforme nos mostra a letra de "Averiguações" (1958), de Wilson Batista, imortalizada na voz de Moreira da Silva

> Seu Zé, por favor olha a minha feição
> E diga aí pro doutor se sou
> O verdadeiro ladrão
> O otário me olhou e tornou a olhar
> Ficou encabulado, ficou meio encafifado
> Senti mão no meu ombro,
> Um barulho de chaves e eu encanado.
>
> [...] Pinta braba como sou sei o que acontece
> Quando a gente não se abre não resolve
> Tem que assinar o artigo 399[8]

Como nos lembra Hobsbawn, é preciso não nos esquecermos como certas tradições incorporadas ao imaginário nacional, na verdade, são "tradições inventadas" e, em muitos casos, estão em contato direto com a maior de todas estas invenções: a concepção moderna de nação.

> E é exatamente porque grande parte dos constituintes subjetivos da "nação" moderna consiste em tais construções, estando associada a símbolos adequados e, em geral, bastante recentes ou a um discurso elaborado a propósito (tal como o da "história nacional"), que o fenômeno nacional não pode ser adequadamente investigado sem dar-se a atenção devida à "invenção das tradições". (Hobsbawn, 2002, p. 23.)

A tradição passa assim a ser vista como uma construção com propósitos específicos – no caso, garantir a unidade e assegurar o passado de determinada nação ou comunidade. O interessante é que as nações modernas afirmam ser justamente o oposto do novo e o oposto do construído, "ou seja, ser comunidades humanas, 'naturais' o bastante para não necessitarem de definições que não a defesa dos próprios interesses" (Hobsbawn, 2002, p. 22).

Estamos diante de um dilema: nos configuramos como participantes da nação brasileira pela constante reconstrução e reinvenção do nosso passado. Acreditar fielmente na inquestionabilidade do imaginário comum é, retomando Nietzsche, apagar as diferenças existentes, as rasuras, os discursos dissonantes. Mas são estas mesmas tradições inventadas que terminam igualmente por, em parte, nos formar, por nos definir como comunidade.

---

[8] "Averiguações". Wilson Batista. Artigo 399 refere-se à vadiagem. apud Claudia Matos, 1986, p.109.

Indo além, podemos identificar dois tipos de tradições inventadas. Em primeiro lugar, podemos inventariar tradições, ou tentativas de tradições, estabelecidas com base em um autoritarismo de classe. Caso, por exemplo, das paradas cívicas, analisadas por Roberto DaMatta em seu livro *Carnavais, Malandros e Heróis* (1979), ou dos símbolos e dos desfiles nazistas, mencionados por Hobsbawn. Essas tradições só se sustentam a partir de um poder coercitivo que as estimule constantemente junto ao imaginário popular. Com o desaparecimento desse poder, elas tendem a se esvaziar de significado e representatividade.

Um segundo tipo de tradição parece-me, contudo, mais complexo de ser entendido, por não envolver tão objetivamente sinais de autoritarismo. Melhor dizendo, certas tradições não são produzidas necessariamente a partir dos propósitos exclusivos das elites dominantes, mas são encontros entre intuitos unificadores e ideais de certas coletividades que, em meio à sociedade homogeneizada, anseiam por estabelecer identidades diferenciadoras.

Este segundo tipo de tradição ao mesmo tempo em que constrói raízes profundas no imaginário da nação, sendo em muitos momentos sustentáculo afetivo da unidade nacional, procura impedir a crítica dessacralizadora, questionadora dos princípios dessas comunidades "naturais" das quais nos fala Hobsbawn. Justamente, por dar a entender que são "naturais", essas tradições tornam-se intocáveis.

Trazendo a teoria para o contexto brasileiro, encontramos o samba e o carnaval carioca como celebrações "espontâneas", "naturais", tradutores do espírito festivo e amigável do brasileiro, em especial, do carioca. Em clássico estudo sobre a folia carioca, Maria Clementina Pereira Cunha chama a atenção para o grande equívoco de certa bibliografia que "supõe uma 'evolução' do Carnaval 'popular' (muitas vezes associado apenas aos negros) em direção às escolas de samba", síntese de uma resistência às elites opressoras" (Cunha, 2001, p. 302). Tal construção apaga uma rede de contatos complexos em que não figuram somente embates classistas ou de "raça". Dentro das próprias comunidades negras presenciava-se enfrentamentos entre grupos diversos com o intuito de expandir seus territórios, físicos ou simbólicos, e assim assegurar aos "ganhadores" novo status dentre as redes de sociabilidade.

> Isso implica reconhecer que conceitos englobantes como o de "populares", "afro-brasileiros" etc. são incapazes de encaminhar de modo satisfatório a interpretação dessas questões.

> De outra forma, como explicar que negros baianos da Saúde e da Gamboa, gente do candomblé, de migração recente para a Corte – como vimos –, impusessem sua própria forma de brincadeira, desafiando os cânones de outros grupos negros da cidade, organizados em cordões e cucumbis que os baianos classificavam, em tom de desafio, como manifestação de 'antigas' lideranças africanas? (Cunha, 2001, p. 300-301.)

Maria Clementina refere-se especificamente a Hilário Jovino que, ao nomear como "antigas" as tradicionais lideranças da área portuária, instaura um novo sentido de modernidade para os modelos de celebração do carnaval. Os "baianos", assim como Tia Ciata, não se colocam simplesmente, como poderíamos supor, ao lado da modernidade "branca", que visa a "civilizar" o carnaval aos moldes europeus.

Nesse enredo, Hilário Jovino ocupa diversos papéis; é uma das lideranças negras da Saúde; ogã de terreiro; compositor, ao mesmo tempo em que funda diversos ranchos organizados a partir cerimônias e procissões religiosas. Comparados aos tradicionais cordões, vistos pela imprensa como antro de capoeiras e ameaça à ordem, os ranchos de Hilário Jovino, bem-organizados, cadenciados pela marcha, logo ganharam a admiração dos jornais.

Esse pequeno desvio serve para percebermos que já nas últimas décadas do século XIX, o carnaval carioca organizava-se a partir de embates entre grupos com heranças culturais diversas, mas que também se mantinham conscientes da importância de se integrarem à sociedade. Nada há de "espontâneo" ou "natural" nessa assimilação, que viria a tornar-se uma das tradições mais significativas da nação.

Como é compreendido hoje, o carnaval carioca é um evento construído a partir das décadas de 1920 e 1930, quando o samba se fixa como música oficial da folia momesca e as escolas de samba começam a surgir, recebendo apoio oficial do Estado e dos meios de comunicação. Pelo momento, interessa-me focalizar a formação do samba carioca como uma "tradição inventada" no sentido proposto previamente: um encontro entre certas comunidades que desejavam estabelecer identidades diferenciadoras e a formação de um ideário nacional de base popular, naquele momento representado pelo governo Getúlio Vargas.[9]

Em 1928, surge no Rio de Janeiro, mais precisamente no bairro Estácio de Sá, próximo à área do Mangue e da Cidade Nova, a primeira Escola de Samba. A *Deixa*

---

[9] Sigo aqui os passos de Hermano Vianna em *O mistério do samba*, onde trabalha com a mesma teoria de Hobsbawn. Para uma discussão sobre a "invenção" ou não do samba ver Sandroni (2001) e Misse (2002).

Falar, fundada pelos compositores Alcebíades Barcelos (Bide), Ismael Silva e Nilton Bastos, entre outros, já nasce sob o signo da polêmica.

> Fui eu que comecei a mostrar outro ritmo, quando compus, por exemplo, "Se você jurar" ou "Nem é bom falar". Fiz isso pensando no pessoal da rua, que precisava desfilar no chão e pedia uma música que os facilitasse. Porque o grupo precisava andar, mas andar dentro da música, andar com espalhafato, com vida, assim, conforme se vê hoje em dia. E aquele ritmo não deixava, era um ritmo mais lento, que não dava margem para andar.[10]

Ricardo Cravo Albin (2002, p. 194) contesta em nota ao depoimento de Ismael, que o "samba-maxixe" dos pioneiros como Donga, impedisse o desfile: "Os ranchos desfilavam com "sambas" tipo "Pelo Telefone", chamados de tango ou maxixe, que é o que na realidade eram". E, como podemos notar nas entrevistas concedidas pelo compositor, a malandragem de Ismael Silva também consiste em se promover como "primeiro" nome de sua geração a introduzir uma nova vertente dentro do samba, quando sabemos que as inovações estruturais no samba e no carnaval são concretizadas através de uma complexa rede de influências e trocas. A rede envolvia diversas localidades, como o Estácio, Oswaldo Cruz e Mangueira, e igualmente diversas sonoridades, como a música dos terreiros, a batucada e até mesmo os ritmos urdidos na "cidade" pelos músicos ligados à Cidade Nova.

Mas, à parte da origem do novo ritmo trazido pelas escolas de samba, o fato é que os músicos e compositores do Estácio representaram uma nova etapa nas transformações do gênero em relação ao que vinha sendo realizado pela geração anterior, bem como contribuíram para o surgimento do carnaval "oficial", tendo as escolas de samba como palco central e abarcando as camadas populares. A organização em forma de *escola* passa a garantir aos poucos a absorção daqueles grupos pelo restante da sociedade.

> O Deixa Falar, além de reunir os jovens e revolucionários compositores do bairro, pretendia melhorar as relações dos sambistas com a polícia, já que, sem a autorização policial, não tinham direito de promover as rodas de samba no Largo do Estácio e muito menos de desfilar no carnaval. Por isso, trataram logo de legalizar a situação do grupo. Honra seja feita,

---

[10] Depoimento de Ismael Silva concedido a Ricardo Cravo Albin. In. *Pioneiros do Samba*. Rio de Janeiro: MIS/FAPERJ, 2002. p.178.

a perseguição policial ao samba já não era tão violenta. Perseguia-se o jovem negro, como antes, durante e depois do Deixa Falar, uma das facetas mais repelentes do racismo brasileiro. Mas raramente por cantar, dançar ou tocar samba. (Cabral, 1996, p. 41.)

Valer-se da regra oficial significa não somente estar a salvo da força policial, mas igualmente garantir a mobilidade do samba pela sociedade. Samba não é folclore. Não ser folclore significa que o gênero para se preservar necessita de transformações rítmicas, melódicas, temáticas etc. constantes, de acordo com as interações que produz com a sociedade e as imagens da nação. O samba feito pelos compositores do Estácio, tendo na voz de Francisco Alves seu maior divulgador, torna-se o samba "oficial" carioca, símbolo de uma nação mestiça e, por essa marca, pretensamente democrática.

Para entendermos essa passagem – do asfalto ao morro e de volta ao asfalto – podemos nos valer do samba "É batucada". De autoria de Caninha e Visconde de Bicoíba (Horácio Dantas), este samba foi o ganhador do primeiro concurso oficial de músicas de carnaval, em 1933, defendido pelo ainda novato Moreira da Silva. A letra exemplifica a divisão entre os dois estilos musicais, mas também a rivalidade entre os dois grupos: "Samba do morro não é samba, é batucada/ Cá na cidade, a história é diferente/ Só tira samba, malandro que tem patente".

Apesar de pertenceram ao espaço da Cidade Nova e da área portuária, os primeiros sambistas – aí incluindo o próprio Caninha, nascido em 1883 – constantemente subiam o morro fugindo das perseguições policiais. "Muitos fazem confusão, mas batucada não tem nada a ver com o samba", afirma Donga, em depoimento ao MIS. "Batuque é capoeiragem. [...] Isto é, coreografia de capoeiragem e na batucada também tem" (Donga et al., 1970, p.85).

João da Baiana vai além e explica que batucada é o samba duro, tendo como acompanhamento apenas o pandeiro e as palmas das mãos, em contrapartida ao partido alto, também presente nas rodas, em que o acompanhamento era dado pela flauta, cavaquinho, violão, pandeiro, chocalho ou reco-reco. "Lataria" (1930), composição de João de Barro, Almirante e Noel Rosa, ilustra essa prática: "Já que não temos pandeiro/ Pra fazer batucada/ Todo mundo vai batendo/ Na lata velha e toda enferrujada".[11]

---

[11] Segundo o pesquisador Omar Jubran, o nome de Noel não consta do selo do disco. A coautoria é a ele atribuída por João de Barro em entrevista a Sérgio Cabral. O Globo, 24 de janeiro de 1977. A esse respeito ver a coletânea organizada por Omar Jubran, "Noel pela primeira vez".

A definição mais clara de batucada é dada por Ismael Silva em depoimento ao Museu da Imagem e do Som.

> E também não é samba como muita gente pensa erradamente. Batucada era roda de malandragem. Roda grande de carnaval, quase sempre na praça Onze [...] Formava-se uma roda muito grande, para derrubar mesmo. Saia um na roda e derrubava o outro. [...] Cantarolavam, eles todos, uma cantigazinha pequeninhinha, para dar motivo, "ligar a bateria". Tum, dum, tum, dum, tum, dum, todos cantando. [...] O objetivo era jogar, derrubar no chão, pegada, pernada, isso que é batucada. (Silva, 1969, p.179.)

A fala de Ismael valoriza na batucada os aspectos do jogo corporal herdados da capoeiragem, ao mesmo tempo em que nega veementemente os vínculos musicais e lúdicos com o samba de roda e a umbigada. Samba, para Ismael, é o que ele, Nilton Bastos, Edgar, Mano Rubem e Alcebíades Barcelos, o Bide, Armando Vieira Marçal, Baiaco, Brancura, vão espalhar para o restante do Rio de Janeiro. Como diz o compositor em depoimento a Sérgio Cabral: "Mas – por que não dizer? – meus sambas se espalharam pelos bairros e até pela cidade mesmo. Houve uma época em que os outros sambistas praticamente deixaram de apresentar os seus sambas."

Da mesma forma, nota-se uma clara preocupação de Caninha em desmerecer os compositores do morro que, sem pertencerem à antiga linhagem do samba, seriam apenas batuqueiros, capoeiristas. Ambos os compositores defendem a ideia de uma separação entre batucada e samba, apesar de Ismael apontar a praça Onze, e não o morro, como espaço da prática da batucada.

Compreender o que está por trás dessas falas não é tarefa fácil. Não se trata, de maneira sistêmica, de opor os músicos da cidade aos "batuqueiros" do morro. Ambos reivindicam para si um compromisso com a modernidade, afastando-se do traço folclórico. "É batucada" indica que o "verdadeiro" samba nasceria no asfalto, espaço de convívio das mais diversas classes e não do isolamento dos morros. Daí também a ênfase de João da Baiana ao afirmar a Pequena África como território de nascimento do samba, enquanto o morro servia apenas como refúgio à perseguição policial. A mítica do samba, contrária ao desejo de Caninha, acabou por perpetuar o morro como espaço atemporal do samba. Enquanto as composições dos próprios compositores de "É batucada", além de Donga e Sinhô, entre outros, entraram para a historiografia oficial, como sambas amaxixados, ligados aos "baianos" e à casa-símbolo de Tia Ciata.

Em comum, os músicos da cidade e do morro preocupam-se em terem suas composições absorvidas de maneira positiva pelo restante da sociedade. Em Caninha, a preocupação traduz-se pela crítica feita ao morro, compreendido como reduto de valentões e capoeiristas; batuqueiros, incapazes de transitar no asfalto. Não à toa, Caninha proclamava-se como "sambista com diploma oficial", em virtude da vitória no concurso de músicas carnavalescas patrocinado pela prefeitura do Distrito Federal. O reconhecimento pelo governo possibilitaria uma nova inserção do samba na sociedade. Para Ismael e outros sambistas saídos do morro de São Carlos e adjacências, o alcance de suas composições pelas vozes de Francisco Alves e Mário Reis, os cantores mais conhecidos de então, possibilita ao sambista sair do anonimato para ser visto como um profissional. A popularização do rádio e do disco, composições para o teatro de revista, os primórdios dos desfiles de escolas carnavalescas, a inserção de instrumentos musicais de base rítmica, irão contribuir para os novos modelos de composição e difusão do samba do Estácio.

O mesmo caráter de separação entre morro e asfalto é lembrado pelo sambista Babaú (2002, p. 120), da Mangueira. "Antigamente, o pessoal do morro não estava acostumado com o pessoal da cidade, tinha vergonha. Eu mesmo fui um. Gravei pouco porque tinha vergonha de falar com o pessoal da cidade. Eu andava sempre mal vestido, e aqui embaixo tinha que encarar Ataulfo Alves, todo impecável." A oposição aqui entre morro e cidade ganha novas nuances e passa a incluir também a visibilidade desses sujeitos e a incorporação ou não dos sambistas aos moldes da cidade oficial.

A cidade deixa de ser somente o espaço da primeira geração de músicos negros, já reconhecidos, para ser também o espaço onde os novos sambistas passam a ser vistos como profissionais, por se aproximarem de esferas próprias da cidade "organizada" como as gravadoras, o rádio e a parceria com os intérpretes de mais sucesso na época, como os já mencionados Francisco Alves e Mário Reis. Esse movimento não significa, no entanto, o fim do racismo ou do preconceito social para com os músicos.

No deslocamento entre os espaços "misteriosos" do morro e as avenidas, o samba traz para linha de frente a malandragem e todas suas múltiplas significações. Não só os sambas evocam diretamente a figura do malandro como "A malandragem" (1928 – Bide/Francisco Alves) ou "Amor de Malandro" (1929 – Ismael Silva/ Francisco Alves/ Freire Jr.), como o próprio gesto de circular, habitar as fronteiras evoca as estratégias malandras de assimilação a outras esferas que não às oficialmente reservadas aos negros.

Implode-se com a oposição entre morro e asfalto, como defende Caninha. Malandragem, mais uma vez, é pertencer às áreas de trânsito e valer-se dos dois lados da fronteira. O lado da malandragem anônima, percorrendo diversos ambientes – como botequins, terreiros, as complexas redes urbanas – e recebendo influências diretas da cultura dos morros, e o lado institucionalizado da patente, garantindo ao sambista malandro o pagamento do direito autoral, a próxima parceria bem-sucedida. As vozes de Caninha e Ismael Silva confluem, agora, para o mesmo ponto.

Dentro de uma sociedade caracterizada pela nascente cultura de massa, como a dos anos 1930, não interessa mais ao sambista permanecer na obscuridade. Quanto mais conhecido torna-se o sambista, tendo suas composições gravadas pelos grandes intérpretes, utilizadas pelo teatro de revista, comentadas nos jornais, mais possibilidades de lucro financeiro ele tem. O trajeto se inverte. É preciso correr o risco: descer os morros, tornar-se visível ao restante da sociedade. O carnaval bem como a indústria fonográfica, o rádio e o teatro de revista tornam-se meios pelos quais é possível se integrar às novas diretrizes sociais e culturais sem abrir mão de suas marcas identitárias próprias. Para Hermano Vianna, em *O mistério do samba*, como

> [...] a invenção da brasilidade passa a definir como puro ou autêntico aquilo que foi produto de uma longa negociação. O autêntico é sempre artificial, mas, para ter "eficácia simbólica", precisa ser encarado como natural, aquilo que sempre "foi assim". O samba do morro, recém inventado[12], passa a ser considerado o ritmo mais puro, não-contaminado por influências alienígenas, e que precisa ser preservado [...] com o intuito de se preservar também a "alma brasileira". Para tanto, é necessário o mito de sua "descoberta", como se o samba de morro já estivesse ali, pronto, esperando que os outros brasileiros fossem escutá-lo para, como numa súbita iluminação, ter reveladas suas mais profundas raízes. (Vianna, 1995, p.152-153.)

O antropólogo contrapõe a esta visão a ideia de que o samba é resultado de uma série de "negociações transculturais" entre as elites dominantes brasileiras e as classes populares, durante séculos de formação nacional. "Em vários momentos era possível estabelecer pactos entre os vários interesses. Pactos nunca eternos. Pactos sempre negociáveis" (1995, p.152). Esta perspectiva não vê a fixação do samba como gênero

---

[12] Hermano Vianna refere-se ao período dos anos 1930. O samba do morro, na verdade, seria o samba que se fixou ao redor das escolas de samba.

nacional apenas como um fator originário dos grupos afro-brasileiros, mas como uma construção híbrida, envolvendo agentes das classes economicamente dominantes, intelectuais, políticos, jornalistas, camadas proletárias etc., além de interesses particulares das indústrias fonográficas e do rádio, bem da política de exaltação do nacional promovida por Getúlio Vargas.

Vianna, no entanto, parece dar pouco destaque à censura a certos sambas, desafiadores do programa de exaltação do Brasil getulista, bem como à perseguição policial a músicos e compositores negros. A própria estruturação do livro privilegia as palavras de intelectuais como Gilberto Freyre, Afonso Arinos de Mello Franco, até Blaise Cendras. Pouco se escuta a voz negra, de pobres, de mulheres, e outros grupos marginalizados, a não ser pelo eco dos intelectuais.

Se Vianna defende que os pactos entre os grupos nunca eram eternos e podiam ser negociáveis, visão com a qual concordo, ao mesmo tempo parece se contradizer ao afirmar que:

> [...] outro ponto importante a ser ressaltado é a ausência de uma coordenação e de uma centralização desses processos (de transformar o samba em música nacional e fixar o gênero), o fato que alguns grupos terem mais "poder" do que outros não é relevante em qualquer situação. (1995, p.151.)

Ora, justamente a diferença nessa balança de poderes, como do mercado fonográfico e do interesse de Vargas na unificação do país por meio da cultura popular, torna-se o elemento decisivo para a transformação do samba em gênero nacional. Da mesma forma é relevante analisar como esses "poderes" – nada inocentes – constroem tensões entre os sambistas, mesmo antes dos anos 1930. A Festa da Penha e o futebol, por exemplo, foram espaços brancos conquistados pelos negros. Mas isso não significa que haja uma equação de forças. A presença da polícia e a condenação pelos jornais da Festa da Penha acontecem justamente quando negros e músicos passam a ocupar esses lugares exclusivos das classes brancas.

Como vimos no primeiro capítulo, a mesma cidade que reprimia os elementos da cultura negra também os assimilava, sem que, ainda hoje, pareça distinto aos olhos do pesquisador quais as fronteiras exatas, as "regras do jogo", que ora reprimem e expulsam o sambista negro (e antes disso o músico popular em geral) para os quintais da Cidade Nova, ora o convidam a entrar nos palacetes da cidade pela porta da frente. As regras desse jogo social são sempre movediças e, lembrando o ideário do "homem cordial" de Sérgio Buarque de Hollanda (1998, p. 146), sempre pessoais, dependendo de quais questões e quais personagens estão envolvidos. " '[...] é possível acompanhar, ao longo da nossa história, o predomínio constante das vontades particulares que encontram seu ambiente próprio em círculos fechados e pouco acessíveis a uma ordenação impessoal". Substitui-se a universalidade da lei pela cordialidade – para o bem ou para o mal – do trato particularista, herança das relações entre senhor e escravo.

Batuque no terreiro: João da Baiana e a negação da malandragem

Em depoimento ao MIS, em 1966, João da Baiana nos dá mostras de como o convívio entre o negro recém-liberto e as elites dominantes é marcado pelo caráter pessoal das relações. Preso inúmeras vezes por ser sambista, ele nos relata a estratégia utilizada pelo delegado Virgulino de Alencar, vindo do Acre, para reprimir o samba. Para tanto, ao invés de atacar frontalmente os músicos, disfarçava-se em meio a eles. Mulato, o delegado portava vasta cabeleira, "tocava violão e disfarçava-se de seresteiro" para poder prender os "vadios". Era "o dedo-duro da época" – complementa João da Baiana. A malandragem, neste caso, aparece identificada ao lado do representante da ordem. É o delegado quem se disfarça, quem se aproxima dos músicos se fazendo passar por um deles, para atingir seu objetivo final. Não é a lei, compreendida como preceito geral para controle de uma sociedade, a aplicada, mas uma "lei" particularizada.

Se os representantes legais da sociedade ignoram o conceito de universalidade, as regras passam a ser aplicadas com base em disposições pessoais, sujeita aos humores, interesses e desvios de quem as faz cumprir. A lei torna-se um jogo de negociação, de poder estabelecido além das fronteiras do legal e ilegal, da ordem e da desordem. Nessa comparação, o Rio de Janeiro do delegado Virgulino de Alencar pouco se diferencia da cidade do temível Major Vidigal, retratado por Manuel Antônio de Almeida, em *Memórias de um sargento de milícias*: "Nesse tempo ainda não estava organizada a polícia na cidade, ou antes estava-o de um modo em harmonia com as tendências e ideias da época. O Major Vidigal era o rei absoluto; o árbitro supremo de tudo que dizia respeito a esse ramo de administração [...]" (Almeida, 2010, p. 68).

Em meados dos oitocentos ou no começo do século XX, homens como Vidigal e Virgulino Alencar têm nas próprias mãos o controle sobre a liberdade de uma vasta camada da população para quem a lei é exercida apenas como punição, nunca como um direito protetor. A proteção, quando aparece, é da mesma forma particularizada, criada à parte da lei generalizante. Um episódio acontecido com João da Baiana exemplifica claramente esta tese.

Em 1908, o sambista foi preso e teve seu pandeiro, instrumento de diversão e trabalho, apreendido pela polícia quando tocava na Festa da Penha. Por este motivo não pôde comparecer a uma das festas do então senador Pinheiro Machado, na qual tocaria para os convidados. A proximidade entre Pinheiro Machado e o sambista, ao contrário do que possa parecer, não é meramente hierárquica. Tanto o senador como os avós do músico pertenciam à maçonaria e, como atesta João da Baiana, "Irineu Machado, Pinheiro Machado, Marechal Hermes, Coronel Costa, todos viviam nas casas das baianas" (Donga et al., 1970, p. 57).

Não é de se espantar a preocupação de Pinheiro Machado diante do ocorrido. No dia seguinte, após saber o que acontecera, o senador manda-lhe fazer um novo pandeiro com a seguinte inscrição: "A minha admiração, João da Baiana, senador Pinheiro Machado". Daí em diante, o pandeiro, antes instrumento que denunciava João da Baiana como músico e, por consequência, desordeiro, passa a protegê-lo da mesma perseguição policial.

A história de João da Baiana demonstra como se articulavam em cima de particularidades, interesses, favorecimentos pessoais, as relações entre as comunidades negras, populares, desfavorecidas e os representantes da ordem oficial. Se encontramos práticas regulatórias – como a instituição policial – com a finalidade de controlar e isolar a cultura negra da cena oficial da cidade, encontramos também diversas exceções que permitem certa mobilidade física dos excluídos e, principalmente, uma mobilidade dos bens culturais. A permissividade dos contatos particulares reafirma as injustiças contra negros e proletários, compreendidos como classes anônimas, enquanto permite a abertura de brechas momentâneas por onde alguns indivíduos podem transitar.

O sentido de articulação entre música e malandragem inicia-se, como demonstra João da Baiana, bem antes da tomada do poder por Getúlio Vargas, e extrapola os limites de uma resistência popular contra a opressão às "classes perigosas" e às novas diretrizes trabalhistas instauradas a partir do Estado Novo.

Os estudos sobre o samba são unânimes ao demarcar a virada da década de 1920 para 1930 como o auge do binômio samba/malandragem, em muito devido ao surgimento do rádio e do crescimento da indústria fonográfica. Mas não é possível esquecer que essa visibilidade é resultado de novos modelos de contatos, confrontos e negociações entre negros e brancos, forças oficiais e esferas populares; diferenças e aproximações entre os diversos grupos negros no Rio de Janeiro – africanos, baianos e cariocas – ; contatos entre intelectuais brancos e intelectuais populares; transformações no cenário musical; surgimento de novos hábitos culturais; modernização do jornalismo e o estabelecimento de uma classe de homens e mulheres negros livres. Em suma, uma infinidade de variantes iniciadas na virada do século XIX para o XX contribui para a popularização do samba. Fato que não implicou na diminuição do racismo ou na ascensão social dos sambistas.

Entendo o samba urbano como uma criação das comunidades negras e mestiças da área portuária, subúrbios e dos morros do Rio de Janeiro, cujo alcance estendeu-se para além das fronteiras territoriais e culturais. É possível, então, nos perguntarmos: qual seria o interesse de estabelecer como símbolo de uma unidade nacional um gênero musical proveniente das camadas periféricas e, em sua maioria, negras, na prática, perseguidas pela polícia, pela censura, e, entendida, como "música de negro"? E por que justamente o malandro, dentre tantos outros tipos da cidade, é alçado à categoria de símbolo de uma cultura carioca, quando não da própria brasilidade, em um período político cuja base era o enaltecimento do trabalhador, em tudo oposto ao malandro?

Ironicamente, esta ligação foi construída, em parte, pelas próprias instâncias repressoras e controladoras da ordem, que desde o século XIX, para nos atermos somente ao período de preocupação com a formação nacional, estabelecem a ligação entre músicos e vadiagem, como nos mostra o seguinte trecho de *Memórias de um sargento de Milícias*, de Manuel Antonio de Almeida, passado na época de D. João VI.

> Quando algum dos *patuscos* daquele tempo (que não gozava de grande reputação de ativo e trabalhador) era surpreendido de noite de capote sobre os ombros e viola a tiracolo, caminhando em busca de súcia, por uma voz branda que lhe dizia simplesmente "venha cá; onde vai?" o único remédio que tinha era fugir, se pudesse, porque com certeza não escapava por outro meio de alguns dias de cadeia, ou pelo menos da *Casa da Guarda na Sé*; quando não vinha *o côvado e meio às costas*, como consequência necessária. (Almeida,2010, p.70 – grifos no original.)

Esse modelo irá sofrer alterações quando os sambistas do Estácio passarem a ostentar com orgulho a designação de malandros.[13] Ao contrário dos compositores e

---

[13] Claudia Matos e Carlos Sandroni fazem importantes observações nessa direção. O aparecimento dessa identificação em

intérpretes da primeira linhagem de sambistas, desejosos a todo custo de se livrar da sina de boêmios, desordeiros e vadios, os sambistas do Estácio e de outros grupos valem-se desses atributos tidos como "negativos" até então, para veicular seus sambas.

Batuque na cozinha (João da Baiana)[14]

Batuque na cozinha
Sinhá não quer
Por causa do batuque
Eu queimei o pé (refrão)

Não moro em casa de cômodo
Não é por ter medo não
Na cozinha muita gente sempre dá em alteração

(refrão)
[...]
Voltei na cozinha pra tomar um café
Malandro tá com olho na minha mulher
Mas comigo eu apelei pra desarmonia
E fomos direto pra delegacia
Seu comissário foi dizendo com altivez:
– É da casa de cômodo da tal Inês
Revista os dois, bota no xadrez
Malandro comigo não tem vez.

(refrão)

– Mas, seu comissário, eu estou com a razão,
eu não moro na casa de habitação
Eu fui apanhar meu violão
Que estava empenhado com o Salomão
Eu pago a fiança com satisfação

---

positividade da figura do malandro com os compositores do Estácio estaria ligado a uma mudança estilística musical. A passagem do samba da Cidade Nova para o samba do Estácio, momento em a síncopa domina o andamento. No entanto, não é possível justificar essa mudança de valores pelos novos paradigmas musicais.

[14] A primeira gravação de "Batuque na cozinha" aparece no LP *Gente da Antiga* – Pixinguinha, Clementina de Jesus e João da Baiana. Rio de Janeiro: Odeon, 1968. O mais provável, no entanto, é que tenha sido composta na década de 1920 ou 1930. A primeira estrofe é tomada como mote para um lundu também nomeado de "Batuque na cozinha", interpretado por um desconhecido Zeca, sem autoria identificada, e gravado em 1912.

> Mas não me bota no xadrez
> Com esse malandrão
> Que faltou ao respeito ao cidadão
> Da Paraíba, do Norte, do Maranhão.

"Batuque na cozinha" pode ser lida como uma crônica dos bairros do centro do Rio nas primeiras décadas do século XX. A casa de cômodos funciona como espaço sincrônico capaz de promover a confluência dos mais diversos personagens da cidade marginalizada. Logo na primeira estrofe, o narrador já nos adverte que não pertence àquele ambiente. "Não moro em casa de cômodo/ não é por ter medo não/ Na cozinha, muita gente, sempre dá em alteração." Como sabemos, a casa de cômodos é uma denominação para os antigos cortiços que tomavam o Rio na virada do século XIX para o XX, portanto, foco constante das forças policiais e das reformas urbanísticas e higienistas nesse período.

O Código de Posturas Municipais de 1890, ainda que não adotado em sua integridade, "deixa transparecer a preocupação republicana com o controle da população marginal da cidade. [...] Incluía a proibição de que hotéis, hospedarias e estalagens recebessem pessoas suspeitas, ébrios, vagabundos, capoeiras, desordeiros em geral" (Carvalho, 1997, p.36). Exterminar os cortiços e casas de cômodo do centro do Rio obrigava a população pobre a migrar para os subúrbios e, em últimas instâncias, facilitava o controle da mobilidade dos "indivíduos suspeitos".

Em termos concretos, a prevenção republicana contra pobres e negros manifestou-se na perseguição movida pelo chefe de polícia Sampaio Ferraz contra os capoeiras; na luta contra o jogo do bicho; na destruição, pelo prefeito florianista Barata Ribeiro, do mais famoso cortiço do Rio, o Cabeça de Porco, em 1892 (Carvalho, 1997, p.31). Nesse cenário, não é de se espantar que o eu poético de "Batuque na Cozinha" não queira ver seu nome ligado à casa de cômodo da tal Inês, pelo visto, antiga conhecida do comissário. A presença na casa é justificada pelo resgate do violão empenhado com o Salomão.[15] Músico, sim, mas não malandro. Pelo contrário, o sambista se define como "cidadão", em contraponto ao malandro, com o qual não deseja nem mesmo dividir a cela.

O "batuque" – termo ligado à capoeiragem e ao samba – sinaliza também para o jogo de controle da "sinhá" sobre os negros no território fronteiriço da cozinha.

---

[15] No início do século, a região da Praça XI, antiga Cidade Nova, era também reduto da comunidade judaica. Podemos supor, portanto, que a "ação" da música se passa nesse local de confluência da cultura africana e judaica.

Pertencendo à casa, à sinhá, a cozinha também se torna espaço, por vezes, particular dos negros e negras escravizados. A expressão racista "ter um pé na cozinha" expressa a relação conflituosa e violenta da origem mestiça e sinaliza para a determinação espacial do lugar a ser vigiado pelas sinhás e sinhôs.

Por causa do batuque queima-se o pé e vai-se preso[16]. A paga por ser músico e frequentar os espaços comuns aos malandros é a eminência de ser preso como vagabundo e desordeiro e, por conseguinte, ter seu instrumento de sustento apreendido. João da Baiana estabelece claramente a diferença: é músico, porém cidadão, homem honesto que faz do seu ofício profissão e não sinônimo de vadiagem, ainda que apele para a desarmonia quando vê o malandro mexer com sua mulher. Não se "mistura" aos outros músicos malandros. Filho da baiana Tia Prisciliana, João da Baiana foi criado na Cidade Nova, convivendo desde cedo com os candomblés, festas e batuques. Na infância era amigo de Donga e Heitor dos Prazeres e desde cedo começou a tocar o pandeiro, instrumento pelo qual ficaria conhecido e que também motivou inúmeras prisões. Suas composições, bem como seu modo de cantar, evocam sempre as heranças, misturando entonações, sintaxes, signos culturais retirados dos terreiros de candomblé. Entretanto, em certas gravações, fica claro como os elementos de origem africana ajustam-se perfeitamente aos arranjos "chorosos" de Pixinguinha, produzindo composições "impuras", longe da ideia de samba de raiz, defendida por alguns pesquisadores.[17]

Com Pixinguinha, João da Baiana integrou a orquestra Oito Batutas. Em 1922, se recusa a participar da excursão do grupo a Paris financiada pelo milionário Arnaldo Guinle, pois temia perder o emprego de fiscal no cais do porto. Aliás, Moreira da Silva, em entrevista a Claudia Matos, afirma que um dos "empregos" de malandro era justamente de fiscal no cais do porto, por ser um trabalho em que não se precisava pegar no pesado. De qualquer forma, o pandeirista e outros nomes da aristocracia do samba negavam em seus discursos qualquer vinculação ao tipo malandro. Em seu depoimento ao MIS, João da Baiana nega veementemente qualquer vinculação ao arquétipo do sambista malandro. Apesar dessa postura, o músico reconhece, em um de seus mais importantes sambas, que a vida do trabalhador honesto não compensa.

---

[16] Em reportagem para a revista *Realidade*, o escritor João Antônio dá como definição da expressão "queimar o pé" o ato de beber muito. "que se dediquem, por exemplo, a bater carteiras ou queimar o pé, vez por outra, ou seja, tomar um porre." Antônio, João. Este homem não brinca em serviço. *Realidade*. São Paulo, Ed. Abril, n.19, out. 1967.
[17] Encontramos vários exemplos desse hibridismo musical; aqui, cito apenas alguns. A gravação de "Roxa" (tradicional) com Pixinguinha no saxofone, Clementina no vocal e João da Baiana no pandeiro e vocal. "Yaô" (Pixinguinha/Gastão Vianna), com João da Baiana no vocal, Pixinguinha na flauta. CD *Pixinguinha – Raízes do samba*. Rio de Janeiro: EMI, 1999.

Em "Cabide de molambo", composto em 1918, mas gravado pela primeira em 1932, o compositor constrói o retrato do antimalandro. Como veremos acontecer em composições de Wilson Batista, João da Baiana cria uma identidade para o narrador a partir de signos externos. Mas, se em Wilson Batista, o chapéu de lado e o lenço no pescoço conferem-lhe classe e distinção, destacando o malandro da gente comum, em "Cabide de molambo" a descrição remete justamente a um falso jogo de imagens, em que o malandro se torna um pálido reflexo do homem comum, igualmente em busca da sobrevivência diária.

        Cabide de Molambo

Meu Deus, eu ando
Com o sapato furado
Tenho a mania
De andar engravatado
A minha cama
É um pedaço de esteira
E é uma lata velha
Que me serve de cadeira (Bis)

Minha camisa
Foi encontrada na praia
A gravata foi achada
Na ilha da Sapucaia
Meu terno branco
Parece casca de alho
Foi a deixa de um cadáver
Num acidente de trabalho

(Refrão)

O meu chapéu
Foi de um pobre surdo e mudo
As botinas *foi* de um velho
Da revolta de Canudos
Quando eu saio a passeio
As damas ficam falando:
  – Trabalhei tanto na vida
Pro malandro estar gozando.

(Refrão)

A refeição
É que é interessante
Na tendinha do Tinoco
No pedir eu sou constante
Seu português
Meu amigo sem orgulho
Me sacode um caldo grosso
Carregado no entulho

Abro um pequeno parêntese para comparar as versões de Patrício Teixeira e a mais conhecida, gravada pelo próprio João da Baiana, com acompanhamento no sax de Pixinguinha, no LP *Gente da Antiga* – Pixinguinha, Clementina de Jesus e João da Baiana (Odeon, 1968). A versão consagrada, gravada também por Roberto Ribeiro e Martinho da Vila, desenvolve-se a partir de um ritmo mais cadenciado, próprio do samba moderno, enquanto Patrício Teixeira entrega uma versão mais próxima do maxixe. Mais interessante é a diferença encontrada na segunda parte. Em 1932, ouvimos: "Quando eu saio a passeio/as almas ficam falando/trabalhei tanto na vida/pra você estar gozando." Nosso você/malandro escuta as almas, os mortos, cujos parcos bens passam a constituir o triste cabide de molambo. De "almas" para "damas"; de "você" para "malandro", os signos produzem novos sentidos, mais íntimos ou sociais conforme os termos. Trabalho aqui com a versão fixada por João da Baiana em 1968.

A fórmula é semelhante à empregada por Wilson Batista em "Lenço no pescoço": constrói-se o indivíduo pela justaposição de elementos externos. Em "Cabide de Molambo" a conclusão não aponta para um "orgulho em ser tão trabalhador" ou alguma saída utópica. O sujeito se constitui a partir do olhar do outro, das "damas": "Trabalhei tanto na vida, pro malandro estar gozando". O jogo da aparência dissimula a dura elaboração da própria imagem a partir dos restos encontrados pelo caminho ou "herdados" de outros trabalhadores igualmente miseráveis – a botina do ex-combatente de Canudos, o terno de um trabalhador morto em acidente de trabalho etc. Na visão de João da Baiana, dissolve-se a oposição entre malandro e trabalhador; ambos surgem como elementos excluídos do fluxo do capital, o que os diferencia é a aparência, "a mania de andar engravatado."

O compositor busca, literalmente, desmascarar o sujeito e oferecer uma visão dos meios de produção daquela imagem, apenas um cabide de molambo. Trata-se aqui, ainda, de uma oposição entre essência e aparência, entre certeza e logro. Entretanto, não podemos esquecer que a figuração do malandro não se limita pelas condições sociais impostas. Ele é capaz de imprimir nos objetos que toma para si a marca indelével de sua personalidade, por isso é capaz de ludibriar o outro. Torna-se, assim, sujeito ativo da cena, em oposição ao trabalhador, sujeito passivo da trama social, como narra Wilson Batista: "Eu vejo quem trabalha andar no miserê".

Se ambos falam de pontos de vista diferentes – Wilson Batista representando o orgulho da malandragem, João da Baiana, a decadência deste tipo – chegam, no entanto, à mesma conclusão: a mudança da condição de escravo para assalariado, suposto "homem livre", não confere ao trabalhador condições de ascensão social, tampouco dignidade pessoal. Se o samba, com razão, é visto, ao lado da religiosidade, como marco cultural de resistência e meio pelo qual se fortalece a identidade coletiva das comunidades populares, em sua maioria, negras e pobres, ele deve ser igualmente apreendido como fator que possibilita ao compositor destacar-se do seu ambiente de origem e operar uma troca com o restante da sociedade através de uma inserção cultural diferenciada dos cânones burgueses e brancos.

Estas inserções não são homogêneas, antes revelam a pluralidade de vozes das comunidades negras, mestiças, faveladas, pobres ou remediadas. Os discursos do samba articulam uma ponte entre o indivíduo e a comunidade a que pertencem. O fator diferenciador é que, pela primeira vez em nossa história, negros e negras, enquanto sujeitos livres e capazes de produzir formas de auto-organização, estão produzindo seus próprios discursos; articulando subjetividades, vida social e cultural; falando de si para os seus e para o resto da sociedade. Não é apenas – e já seria muito – a voz da comunidade ali presente. É a voz de um sujeito construindo-se no ato de narrar experiências, memórias e desejos, vindo de um grupo racial e social marcado pela desumanização e exclusão em constante combate com a força ancestral de seus grupos de origem. Mas esses homens e mulheres ensejam também construir um "eu" em diferença ao restante do grupo.

Ao narrar a si mesmo, o eu poético de João da Baiana depara-se com o fracasso, com a falta mínima de bens, ao mesmo tempo carrega o lamento de tantos ao constatar ser seu corpo "cabide de molambo", um objeto sobre o qual são dispostos andrajos de outros miseráveis. Esta postura remete à dos negros entrevistados por João do Rio em *A alma encantadora das ruas*, publicação de 1908. Inquiridos pelo jornalista sobre o motivo pelo qual tinham no corpo a tatuagem da coroa imperial, "coçam a carapinha e murmuram, num arranco de toda a raça, num arranco mil vezes secular de servilismo inconsciente: – Eh! Eh! Pedro II não era dono?" (Rio, 1995, p. 30). Em João do Rio, o negro responde fazendo ecoar a atitude colonialista secular. Como o preto-velho retratado na umbanda, este negro joga também com a ambivalência. O homem entrevistado por João do Rio, para horror do jornalista republicano, permanece marcado pela monarquia, no jogo entre resiliência e espanto da pergunta óbvia.

A diferença na voz que escutamos em João da Baiana é que ela se lamenta por não ter conseguido escolher seus signos identitários. Pela primeira vez, ouvimos a narrativa, e não apenas o eco, do negro não inserido no sistema letrado. O trabalhador de "Cabide de Molambo", no entanto, caiu no "conto do vigário" aplicado pelo Estado que lhe assegurou que o trabalho honesto lhe daria sustento e autonomia. A respeito de "Cabide de Molambo", João da Baiana, em depoimento ao Museu da imagem e do som, especula que a composição teria servido como inspiração para "Com que roupa?" (1929), de Noel Rosa (Fernandes,1970, p.76). À primeira vista, os dois sambas repetem a mesma temática: o personagem-narrador recapitula suas penúrias e constata que não lhe sobra dinheiro – "com que roupa" era uma gíria da época para "com que dinheiro" – para se vestir ou ir ao samba. A construção do narrador, no entanto, garante sentido oposto às duas composições. No samba de Noel, ouvimos a voz de um malandro para quem a "recessão" também chegou. "Mesmo eu sendo um cabra trapaceiro/não consigo ter nem pra gastar." A solução para esse malandro, que "já andou de vento em popa", parece ser a tradicional ideia de regeneração, proposta em inúmeros outros sambas da época. O sujeito inicia o samba anunciando: "Agora vou mudar minha conduta." Ora, se entendemos que a malandragem não rende mais dinheiro ao personagem, é justo pensarmos a mudança de conduta como um caminho para a regeneração via trabalho.

Mas em Noel nada é tão óbvio e mecânico. Na primeira estrofe, Noel brinca com os possíveis significados dos termos indicadores de mudança.

> Com que roupa
>
> Agora vou mudar minha conduta
> Eu vou pra luta
> Pois eu quero me aprumar
> Vou tratar você com a força bruta
> Pra poder me reabilitar
> Pois esta vida não tá sopa
> E eu pergunto com que roupa

Com que roupa que eu vou
Pro samba que você me convidou
Com que roupa eu vou
Pro samba que você me convidou (Refrão)

Agora eu não ando mais fagueiro
Pois o dinheiro
Não é fácil de ganhar
Mesmo eu sendo um cabra trapaceiro
Não consigo ter nem pra gastar
Eu já corri de vento em popa
Mas agora com que roupa

(Refrão)

Eu hoje estou pulando como sapo
Pra ver se escapo
Desta praga de urubu
Já estou coberto de farrapo
Eu vou acabar ficando nu
Meu terno já virou estopa
E eu nem sei mais com que roupa
(Refrão)

"Ir pra luta", "aprumar" e "reabilitar" aparecem como termos comuns ao universo da regeneração do malandro. Dispostos da forma apresentada e mediados pelo verso "vou tratar você com força bruta" podem indicar justamente o oposto. Pode ser que nosso "cabra trapaceiro" estivesse se comportando muito bem, de maneira por demais "pacífica", e a reabilitação, nesse caso, fosse uma volta à verdadeira escola da malandragem. Malandragens discursivas de Noel Rosa, que ao utilizar os mesmos significantes termina por deslocar os significados. Ao retomar o verso inicial – "Agora vou mudar minha conduta" – surge o discurso ambivalente, típico da composição rosiana; a mudança da conduta caminha em direção ao trabalho ou ao retorno à malandragem?

É a força bruta simbolizada pela perseguição do Estado ao músico popular, sobretudo ao negro, e mais tarde pelos mecanismos de censura durante o Estado Novo, que norteará o conceito de reabilitação, ao longo das primeiras décadas do século XX. "Eles não prendiam para corrigir. Como o caso das calças bombachas, proibidas pelo falecido (delegado) Meira Lima. [...] Ele não queria que nós andássemos de calças bombachas. Cortava todas elas" (Donga et al., 1970, p. 62).

O testemunho de João da Baiana evidencia a prática que, dentro do universo com o qual trabalho, remonta ao século XIX. Na relação entre marginalizados e políticas correcionais, quase sempre encontramos representantes da ordem a quem o Estado e o "bom cidadão" permitem arvorar-se em policial e juiz. Assim temos os delegados Meira Lima, Virgulino Alencar, o comissário Deraldo Padilha, Major Vidigal, e mesmo o comissário presente em "Batuque na cozinha", agindo de maneira individualista, no limite entre a legalidade, assegurada pela letra fria da lei e os humores pessoais, interessados na humilhação e controle dos corpos não dóceis.

Interessante é perceber como são justamente os elementos construtores de uma identidade cultural negra – expressa por meio da música, da religiosidade e do corpo – os mais atacados pelos representantes da ordem. O pandeiro, a calça bombacha no tempo de João da Baiana – substituída mais tarde pela calça boca de funil dos malandros dos anos 1930 – o violão, as guias, a ginga, entre outros, são os ícones externos; traços de um corpo vivendo a recusa do corpo docilizado, uniformizado como trabalhador servil. Dentro de um grupo cultural e racial excluído das possibilidades de ascensão social, quaisquer traços de diferenciação são vistos como sinais de rebeldia ao sistema, ao papel de corpo anônimo imputado desde tempos coloniais.

É o caso do samba "Olha o Padilha", de Moreira da Silva, Bruno Gomes e Ferreira Gomes, composto em "homenagem" ao comissário Deraldo Padilha. Preso ao sair da gafieira com "sua nêga Cecília", chamada por Padilha de "macaca", o malandro se vê subitamente destituído dos seus signos identitários. A calça de boca estreita, marca da malandragem da época, é cortada, vira calção. O comissário, não satisfeito, leva o "tiziu" à chefatura onde

> [...] um barbeiro sorridente estava à minha espera
> Ele ordenou: – Raspa o cabelo dessa fera.
> – Não está direito, seu Padilha
> Me deixar com o coco raspado
> Eu já apanhei um resfriado, isso não é brincadeira
> Pois meu apelido era Chico Cabeleira
> Não volto mais à gafieira, ele quer ver minha caveira.

Violência física, abuso de poder, racismo, machismo. Mais um samba malandro. Como afirma Claudia Matos (1986, p.59), "a punição imposta ao sujeito é justamente a destruição de seu aparato visual, o desnudamento do malandro" que tem seus signos e a identidade malandra roubados. Ao perder sua cabeleira, o malandro termina por perder seu próprio nome, sua identidade mais íntima pela qual ele é também reconhecido em meio a seus pares. Vale a analogia: qual Sansão, o malandro de coco raspado perde sua força por ter sido humilhado e ter que retornar ao seu meio trazendo no corpo esta marca. Desnudado, calças cortadas, cabeleira raspada, sem pandeiro ou violão, esse malandro se pergunta "com que roupa eu vou" andar por aí para que não me reconheçam? Com que roupa eu vou poder transitar livremente sem abrir mão da minha identidade, ao mesmo tempo em que me utilizo justamente do disfarce e do engano como estratégias para lograr o outro?

A resposta a essa questão, como já vimos, seria dada pelo próprio Noel Rosa, durante a famosa polêmica com Wilson Batista. O malandro nascido no samba nos finais dos anos 1920 e consagrado nas décadas posteriores vive sempre a ambiguidade em relação a seu lugar na sociedade. Transita pela "linha fronteiriça" – para lembrar a expressão de Matos (1986, p.54) – "entre afirmação e negação, topia e utopia, realidade e fantasia. A poética da malandragem é, acima de tudo, uma poética da fronteira, da carnavalização, da ambiguidade".

Porém, para que esta fronteira seja permeável ao malandro é preciso que o outro lado dessa fronteira seja, até certo ponto, permissivo a este tipo. Se existem delegados como Meira Silva e Virgulino, existem igualmente autoridades – oficiais e oficiosas – arregimentando esses sambistas, malandros ou não, para o lado de lá da fronteira. Esta aproximação ocorre em várias frentes.

Empresários como Arnaldo Guinle, intelectuais como Manuel Bandeira, políticos como Pinheiro Machado, músicos como Francisco Alves e Mário Reis, apenas para ficar numa lista conhecida por todos, são alguns dos personagens dessa intricada trama, que ora aproxima, ora afasta grupos tão diversos. O espaço aqui é insuficiente para esmiuçar todas estas redes, porém, precisamos compreender que aproximações e afastamentos são garantidos pela ideia do estabelecimento de uma identidade nacional e/ou cultural brasileira naquele momento histórico, além de interesses mercadológicos. O sentimento de criar novas imagens de nação, cujo chão fosse dado pela cultura popular, perpassava segmentos com interesses e visões distintas do Brasil, como jornalistas cariocas, modernistas paulistas, políticos nacionalistas. O solo popular irá proporcionar esse traço de união. O problema foi – e em alguns momentos continua sendo – a não escuta dos segmentos populares sobre o papel a ocupar nessa nova nação.

A formação nacional de base popular corresponde a um fenômeno comum aos países colonizados da América Latina. O racismo, o genocídio indígena e o abandono do homem e da mulher do campo não impedem, pelo contrário, a seleção dos bens simbólicos e culturais produzidos por estes grupos e a consequente transformação em ícones de coesão nacional. Tal procedimento está longe de significar a ascensão econômica destes indivíduos ou mesmo o convite para a sala de estar onde os rumos do país são decididos.

Por isso mesmo, é necessário um extremo cuidado ao analisar a relação entre as obras produzidas, os agentes produtores, o imaginário nacional e cultural da época, as redes de sociabilidade, os meios de consumos, o contexto histórico etc. Se a valorização da cultura negra nos rendeu livros como *Macunaíma*, poemas como "Mangue" e, de modo mais amplo, a inserção do negro na indústria cultural, através da música, essa mesma prática criou situações paradoxais como, por exemplo, a convenção e exportação do samba como música nacional enquanto muitos sambistas permaneceram na miséria.

Ou, trazendo para o plano deste livro, a valorização de certos aspectos da malandragem – como a esperteza, o jeitinho, o bom humor – e a perseguição a outras propriedades malandras – como a aversão ao trabalho e a violência dos valentões. Nesta separação, encaixa-se a afirmativa de Arnaldo Jabor para quem os malandros exibiam um "inocente comportamento". O cronista, ao tentar fazer a defesa de um Rio de Janeiro mítico encabeçado pela figura do malandro, acaba por reproduzir comportamento semelhante à censura – oficial ou velada – que girava em torno dos anos 1930. Separa-se o que é "interessante" à formação da cultura carioca e por metonímia, brasileira, e "esquecem-se" ou "reprimem-se" os elementos dissonantes. Certos aspectos da malandragem tornam-se produtivos, no calor da hora, em que se enseja construir uma nova representação de brasileiro: vindo das classes populares, miscigenado, capaz de superar a adversidade através da inteligência e da esperteza, sedutor, criativo, e – por que não? – até certo ponto rebelde, à imagem dos revolucionários de 1930.

A assimilação de certos componentes do malandro não assegura a passagem do negro e do mestiço para outras esferas sociais. A "ascensão" da cultura negra não corresponde a uma modificação do lugar reservado a este elemento na ordem do capital. Com a popularização do samba, no final dos anos 1920, as classes dominantes passam a assimilar a *representação* do negro sambista, carnavalesco. Em contrapartida, estas mesmas classes ainda creem na fixação do lugar do *corpo* negro dentro do âmbito social. A lógica da ordem liberal e democrática, pregada pela Europa e pelos Estados

Unidos e transplantada para o Brasil, ainda se sustentando sobre uma mentalidade escravista, simplesmente não funciona. O trabalho oferecido ao pobre e ao negro, no regime republicano, pouco se diferencia do que lhe era imputado durante a escravidão. É sobretudo o trabalho braçal que lhe é imposto.

Opera-se um corte entre a ideia de trabalho e o ato de fazer música. Compor não é trabalho. Pelo menos não é o trabalho designado aos negros e pobres. Esta divisão aparece claramente em um depoimento de Wilson Batista e Ataulfo Alves concedido a Bruno Ferreira Gomes. O entrevistador pergunta a Wilson se este já trabalhou na vida, "além de ser artista". Wilson então lhe relata que uma vez, "obrigado pelo pai", teve "duas horas de cruel sofrimento" trabalhando como auxiliar de pedreiro. Ataulfo, rindo muito, emenda: "Já eu trabalhei, fui prático de farmácia aqui na rua São José." [...] "Wilson deu um sorriso de descrença e disse: 'deixa de conversa, Ataulfo, que você também nunca trabalhou...Que que há?....Eu e você nunca fomos de trabalho´" (Gomes, 1985, p.14).

Sinhô: malandragem e construção do indivíduo

Muniz Sodré propõe uma explicação para o vínculo que rege a relação trabalho/música no universo do negro. Para Sodré (2002, p. 159), o ato de compor e tocar instaura-se num lugar ambivalente entre o trabalho formal e o mero divertimento aos moldes ocidentais. Fazer música "era basicamente um meio de afirmação pessoal, graças ao qual o descendente de escravo deixava de sentir-se objeto da ação para converter-se em agente do mundo".

O ato de compor, negociar suas músicas, até mesmo gravar discos e fazer shows não aparece como sinônimo de trabalho nessa comunidade negra. Trabalho era outra coisa, ligada ao mundo do cais, do subemprego, da desvalorização pessoal. Para o sujeito que vê passar um "cabide de molambo", fazer música e valer-se de *estratégias da malandragem* significam alternativas ao mundo do trabalho braçal; saídas que conferem dignidade pessoal e sustento ao mesmo tempo.

Não se opera em terras brasileiras o mecanismo de sustentação de outras sociedades. Aqui, quanto mais se trabalha, menos se tem, menos se é. A continuidade da nação Brasil, onde uma parcela mínima da população enriquece a partir do suor de muitos, depende do silenciamento das vozes dissonantes, das vozes que narram a própria trajetória ao invés de ecoar a história oficial. E se o corpo negro foi durante séculos "a carne mais barata do mercado" – como cantam Elza Soares e Seu Jorge –, a voz do sambista a partir do início do século XX constrói um outro corpo negro na narratividade, na musicalidade, na ambiência cultural, buscando saídas para a comunidade através da construção do sujeito. Ou como acrescenta a composição de Seu Jorge, Yuka e Capelleti: "Mas mesmo assim ainda guarda o direito/ de algum antepassado da cor/ brigar, sutilmente, por respeito/brigar bravamente, por respeito/brigar por justiça e por respeito/de algum antepassado da cor/brigar." A gravação de "Não tá mais de graça" (Rafael Mike) na voz negra de Elza Soares (Planeta Fome, 2019) mostra a ampliação desse diálogo intermusical. Apesar da canção fazer a crítica ao ativismo contemporâneo ("revolução, só Che Guevara de sofá"), o refrão abre uma nova porta: "A carne mais barata do mercado não tá mais de graça/O que não valia nada agora vale uma tonelada."

Neste âmbito – nos anos 1920 ou na contemporaneidade –, quanto mais se constrói um "eu", mais se termina por falar em "nós". O corpo negro é, enfim, a primeira e última instância de negociação e intervenção no mundo burguês, dominado pelo elemento branco. Calado é corpo escravizado/ corpo de molambo/ corpo tatuado por pertencer a outro. Tomado pelo "dom da palavra", traduzida também na presença física do malandro, é corpo ativo, constituinte da individualidade. Capaz, senão de mudar seu destino, de mudar as narrativas constituintes de sua história.

Ao contrário do defendido por João da Baiana, o sambista e o malandro aproximam-se como representantes de grupos multiculturais, diversos entre si, mas que começam a ter suas vozes amplificadas para fora dos territórios originais. Narrar a si mesmo determina o corte com o passado, e, ainda que o personagem narrador de "Batuque na cozinha" lute com as marcas do "servilismo secular" (lembrando João do Rio), igualmente garante a passagem a cidadão por ser sambista, por portar um violão, brigando sutilmente por respeito.

João da Baiana reivindica para si o estatuto de cidadão, por meio da prática marginalizada: o ser sambista. E como cidadão e como sambista não deseja se misturar aos malandros. Eu pago a fiança com satisfação, cumpro a lei, mas não aceito ser considerado como um marginal. É um discurso que anseia por se ver incluído pelo viés do trabalho e da justiça social. "Ô, seu comissário, eu tô com a razão". A razão, marca do pensamento ocidental, garante ao narrador a configuração positiva do sambista, trabalhador e cidadão. Nessa visão, nenhum desses três elementos é excludente.

O dado empírico ofertado pela sociedade coercitiva é outro. O comissário o vê como malandro, sambista e marginal. Pelo avesso, também nenhum desses elementos anula o outro. Ser cidadão significava ser trabalhador, de preferência, branco. E ainda hoje não são raros os momentos em que a defesa dos negros mortos pelo Estado nas favelas, "confundidos" com bandidos, baseia-se na carteira de trabalho diante das câmeras. "– Aqui é tudo trabalhador." é uma frase que retiraria a periculosidade do jovem negro, desempregado, visto desde sempre como ameaça à suposta ordem.

Compreende-se a luta da primeira geração de músicos negros em buscar a separação de vadios e malandros, enquadrados como criminosos. Da mesma forma, é preciso modificar os conceitos de trabalho e de artista para os próprios componentes das classes populares. Se o que confere o direito ao indivíduo negro de ser cidadão é o trabalho, como o sambista poderia elaborar uma identidade cidadã a partir da música?

Um dos fatores determinantes para a mudança da condição de sambista-marginal para sambista-cidadão é o início da prática do registro autoral. Não por acaso é Donga, músico pertencente a essa primeira linhagem de sambistas, um dos precursores na prática de registrar sambas. Na prática, o registro autoral evidencia a passagem do samba composto no anonimato das festas nas casas das tias baianas, dos botequins, uma criação coletiva, para a *identificação* de um ou mais compositores alçados à categoria de *autores*.

Passa-se do anonimato dos terreiros e dos partidos-altos para a criação da figura autoral, porta de entrada para o mundo capitalizado do rádio e do disco. Como já é de conhecimento comum, a atitude de Donga em registrar sozinho "Pelo Telefone" (1916) rendeu diversas polêmicas acerca da verdadeira autoria do samba, envolvendo nomes como Sinhô, Hilário Jovino e a própria Tia Ciata. A história oficial hoje credita ao próprio Donga e a Mauro de Almeida a autoria do samba. Porém, mais interessante é perceber como a relação ambígua entre compor e registrar sambas torna-se uma marca da criação do gênero.

"Direito" e "autor" vão garantir, lentamente, a inserção social dos sambistas de maior sucesso. A mobilidade dos bens culturais, reforço, não significou a aceitação social dos sujeitos negros ou mesmo o enriquecimento dos nossos maiores sambistas da época. De qualquer forma, era uma vitória a ser comemorada. Relembrando Caninha: "Só tira samba, malandro que tem patente." E o principal malandro, neste aspecto, será Sinhô, autodenominado o "Rei do samba".

Sinhô, muito provavelmente, foi o primeiro caso de autopromoção no meio do samba. Nascido em 1888, pertencia, cronologicamente, à mesma geração de Pixinguinha, Donga e João da Baiana. Sinhô criou para si uma personalidade única, em constante trânsito entre territórios e camadas sociais diversas. É antes um negociador em tempo integral, que não evita nem mesmo as polêmicas com outros sambistas se estas lhe trouxerem algum rendimento pessoal. Citemos duas. No carnaval de de 1917[18], um ano após o grande sucesso de "Pelo Telefone", o famoso intérprete Baiano grava o primeiro samba de Sinhô intitulado "Quem são eles?". Já nos primeiros versos fica claro qual é o alvo do compositor carioca: "'A Bahia é boa terra/ela lá e eu aqui." E finaliza, aludindo à Bahia no passado: "O melhor do luar já se foi/O melhor do luar já se foi." A capa da partitura anuncia o "samba carioca" e traz alusões enigmáticas, na qual se vê "um sujeito encartolado, bem vestido, de luva, dentro de um barco solitário que voga serenamente com a bandeira dos Fenianos no mastro. Perto um negro grita por socorro, como se estivesse a morrer afogado" (Alencar, 1981, p. 30).

Sinhô surge no mundo do samba e do carnaval sob o signo da polêmica. E a polêmica é um dos eixos sobre o qual se norteará o desenvolvimento do samba e da malandragem. A provocação de Sinhô surtiu efeito e, logo depois, cada um dos "baianos" atacados – Donga, Hilário Jovino, Pixinguinha e China (Otávio da Rocha Viana), irmão de Pixinguinha – responderiam, em forma de samba, ao provocador.

Cada um dos compositores respondeu separadamente às provocações de Sinhô. Donga compôs "Fica calma que aparece"; Hilário Jovino, "Não és tão falado assim"; e Pixinguinha e China "Já te digo". Grande sucesso do carnaval de 1919, gravada na Casa Edison por Baiano, a composição dos irmãos despejava acusações tanto à aparência de Sinhô quanto à sua inabilidade musical: "No tempo que tocava flauta/que desespero/hoje ele anda janota/à custa dos trouxas/ cá do Rio de Janeiro."

O interessante deste samba-resposta é perceber como ele é construído tendo a aparência de Sinhô como principal dado acusatório. Para além das agressões rasteiras – "Ele é alto, magro e feio e desdentado" –, ocorre um outro tipo de insulto que prioriza exatamente o trajar do sambista, em uma provável alusão à capa da partitura de "Quem são eles?". Um pequeno parênteses: a última estrofe do samba de Pixinguinha e China diz: "Nesta bela brincadeira/Ninguém se meta/Que este samba com certeza/Desta bela pagodeira/É de certo dos Baetas." Baetas era o nome pelo qual os defensores do clube carnavalesco Tenentes do Diabo eram conhecidos, concorrentes naturais dos Fenianos, o que coloca Sinhô, mais uma vez, em oposição ao grupo dos compositores "baianos".

A premissa de "Já te digo" baseia-se na falsidade da aparência e do talento de Sinhô. "Ele fala do mundo inteiro/E já está avacalhado no Rio de Janeiro." A cidade mencionada refere-se propriamente ao circuito dos músicos; enquanto os "trouxas"

---

[18] "Pelo telefone" foi gravado em novembro de 1916, sendo uma das músicas de maior sucesso no carnaval de 1917.

deixam-se enganar pelo "janota" e sujeito afamado por ser um plagiador. "Samba é que nem passarinho, é de quem pegar", costumava declarar o sambista. Ou seja, antes que os outros registrem os sambas cantados despreocupadamente nos terreiros, no carnaval, na Festa da Penha, registro eu.

Para ser polêmica há que se ter tréplicas. E elas brotam incessantemente. Sinhô compõe no ano seguinte "Fala, meu louro", uma sátira à derrota de Rui Barbosa nas urnas[19]. A letra, referindo-se à terra de Rui, termina por atacar novamente os "baianos": "A Bahia não dá mais coco/ para botar na tapioca/ para fazer o bom mingau/para embrulhar o carioca."

A resposta vem certeira pelas mãos de Hilário Jovino, com "Entregue o samba a seus donos"[20]:

> Entregue o samba a seus donos
> É chegada a ocasião
> Lá no Norte não fazemos
> Do pandeiro profissão
>
> Falsos filhos da Bahia
> que nunca pisaram lá
> que não comeram pimenta
> na moqueca e vatapá
>
> Mandioca mais se presta
> muito mais que tapioca
> Na Bahia não tem mais coco
> É plágio de um carioca.

O recado de Jovino é claro. O samba pertence, por direito, aos "baianos", aos compositores ligados à Pequena África, e não aos exploradores do samba como mero meio de ganhar dinheiro. É notável como a discussão entre o "nascimento" do samba, muito antes de se tornar uma preocupação dos pesquisadores, transforma-se em um fator de validação da música popular na modernidade carioca. Bahia versus Rio de

---

[19] "Papagaio Louro" e "O pé de anjo", composições de Sinhô, foram transformadas, na época, em peças do teatro de revista. Para uma análise entre samba, malandragem e teatro de revista ver VENEZIANO, N., *O Teatro de Revista no Brasil: dramaturgia e convenções*, Campinas: Pontes- Ed. Unicamp, 1991.

[20] A letra de "Entregue o samba aos seus donos" foi noticiada no Jornal do Brasil no dia 27 de janeiro de 1920. Apesar de buscas nos arquivos disponíveis, não encontrei nenhum registro fonográfico.

Janeiro; vocação versus profissionalização em sentido pejorativo; comunidade versus individualismo; originalidade versus plágio. Disputas de territórios, valores identitários, em última instância, a disputa de narrativas ao redor da mitologia do samba.

As acusações de plagiário voltam à cena com a polêmica entre Sinhô e Heitor dos Prazeres, deflagrada em 1927. "Ora, vejam só" (1927) e "Cassino Maxixe" (1928), primeira versão da composição "Gosto que me enrosco", de Sinhô, são o alvo da disputa dos dois sambistas. Em 1929, Heitor dos Prazeres compõe o samba "Olha ele, cuidado", interpretada por Alfredo Albuquerque, indicando a prática plagiária de Sinhô.

> Olha ele, cuidado
> Ele com aquela conversa é danado
> Olha ele, cuidado
> Que aquele homem é danado (Refrão)
>
> Eu fui perto dele
> Pedir o que era meu
> Ele com cinismo comigo
> Chorava mais do que eu
>
> Vive de tratantagens
> Com todos meus amigos
> E tanto truque que ele tem
> Chega a andar pensativo

Segundo Edigar de Alencar (1968, p.61-62), Heitor dos Prazeres, curiosamente, acusa Sinhô de ter roubado apenas o refrão de "Ora vejam só" e a primeira parte de "Gosto que me enrosco". Alencar também afirma que Heitor dos Prazeres teria composto "Rei dos meus sambas" em alusão ao Rei do Samba. Segue a letra publicada pelo biógrafo de Sinhô.

> Rei dos meus sambas
>
> Eu lhe direi com franqueza
> Tu demonstras fraqueza
> Tenho razão de viver descontente
> És conhecido por "bamba"
> Sendo "rei" dos meus sambas
> Que malandro inteligente!

> Assim é que se vê
> A tua fama, Sinhô
> Desta maneira és rei
> Eu também sou
>
> Eu sei que este é
> O teu modo de viver,
> Só não adoto
> É o teu proceder.

Em entrevista à Revista Manchete, em 08 de outubro de 1966, Heitor dos Prazeres afirma que Sinhô ameaçou processá-lo após ele ter composto "Rei dos meus sambas". Fato é que existem duas composições com o mesmo título e apenas uma delas foi gravada. Graças ao pesquisador e músico Barão do Pandeiro, obtive acesso à gravação "Rei dos meus sambas", mas com letra completamente diversa da fixada pelo biógrafo de Sinhô. A partir dessa descoberta, consultei os arquivos de José Ramos Tinhorão, no Instituto Moreira Salles, e encontrei a partitura "Rei dos meus sambas" (sem data), editada pelos Irmãos Vitale, e com a letra citada por Edigar de Alencar e o próprio Heitor dos Prazeres.   Também em consulta ao acervo do IMS, obtive os dados referentes à versão "Rei dos meus sambas" (Parlophan –1929) que me foi apresentada por Barão do Pandeiro. Aqui, a letra é de I.G Loiola, também intérprete da composição. Nesse novo "Rei dos meus sambas", vemos uma saudação à mulher objeto da paixão, "a baianinha". história que em nada remete ao título da composição ou à briga entre Sinhô e Heitor dos Prazeres. Com a morte de Sinhô, em 1930, a passagem do tempo, o compositor de "Mulher de malandro" constrói sua própria mitologia, a ponto de interferir na história oficial. Mais malandro não há.[21]

Das polêmicas envolvendo Sinhô, podemos tirar algumas conclusões. A oposição entre o grupo de compositores "baianos", tidos como representantes legítimos do samba, vinculado à vocação e ao respeito à ancestralidade, e Sinhô, símbolo da entrada do samba na modernidade, via o registro autoral, parceria com escritores, como Bastos Tigre, e, a identificação como Francisco Alves e Mário Reis. A mesma modernidade do samba, o contato mais programático com as esferas da urbe, é responsável também pelo conceito de plágio. Daí a tensão em torno da gravação de "Pele Telefone". Se nos

---

[21] Link para acesso à partitura do "Rei dos meus sambas". Arquivo José Ramos Tinhorão. IMS. (Heitor dos Prazeres – Irmãos Vitale). https://acervos.ims.com.br/portals/#/downloadcollection/%7Bd43fefd9-eab4-4c7d-96fc-e44458772b7b%7D

quintais da Cidade Nova o samba é tido como uma criação coletiva, sendo o partido-alto uma experiência compartilhada, a inserção na modernidade estabelece a necessidade da nomeação da "autoria." O foco desloca-se da comunidade para o indivíduo, mas este ainda se vale dos preceitos da criação comunitária em proveito próprio.

O "roubo" do refrão de Heitor dos Prazeres traz implícita essa ideia. O plágio só existe porque se instaura o registro de propriedade intelectual contra a ideia de coletividade. E é justamente pelo ato de plagiar que Sinhô é acusado de malandro. Sinhô borra a fronteira das categorias de "original" e "cópia"; categorias que perdem o sentido num panorama moderno. Se em final dos anos 1910, Sinhô deseja ter seu nome envolvido em polêmicas com o grupo dos baianos, uma década depois, o mesmo compositor, percebendo a enorme popularidade do tema, vincula-se ao universo da malandragem. No cenário coletivista do samba, em que o foco primeiro recaía sobre o grupo da Cidade Nova e em seguida sobre os bambas do Estácio, Sinhô paira sozinho, negociando com esses estilos, estabelecendo conexões com quem possa lhe trazer maior visibilidade. A polêmica é apenas uma dessas estratégias.

A malandragem de Sinhô revela-se no caráter de não fixação pelo qual estabelece a relação com a sociedade. Podemos vê-lo como uma ponte entre dois momentos do samba – o da Cidade Nova e o do Estácio –, e podemos perceber o caráter móvel de sua própria figura, transitando com igual desenvoltura pelas favelas e pelos salões da sociedade carioca.

Ao lidar com os sambistas da primeira geração, ao revelar novos intérpretes da "boa sociedade" burguesa, como Mário Reis, Sinhô flerta com o mundo dos bambas e dos brancos, ocupando as brechas da cidade oficial, alargando com sua verve e talento as fronteiras do permitido ao sambista negro. Nessa caminhada, Manuel Bandeira encontra o compositor pela primeira vez no enterro de José do Patrocínio Filho, inveterado boêmio e grande amigo de Sinhô.

> (Sinhô) contava aventuras comuns, espinafrava tudo quanto era músico e poeta, estava danado naquela época com o Vila e o Catulo, poeta era ele, músico era ele! Que língua desgraçada! Que vaidade! mas a gente não podia deixar de gostar dele desde logo, pelo menos os que são mais sensíveis ao sabor da qualidade carioca. O que há de mais povo e de mais carioca tinha em Sinhô a sua personificação mais genuína e mais profunda. De quando em quando, [...] vinha de Sinhô um samba definitivo, um *Claudionor*, um *Jura*, com "um beijo puro na catedral

do amor", enfim uma dessas coisas incríveis que pareciam descer dos morros lendários da cidade, Favela, Salgueiro, Mangueira, São Carlos, fina-flor extrema da malandragem carioca mais inteligente e mais heróica... Sinhô!
Ele era o traço mais expressivo ligando os poetas, os artistas, a sociedade fina e culta às camadas profundas da ralé urbana. Daí a fascinação que despertava em toda a gente quando levado a um salão. (Bandeira, 1958, p.162.)[22]

Poeticamente, Sinhô morre como vive, em trânsito, dentro da barca que liga a Ilha do Governador ao cais do Rio. A malandragem heroica e inteligente é, na visão de Bandeira, o ponto de união entre favelas e salões, levando para "a sociedade fina e culta" as marcas da "ralé urbana". Bandeira constrói no cruzamento entre estes dois mundos a figura do carioca, cuja síntese é personificada por Sinhô. Ao optar pelo trânsito, ele estabelece contatos, ainda que temporários com o restante da sociedade.

Assim, a prosa de Bandeira reflete também a marca de classe ao perceber em Sinhô traços de um "exotismo" malandro capaz de intrigar as elites culturais da cidade. A imagem do carioca "barão da ralé", para lembrar Chico Buarque de Hollanda, é criada tendo como elementos principais a malandragem, o morro e a capacidade negociadora. Eximem-se desse quadro quaisquer alusões ao mundo do trabalho, da pobreza, da desigualdade social, pois,

Sinhô para toda gente era uma criatura fabulosa vivendo no mundo noturno do samba, zona impossível de localizar com precisão – é no Estácio mas bem perto ficam as macumbas do Encantado, mundo onde a impressão que se tem é que ali o pessoal vive de brisa, cura a tosse com álcool e desgraça pouca é bobagem. (Bandeira, 1958, p.197.)

Para incorporar a figura do sambista – malandro e morador da "zona impossível de localizar com precisão" – à sociedade, é preciso retirá-lo dos momentos e territórios históricos e geográficos e elevá-lo ao discurso mítico. Só assim é possível transformá-lo em símbolo de uma cidade e de um país pairando acima do racismo e das desigualdades

---

[22] Sinhô nunca compôs um samba com esse nome. "Claudionor" é uma referência ao samba "Morro da Mangueira" (1926), do desconhecido Manoel Dias, interpretada por Pedro Celestino (irmão de Vicente Celestino). Claudionor figura como um trabalhador nesse samba que aborda também a temática da malandragem versus trabalho. "Eu fui a um samba lá no morro da Mangueira/Uma cabrocha me falou de tal maneira:/Não vai fazer como o Claudionor?/Para sustentar família foi bancar o estivador."

do mundo material. Na condição de representante de uma cultura – exótica, porém fascinante – o sambista malandro pode, e deve, ser aceito nos salões. Como trabalhador e cidadão capaz de questionar, denunciar e exigir condições igualitárias ao restante da sociedade, esse elemento é isolado, trancado em seus guetos.

Como sambista, depois de um longo percurso de aceitação, sua música passa a entrar pela porta da frente dos palacetes; como trabalhador, resta o trabalho braçal da criadagem, das fábricas, do cais do porto. Era para se ter dúvida de qual caminho iria escolher? É nesse momento que também se impõe um corte – estilístico e cultural – com a aristocracia do samba "baiano". Não é mais possível aceitar a primazia dos "baianos" sobre a musicalidade em terras cariocas. Na passagem do foco do samba "baiano" para o samba dos morros cariocas opera-se a construção do novo carioca, modelo exemplar à nação que ali se funda. Como na crônica de Manuel Bandeira, samba, malandragem e favela convergem para o mesmo ponto: a formação do carioca. "O que há de mais povo e mais carioca tinha em Sinhô sua personificação mais genuína e mais profunda." Com Sinhô, a Bahia fica definitivamente lá e os cariocas aqui. E a malandragem torna-se um desses elementos emblemáticos do rompimento com o antigo estilo do samba.

A malandragem torna-se um sinal de modernidade dentro da história do samba, não apenas no sentido temático ou rítmico, mas como exercício de uma individualidade que até então ficava em segundo plano. Claro que sambistas como Ismael Silva e Nilton Bastos estão intimamente ligados à comunidade onde vivem; prova disso é a fundação e organização da Deixa Falar. Mas, ao mesmo tempo, o próprio Ismael marca a diferença do sentido comunitário ao afirmar: "Eu nunca pertenci a nenhuma (escola de samba), porque, como já disse, sou profissional, vivo do rádio, disco, televisão, palco, shows e, por isso, não ando onde esse pessoal anda" (Silva, 1969, p.175). Ao se tornar profissional, o sambista também passa a ser visto com outros olhos pela comunidade, criando uma cisma entre "sambas de rádio" e sambas de terreiro.

Presenciamos na Cidade Nova, subúrbios e morros ainda fora do cenário musical uma certa harmonização entre o músico e o grupo ao qual pertence, mediada pelos laços familiares, étnicos, religiosos etc., enquanto nas novas gerações, a partir da virada de 1920/1930, encontramos um quadro mais complexo. Por um lado, o sambista malandro participa de uma saga coletiva, "carrega e expressa em si a marginalização de todo um grupo" (Matos, 1986, p. 68), por outro, para garantir a própria sobrevivência, a individualidade malandra precisa superar o sentido de coletividade. Contra a prática comunitária do candomblé, das festas, da roda de batucada, da criação coletiva dos sambas, contrapõe-se o individualismo da cafetinagem, do jogo de casquinha, do bilhar, do plágio musical, da criação autoral, da valentia do bamba.

Esta contraposição aparece expressa na composição "Foram-se os malandros", de autoria de Donga e Casquinha, gravada em fevereiro de 1928, por Francisco Alves e Gastão Formenti. A tônica central desse samba é a ironia do narrador diante do "desaparecimento" dos malandros dos morros cariocas, perseguidos pela polícia.

> Foram-se os malandros
> Minha casa foi abaixo
> Meu cachorro se perdeu
> A mulher que eu mais amava
> De desgosto já morreu (refrão)
>
> Os malandros da Favela
> Não tem mais onde morar
> Foram uns pra Cascadura
> Outros para Circular
>
> Coitadinhos dos malandros
> Em que aperto vão ficar
> Com saudades da Favela
> Todos eles vão chorar
>
> (refrão)
>
> Os malandros de Mangueira
> Que vivem de jogatina
> São metidos a valentões
> Mas vão ter a mesma sina.
>
> Mas eu hei de me rir muito
> Quando a justiça for lá
> Hei de ver muitos malandros
> A correr, a se mudar.

Donga e o desconhecido Casquinha repetem o procedimento de João da Baiana em "Batuque na cozinha" ao não identificar a figura do sambista com a do malandro do morro. Malandros são os jogadores e valentões, e contra esses "falsos sambistas", à semelhança de Sinhô, se levanta a voz debochada e irônica de "Foram-se os malandros". Expulsos os indivíduos que atingem a imagem do sambista, o samba pode voltar a seus verdadeiros donos, os "baianos". Antes que o Departamento de Imprensa e Propaganda (DIP) se instalasse como o órgão oficial responsável pela censura ao samba malandro, já notamos uma cisão ética dentro da própria comunidade de músicos negros daquele período. Já havia, antes da censura oficial, uma "censura interna" aos sambistas que se aproximavam das diversas acepções da prática malandra.

O ensejo de separação entre músicos populares e malandros pode ser visto como uma reação ao imaginário nacional e as forças do Estado, interessados em vincular esses termos.

No romance *Clara dos Anjos*, finalizado em 1923 e publicado postumamente em 1948, Lima Barreto distingue os músicos sérios, os que gostavam de música e não da vida boêmia, dos novos "modinheiros", malandros que usavam o violão para suas conquistas. "O carteiro Joaquim dos Anjos não era homem de serestas e serenatas; *mas* gostava de violão e de modinhas. Ele mesmo tocava flauta, instrumento que já foi muito estimado em outras épocas, não o sendo atualmente como outrora" (Barreto, 2012, p.35, grifo meu). Em contraponto ao trabalhador honesto, pai de família, com habilidades musicais, surge a adversativa do seresteiro vagabundo, exemplificado no tipo de Cassi Jones.

> Era bem misterioso esse seu violão; era bem um elixir ou talismã de amor. Fosse ele ou fosse o violão, fossem ambos conjuntamente, o certo é que, no seu ativo, o Senhor Cassi Jones, de tão pouca idade, relativamente, contava perto de dez defloramentos e a sedução de muito maior número de senhoras casadas. (Barreto, 2012, p.54.)

Cassi Jones é definido pelo narrador como "incapaz para o trabalho assíduo", "valente" e que ganhava seu sustento com a criação de galos de briga presenteados a "pessoas importantes, das quais supusesse, algum dia, precisar do auxílio e préstimos delas, contra a polícia e a justiça." O violão surge, neste cenário, como mais um elemento a formar a má índole desse "tipo bem brasileiro". Ao contrário da imagem construída pela sociedade e o Estado, Cassi é descrito como um branco sardento que

> [...] vestia-se seriamente, segundo as modas da Rua do Ouvidor; mas, pelo apuro forçado e o *degagé* suburbanos, as suas roupas chamavam a atenção dos outros, que teimavam em descobrir aquele

> aperfeiçoadíssimo "Brandão", das margens da Central, que lhe talhava as roupas. A única pelintragem, adequada ao seu mister, que apresentava, consistia em trazer o cabelo ensopado de óleo e repartido no alto da cabeça, dividido muito exatamente ao meio, a famosa "pastinha". Não usava topete, nem bigode. O calçado era conforme a moda, mas com os aperfeiçoamentos exigidos por um elegante dos subúrbios, que encanta e seduz as damas com o seu irresistível violão. (Barreto, 2012, p. 54.)

Se Lima Barreto não se importa em ligar a prática da malandragem à vida boêmia e desregrada de certos tipos da cidade, por outro lado, ele dissocia a mesma malandragem das estereotipias raciais e culturais. Cassi Jones veste-se como os rapazes da *jeunesse dorée* – aos moldes suburbanos – retratada por João do Rio, veste-se como os que são aceitos pela sociedade burguesa. Não é a cor ou a roupa que faz o malandro, parece dizer Lima Barreto, contrapondo-se à voz oficial da cidade, constante em associar, ainda hoje, a marginalidade ao negro e a malandragem (apenas) ao terno branco e ao samba.

Ironicamente, serão também dois brancos os maiores intérpretes dos sambas malandros: Francisco Alves, "parceiro" dos sambas de Ismael Silva, e Mário Reis, moço de família rica que "retirou do gênero o seu traço folclórico e étnico para trazê-lo aos salões da alta sociedade" (Giron, 2001, p. 11). Rapidamente, os dois tratam de se aproximar dos redutos originais da malandragem, comprando sambas e arregimentando parcerias com os bambas do Estácio. Nesse processo, a malandragem termina por ocorrer na interseção entre o compositor negro do Morro de São Carlos e os intérpretes brancos; essa composição garante a capacidade de deslizamento da voz malandra para fora do seu local de origem.

Movimento semelhante ocorre com Sinhô. Professor de violão de Mario Reis, Sinhô logo identificou na maneira sincopada e sibilada de cantar do jovem a interpretação ideal para seus sambas. Criava-se ali a maneira carioca de cantar.

> Mas Sinhô foi o estruturador do samba urbano, um samba sem características étnicas determinantes, que implicava uma miscigenação de influências. E, a certa altura de sua atuação, sentiu necessidade de criar um projeto estético-sociológico: profissionalizar a música popular, fundar o canto brasileiro a partir do ritmo do samba e levar o novo gênero a conquistar um público maior, inclusive a alta sociedade. A aparição de Mario Reis [...] representou para Sinhô a consequência lógica de um antigo projeto. (Giron, 2001, p. 43.)

Sinhô percebe que o samba só pode circular e ser assimilado por toda a sociedade, como um bem de mercado, se certos aspectos étnicos, "folclóricos" no dizer de Giron, forem abandonados a favor de uma musicalidade e de uma temática que englobem igualmente as outras camadas da sociedade. Ao contrário de outros gêneros musicais que se estabeleceram como regionais, o samba, comprometido com o mundo urbano, da modernidade, da indústria fonográfica e do rádio, acaba por escapar às definições restritas e passa a ser incorporado como uma "tradição" ao ideário conformador da nação. Desta forma, perde-se o sentido de resgate de um samba "original", "puro", pois,

> Só se pode estudar o samba desse período (décadas de 20 e 30) pela sua produção discográfica. Do contrário se reincidiria numa ideologia de busca da autenticidade que só valoriza os sambas de morro não contaminados pela indústria do disco, sem se dar conta de que ao circunscrever o samba ao seu reduto "original", o morro, se escamoteia a sua função de agenciador de mobilidade dentro da estrutura social e, portanto, contribui para o seu recalcamento. (Carvalho, 1980, p. 31.)

Podemos aproximar certas *estratégias de malandragem* utilizadas por Sinhô, ao perceber a aceitação popular do tema malandro e ao reproduzi-lo em "suas" letras, algumas, como vimos, malandramente plagiadas. Em entrevista concedida em 1930[23], Sinhô criticava a profusão de sambas evocativos da malandragem. Parece se esquecer dos próprios sambas, cujas letras retratavam de perto a valentia presente nos morros. "Sete Coroas", de 1922, é uma homenagem ao bambambã homônimo que, segundo o pesquisador André Gardel, teria feito amizade com Sinhô, em uma das visitas do músico ao morro da Favela (1996, p. 120). Na época, o samba não foi gravado, mas nem por isso deixou de circular pela cidade de boca em boca.

Sete Coroas

É noite escura
Iaiá acende a vela
Sete Coroas
Bambambã lá da Favela (refrão)

---

[23] "A evolução do samba! Com franqueza, eu não sei ao que ora se observa, devemos chamar de evolução. Repare bem as músicas deste ano. Os seus autores, querendo introduzir-lhes novidades para embeleza-las, fogem completo ao ritmo do samba...E lá vem sempre a mesma coisa. 'Mulher! Mulher! Vou deixar a malandragem.' 'A malandragem eu deixei.'" Entrevista de 1930. apud. Sérgio Cabral, *As escolas de samba do Rio de Janeiro:* Rio de Janeiro, Lumiar, p.35.

> E a polícia
> Já tentou
> Sete coroas
> Meia dúzia matou
>
> O homenzinho
> É perigoso
> Sete Coroas
> Nasceu no Barroso[24]

O caso de Sete Coroas é exemplar para a análise da heroicização do valente no meio popular. Das páginas policiais, o bambambã passa a ter sua saga cantada pelas ruas. Como afirma Romulo Costa Mattos, Sete Coroas é construído como o criminoso mais perigoso da Primeira República, tanto pelas páginas policiais e crônicas, como também pelo imaginário popular ao qual à canção de Sinhô se liga.

> A letra da canção também aborda indiretamente a dimensão espiritual e religiosa, propriamente africana, na ideia de que o "desviante" teria o "corpo fechado", por ter saído vivo de emboscadas policiais: "E a polícia/ Já tentou/ Sete Coroas/ Meia dúzia matou". (Mattos, 2012, p. 3.)

Malandragem e religiosidade voltam a se encontrar como forma de resistência ao aparato policial, contumaz perseguidor dos pobres e negros, e como incorporação do corpo/discurso malandro capaz de ameaçar as forças oficiais. Essa hipótese é reafirmada quando examinamos a crônica "Mágoa de assassina", integrante do livro *Bam-bam-bā!*, de Orestes Barbosa, publicada em 1923, fruto de uma passagem pela prisão.

> Maria Tomásia cantava, a meia voz, no seu cubículo:
> Mandei fazer uma macumba,
> Pra comer com você,
> Uma farofa amarela
> Com azeite de dendê...
> E o estribilho:

---

[24] Apud. Alencar, Edigar, 1981, p.55. A primeira gravação da música é de 1986. A pianista Carolina Cardoso de Menezes registrou apenas a melodia no álbum "Os pioneiros – Aloysio de Alencar Pinto, Carolina Cardoso de Menezes e Antonio Adolfo." (FENAB)

> Pai José
> Pai João
> Agora "Sete Coroas"
> Foi morar na Detenção...

Aqui começamos a ver como de criminoso comum, Sete Coroas passa a aproximar-se de outras entidades da macumba ou da umbanda. Pretos-velhos e malandros são incorporados às modinhas, curimbas, sambas, num jogo intertextual e intercultural, muitas vezes sem registro autoral preciso. Libertam-se, dessa forma, do jugo da matéria, do racismo, da perseguição oficial. São livres e autônomos através do canto e da religião.

Do morro da Favela para a detenção e, finalmente, para os terreiros. Sete Coroas é hoje Exu Sete Coroas e Malandro Sete Coroas e costuma aparecer em giras de umbanda. No arco temporal do início do século XX aos nossos dias, presenciamos a passagem do plano material para o surgimento da entidade. Uma busca rápida na plataforma youtube nos revela pontos para Sete Coras, inclusive baseado na composição de Sinhô:

> É noite escura
> Na rua acende a vela
> Sete Coras é o bamba da favela
>
> Ele é malandro
> Não precisa trabalhar
> Sete Coroas manda outro em seu lugar.[25]

Entretanto, os sambas mais conhecidos de Sinhô sobre a temática da malandragem foram "Gosto que me enrosco" (1928) ("Deus me livre/das mulheres de hoje em dia/desprezam o homem/ só por causa da orgia.") e "Ora, vejam só" (1927).

> Ora, vejam só
>
> Ora, vejam só
> A mulher que eu arranjei
> Ela me faz carinhos até demais
> Chorando, ela me pede:
> – Meu benzinho, deixa a malandragem se és capaz!

---

[25] https://www.youtube.com/watch?v=u7sE8vOLDVY&ab_channel=MejepraLuzeF%C3%A9. Último acesso em 20/06/2022.

> A malandragem eu não posso deixar
> Juro por Deus e por Nossa Senhora
> É mais certo ela me abandonar
> Meu Deus do céu, que maldita hora!
>
> A malandragem é um curso primário
> Que a qualquer um é bem necessário
> É o arranco da prática da vida
> Que só a morte decide o contrário[26]

Neste samba, encontramos um dos tópicos caros aos sambas malandros: a oposição entre a mulher e a orgia. Com raras exceções, a mulher na composição malandra ocupa papéis rígidos, alvo do machismo, e são apresentadas ou como pertencentes ao mundo da orgia, desgraçando a vida do homem, ou como motivo para a regeneração via amor e casamento. Ao contrário do enunciado malandro, a mulher é retratada de forma plana, sem voz discursiva, apenas objeto do desejo do homem.

É o caso de "Emília" (Wilson Batista e Haroldo Lobo – 1941), valorizada por ser a empregada do sambista. A perda de Emília não implica na saudade do eu poético, mas no desmanche da organização da vida do malandro. "Quero uma mulher, que saiba lavar e cozinhar/ Que de manhã cedo, me acorde na hora de ir trabalhar/ Só existe uma e sem ela não vivo em paz/ Emília, Emília, Emília, não posso mais." A regeneração reflete a vitória do amor e, por consequência, a derrocada da malandragem, do individualismo rebelde do malandro. O malandro regenerado é cooptado pelos valores burgueses, cujos principais alicerces são o trabalho e o casamento.

Embora essa seja uma tônica dos sambas malandros não é, entretanto, uma criação dos anos 1920 e 1930. O procedimento já aparece, de modo marcante, em nossa literatura oitocentista. É o fim, ou como diz Manuel Antônio de Almeida, o "reverso da medalha", do romance *Memórias de um sargento de milícias*, publicado originalmente entre 1852 e 53, no suplemento literário "A Pacotilha", do jornal *Correio Mercantil* (RJ). Com a entrada de Leonardo no mundo do trabalho e seu consequente casamento com Luisinha terminam as aventuras do "vadio-tipo", ou, como concluiu Mário de Andrade (1972, p. 135), "O livro termina quando o inútil da felicidade principia" (Andrade, 1972, p.135).

---

[26] Francisco Alves não gravou a última estrofe do samba. Talvez porque não queria afirmar esse "bem necessário". É bom lembrar que Chico Viola grava em 1928 "A malandragem", parceria com Alcebíades Barcellos, em que diz: "A malandragem eu vou deixar/ eu quero saber da orgia/ mulher do meu bem querer/ Essa vida não tem mais valia." Seria errado, no entanto, afirmar que um ou outro compositor e intérprete, naquele momento, veste ou critica na integralidade a máscara do malandro.

A "felicidade", compreendida como assimilação ao mundo da ordem, aparentemente, aprisiona Leonardo e os malandros sambistas. Retira, como o comissário Padilha retira de Moreira da Silva, a força do malandro, seu registro individual, sua capacidade de negociação com o mundo. Torna-o novamente anônimo, mais um trabalhador a tomar o Bonde de São Januário, mais um operário a subir o morro depois do extenuante dia de trabalho.

O malandro precisa exatamente da liberdade, da maleabilidade em relação ao mundo, das constantes transformações vedadas às camadas populares, sejam elas do século XIX, dos anos 1930 ou mesmo de hoje. A brecha pelas quais malandro se insere socialmente, sem abrir mão da sua independência e mobilidade, existe pelo fato de que há uma demanda por parte das classes dominantes tanto pelo imaginário da malandragem como pela própria musicalidade de origem afro-brasileira.

Retomando nosso viés histórico, encontramos Luiz Tatit. Em "Quatro triagens e uma mistura: a canção brasileira no século XX", o pesquisador observa que o precário sistema de gravação trazido para o Brasil na virada do século XX não permitia o registro fonográfico de qualquer voz ou gênero musical. Os processos mecânicos não estavam capacitados, por exemplo, a reproduzir a complexidade das orquestras de música erudita e, mesmo o chorinho, por ser um estilo largamente difundido em partituras musicais, não se prestava a experimentações rudimentares do sistema fonomecânico.

> Foi no fundo dessas casas [as casas das tias baianas] que os pioneiros do gramofone encontraram esses "artistas" em potencial, lapidando, sem o saber, a sonoridade ideal para o tipo de gravação que buscavam: centralidade na melodia e letra emitidas pela voz e participação cuidadosamente controlada, em termos de volume, ritmo e densidade timbrística, de instrumentos de corda (violão, bandolim e cavaquinho) e de percussão. (Tatit, 2001, p. 225.)

Como afirma o próprio Tatit, "juntou-se a fome com a vontade de comer", os empresários precisavam desse tipo de musicalidade para testar seus aparelhos e os músicos desejavam registrar suas composições e descolar um trocado. Luis Antônio Giron, em seu imprescindível livro sobre Mário Reis, nos conta que os primeiros cantores eram "capadócios, poetas de rua que, em geral, empostavam a voz ou gritavam, na mania adquirida nas festas populares." O autor (2001, p.19) salva dessa prática o cantor Baiano, que nas gravações se "mostrava sempre descontraído [...] soltando chistes e duplos sentidos que os técnicos alemães que gravavam o disco certamente não entendiam".

Esta pode ser considerada, muito resumidamente, a parte técnica da história. Tatit (2001, p.234) conclui que esta primeira triagem "contribuiu para a conformação da canção popular com as características hoje conhecidas." Porém, acredito que se não existissem pressupostos de assimilação da cultura afro-brasileira na sociedade de então, essas primeiras gravações se dissolveriam em aspectos folclóricos ou se tornariam meros registros fonográficos, nunca parte de uma tradição da música popular brasileira.

As marcas evidenciadas como parte fundamental de uma cultura afro-brasileira escapam a esta conceituação estrita à medida que o samba se estabelece como síntese da identidade cultural brasileira, ao mesmo tempo em que sambas ligados à malandragem e aos morros atingem sua popularidade máxima. Não se trata mais, portanto, de verificar até que ponto o samba é essencialmente negro ou até que ponto o contato com as camadas brancas influenciou e modificou a estrutura desse gênero.

Em *Acertei no milhar* – malandragem e samba no tempo de Getúlio, Claudia Matos divide o samba dos anos 1930 e 1940 em três "grandes veios temáticos e estilísticos": o lírico-amoroso, o apologético-nacionalista e o samba-malandro. A autora correlaciona cada um desses veios a certa parte da produção literária brasileira. Assim, Cartola, representante da vertente lírica-amorosa do samba, para quem "a influência de um discurso literário, branco, burguês, se faz notar no rebuscamento das metáforas como nas colorações idealizantes, melancólicas e frequentemente escapistas", estaria ligado ao ultrarromântico Álvares de Azevedo. Ari Barroso, símbolo máximo do nacionalismo-apologético, ao construir um Brasil paradisíaco e xenófobo, pobre, mas feliz, se aproximaria de autores como José de Alencar e Olavo Bilac. Finalmente, a vertente chamada samba-malandro, da qual Geraldo Pereira e Wilson Batista seriam os maiores representantes, seria a única do gênero em que aparece uma preocupação social e cultural em relação à comunidade de baixa renda. Sua construção reforçaria a identidade cultural destas classes, e mais ainda, do "grupo específico de semi-marginais de toda ordem, sem trabalho constante, sem lugar bem definido no sistema social, a que se chamou malandros." Seria quase irresistível – desta vez para mim – ligá-lo ao romance de Manuel Antônio de Almeida e a certo teatro de Martins Pena.

Se a divisão oferecida, em um primeiro olhar, parece arrumar satisfatoriamente o cenário do samba, em um segundo momento, termina por criar uma hierarquização entre as vertentes sustentadas pelo sentido de maior representatividade social.

> Mas também é inegável que a universidade do tema amoroso, favorecendo a contaminação do discurso proletário por valores semelhantes aos de um discurso burguês previamente escrito, previamente inscrito na cultura, tendia à obliteração das fronteiras de classe, e não à tomada de consciência de tais fronteiras. Em busca do Amor, envolvido na carência do Outro, o sambista deixa de buscar e de pôr em relevo sua própria individualidade cultural. (Matos, 1986, p.46.)

Assim, o samba-malandro passa a ser aquele que melhor resistiria ao poder do Estado e promoveria a criação popular, garantindo, mesmo que em alguns momentos inconscientemente, a identidade dos grupos negros-proletários, em contrapartida ao apagamento de fronteiras de classes, promovido pelos sambas amorosos e nacionalistas.

Mas não seria igualmente interessante propor uma leitura que, ao invés de estabelecer somente diferenciações temáticas, sociais e raciais, percebesse que a construção de uma cultura perpassa caminhos tortuosos em que um poeta negro, favelado e com pouca instrução formal, como Cartola, pode representar e construir a identidade de determinado grupo justamente ao incluir o lirismo "importado" dos brancos em sua obra? É preciso então que nos perguntemos, como intelectuais e pesquisadores, se a construção da identidade cultural no Rio de Janeiro – não mais "inventada", mas complexificada – não passa pela assimilação e adaptação de características de diversos grupos sociais e não apenas pela reafirmação do local de origem cultural, social e territorial. Ser negro e compor a partir de premissas culturais burguesas e brancas, no sentido apontado por Matos, talvez seja um fator não de apagamento das fronteiras de classe, mas um modo de avanço sobre tais obstáculos.

Se admitirmos que a sobrevivência do sambista e da malandragem, nos anos 1930, necessita transitar do seu espaço de origem para outras esferas da sociedade, por que não repensar que o lirismo não seja também uma forma apropriada e ressignificada pelos sambistas negros? A capacidade de mobilidade e negociação dos atributos constituintes da identidade cultural de determinado grupo torna-se o fator primordial para que elementos pertencentes a este mesmo grupo possam se estabelecer como ícones identificadores da nação. São coisas nossas, para lembrar um samba de um compositor branco e defensor da malandragem. Como mostra a composição de Noel Rosa, as coisas nossas não formam um cenário unificador e sem problemas. Pelo contrário, o ato de justapor diversas bossas – o samba, o bonde que parece uma carroça, o malandro, a menina que namora no portão etc. –, evidencia as rasuras entre a diversidade de tempos e espaços e cria um país onde coexistem, puxados pela mesma "carroça", os mais diversos tipos sociais.

Para usar um termo caro ao mundo do samba, a harmonia existe na síncopa. Em termos musicais, a síncopa pode ser definida como um prolongamento dos tempos fracos sobre os tempos fortes, marca do samba moderno. Culturalmente, como nos explica Muniz Sodré, este procedimento do samba carioca revela a aproximação entre o sincopado africano de base rítmica e o europeu, de base melódica.

> A síncopa brasileira é rítmico-melódica. Através dela, o escravo – não podendo manter integralmente a música africana – infiltrou a sua concepção temporal-cósmica-rítmica nas formas musicais brancas. Era uma tática de falsa submissão: o negro acatava o sistema tonal europeu, mas ao mesmo tempo o desestabilizava, ritmicamente, através da sincopa – uma solução de compromisso. (Sodré, 1998, p. 25.)

Falsamente submissos, os negros desestabilizam o cenário religioso através do sincretismo que promovem entre a diversidade religiosa africana e o catolicismo. Falsamente submissos, os negros desestabilizam o regime interno de composição em modos europeus. Em nenhum dos dois casos, como também no cotidiano enfrentado nas ruas do Rio de Janeiro, há uma proposta de eliminação do elemento branco da cultura negra. Pelo contrário, parece ser um traço fundamental da resistência negra em terras cariocas a assimilação do que lhes é diferente, impositivo, castrador. O samba de Cartola é tão eficiente e representativo da cultura negra quanto composições dos bambas do Estácio por, justamente, assimilar componentes do que lhe é, a princípio, tão diverso.

Não se trata de estabelecer valores de positividade ou negatividade neste processo. Por certo, as diversas aproximações entre as culturas negras e brancas e a assimilação de elementos negros como símbolos de uma identidade nacional acabaram por reforçar o mito do país onde não existe o preconceito e o racismo, em que o malandro e a mulata são os tais. Por outro lado, a resistência com disfarces de submissão criou brechas que privilegiaram a transitividade de sujeitos e elementos da cultura negra naquele momento da nossa história. Lembrando o motorista de táxi do início deste capítulo: é a capacidade metaforizante do discurso que caracteriza a mobilidade do sambista malandro pelas diversas camadas da cultura carioca.

Em um primeiro nível, o "dom da palavra" garante ao malandro o dinheiro proveniente do jogo, da mulher e do samba. Para que o malandro possa existir é necessário que haja uma escuta da parte do outro. Uma vontade de ser mais esperto que o próprio malandro, por parte dos otários; um desejo de acreditar nas juras de amor, por parte das esposas e amantes; um anseio em despir o malandro da violência e transformá-lo em mito, por parte de certos intelectuais. O malandro existe no interstício entre o "dom da palavra" e o olhar do "outro" sobre esse sujeito em constante deslizamento.

3 – *Desabrigo*: a mediação entre marginais e intelectuais

> *O que me move é pensar o excluído como agente virtual da escrita, quer literária, quer não literária. Como o excluído entra no circuito de uma cultura cuja forma privilegiada é a letra de fôrma?*
> Alfredo Bosi
> Literatura e resistência

Avenida no corpo da cidade, avenida no corpo malandro

"O marginal intelectual, portanto, existe e é necessário ouvi-lo" (Rodrigues, 1995, p.9). A frase de João Carlos Rodrigues, retirada do prefácio à terceira edição da novela *Desabrigo* (1942), de Antônio Fraga, serve como mote para o início deste capítulo. Personagens *gauches* da nossa história literária, os marginais intelectuais servem como uma interface entre o submundo, a marginália habitada por viciados, prostitutas, cáftens, malandros, indivíduos sem ofício e o mundo das letras.

A condição peculiar do escritor marginal – em alguns casos, marginalizado – difere da relação samba/malandragem analisada no capítulo anterior. Dos sambistas dos anos 1930 é esperado, quando não desejado e estimulado, um espelhamento com a figura do malandro. Malandro torna-se, no imaginário popular, quase um sinônimo para sambista, ainda que tenhamos visto as incorreções dessa síntese.

Quando nos voltamos para as relações entre malandragem e literatura surge um elemento complicador. A voz que emerge desses relatos é quase sempre mediada pela voz do intelectual. Como destaca o próprio Rodrigues (1995, p.9), "Entre nós a atividade literária esteve sempre mais ligada aos bacharéis, padres e cientistas, à voz do dono, portanto." Se o samba, sustentado na oralidade, garante a inserção democrática de excluídos sociais e culturais, a literatura exige escolaridade, conhecimento da tradição e, com raras exceções, revela-se uma marca de classe. Some-se a isso a necessidade do referendo da crítica ilustrada para que possa existir uma aceitação e admissão de certos textos no cânone oficial.

No Brasil, não trabalhamos com o conceito de uma "literatura popular" semelhante ao modelo de "música popular", hoje totalmente inserida no mercado fonográfico e na academia. O trânsito entre músicos, intérpretes e compositores, vindos das mais diversas camadas da sociedade, entre a oralidade e a cultura popular e o registro culto, é uma das marcas distintivas da canção brasileira. Na tradição literária, essa mobilidade surge de forma mais limitada, com poucos expoentes, ou, ainda hoje, sofre com uma menor aceitação em comparação ao cancioneiro brasileiro.

No Rio de Janeiro da primeira metade do século XX, ao contrário do que vemos ocorrer com a música popular, poucos são os escritores originados das camadas populares, elaborando narrativas sem intermediários. A prática usual é a elaboração de personagens populares, marginalizados, pela voz do "dono", do escritor branco, agindo como ficcionista ou jornalista. Soma-se a esse quadro fatores políticos, como o interesse em manter camadas da população no analfabetismo, distantes do processo de produção de textos e intervenção intelectual.

Nesse cenário, as narrativas de homens como Manuel Antônio de Almeida e Lima Barreto surgem como elementos questionadores, em suas respectivas épocas, das imagens produzidas pelo discurso oficial. Não por acaso, esses escritores serão pontos de referência para os modernistas paulistas, não apenas por revelarem em seus textos a preocupação com os excluídos, mas por, cada um a seu modo e a seu tempo, buscarem novas linguagens capazes de refletir o cotidiano dos estigmatizados.

Assim, os olhos voltam-se sobre os próprios autores: Manuel Antônio de Almeida, morto aos 21 anos, preventivamente assina sua única obra como "um brasileiro", possivelmente, na afirmação de um caráter de nacionalidade da obra; Lima Barreto, de quem todos conhecemos bem a história de constantes internações em hospitais psiquiátricos e alcoolismo, sofre pelo duplo exílio em não pertencer por completo ao mundo dos subúrbios cariocas nem ao universo dos escritores acadêmicos. E Antônio Fraga, o personagem que nos interessa. Ao lado de Antonio Olinto e Ernande Soares, o escritor funda em 1945 a editora Macunaíma, pela qual seria publicada a primeira edição da novela *Desabrigo*.

Fraga percorrerá as mesmas ruas e bairros onde o samba nasceu e se firmou. Nascido em 1916, na Cidade Nova, aos 16 anos abandona a família e vai viver no

Mangue onde, como nos conta sua biógrafa Maria Célia Barbosa Reis da Silva, dá-se o "o início da mitologia marginal de Fraga e do recolhimento da matéria-prima que usa, em 1942, na criação de sua primeira obra: *Desabrigo*" (Silva, 1999, p. 5).

Se hoje a cidade marginal inscrita na periferia e, por vezes, dentro da cidade oficial, aparece devidamente incorporada, por certa literatura e indústria audiovisual brasileiras como objeto de consumo, em *Desabrigo* a cidade não faz concessões para tentar ser assimilada. Pelo contrário, como anuncia um de seus personagens, o escritor evêmero, o que se lê nessa "quasi-novela" vai "arreliar um porrilhão de gente"[27]. Em *Desabrigo*, superpõem-se as instâncias ficcionais e históricas, sendo que o ponto confluente desses polos é a própria escrita tensionada, concomitantemente, pelo registro popular, dominado pela gíria da malandragem, e pelo registro culto, primando pelas intertextualidades.

A cidade narrada propõe um duplo pacto ao leitor. Ela remete ao espaço geográfico e histórico da Zona do Mangue e se desdobra, durante a leitura do leitor, como ficcionalização do imaginário carioca. Ao contrário de outros textos da modernidade carioca que procuram equacionar esses dois tempos de relato, a narrativa de Fraga não investe num registro realista ou no acompanhamento de uma linha evolutiva temporal. A cidade à margem, pela narrativa fraguiana, torna-se a cidade do centro. Para o Mangue convergem os sambistas do Estácio e dos morros cariocas, as prostitutas, os bandidos e malandros. E também intelectuais fascinados pela marginália.

Não foram os anos 1940 nem Fraga o ponto de partida para o convívio entre as camadas populares e os intelectuais, como bem sabemos. A aproximação entre marginalizados e intelectuais – jornalistas, caricaturistas, escritores, dentre outros – pode ser tomada como um traço distintivo da modernidade carioca. Pelo traço dançarino de um caricaturista como Calixto Cordeiro (K.Lixto) ou Raul Pederneiras, os leitores de ontem e hoje tomam contato com os passos de maxixe inventados na Saúde. Pela prosa em tons de negro e cinza de cronistas como João do Rio ou Benjamin Costallat, conhece-se o cotidiano da prostituição, do trabalho no cais e das casas de ópio.

Para os intelectuais do início do século XX, ainda havia a prática de uma espécie de "tradução" de uma cidade para outra, visando atingir os leitores dos periódicos. Em *Desabrigo*, linguagem, estrutura romanesca, personagens dificultam, de forma proposital, essa tradução e impedem a redução do outro ao mesmo. A alteridade em Fraga não é

---

[27] Em *Desabrigo*, os nomes dos personagens aparecem sempre com letra minúscula.

fictícia, mas verdadeiramente *outra*, fora da ótica, não construída no espelhamento da voz do dono.

A gíria em *Desabrigo* assume a função de dar corpo a esta outra voz. Contra a língua normativa, por isso mesmo coercitiva, que, como afirma Roland Barthes em sua aula inaugural no Colégio de França (1989), só pode conduzir ao estereótipo, Fraga escolhe a gíria, linguagem e sintaxe viva das ruas. À semelhança do modelo barthesiano, a língua da malandragem burla a norma culta. Não posso deixar de me remeter neste ponto ao sentido nietzschiano de "conceito", visto no capítulo anterior. Como Nietzsche, Barthes teme que a cega aceitação do signo repetido à exaustão nos leve ao estereótipo ou, no caso nietzschiano, à crença de que o conceito deve ser assimilado como uma verdade em si. A literatura e a metáfora surgem para estes pensadores como resposta à opressão da língua já formulada como pronta e fechada.

Posta em evidência pela narrativa fraguiana, a gíria carioca recupera o sentido metafórico, "trapaceador", de uma linguagem em luta contra a ordem oficial do discurso. Excluídos do centro de beletristas, bacharéis, cultuadores da língua, os personagens de *Desabrigo* criam, a todo instante, uma linguagem protetora dos excluídos, ao mesmo tempo em que transfigura os sentidos estabelecidos do signo linguístico. Reverte-se a máxima, e nós, leitores letrados, nos tornamos os analfabetos, os excluídos.

A gíria fraguiana passeia pelos vários sentidos propostos pelo *Dicionário Aurélio*: 1 – Linguagem de malfeitores, malandros etc., com a qual procuram não ser entendidos pelas outras pessoas; 2 – Linguagem peculiar àqueles que exercem a mesma profissão ou arte; jargão; 3 – Linguagem que, nascida num determinado grupo social, termina estendendo-se, por sua expressividade, à linguagem familiar de todas as camadas sociais. Há mesmo uma espécie de vínculo entre estes sentidos. O que nasce como o exercício de uma linguagem protetora de determinado grupo termina, em alguns casos, por ser assimilado pelo restante da comunidade.

Este deslocamento só pode ser realizado porque esses grupos se tocam, se tangenciam de modos imprevistos. Ou como nos diz Orestes Barbosa (1993, p.115): "Cada vagabundo de rua é uma inteligência espontânea, criadora de frases que logo a cidade aceita e não sabe criar." E por estar sendo praticada, testada, inventada a todo instante nas ruas que a gíria se configura como tal. A gíria dicionarizada é, de forma geral, gíria em desuso, pois somente a velocidade de criação, as línguas velozes dos bambas, conferem à gíria seu caráter defensor, excludente daqueles que não participam dos códigos comuns a determinado grupo. Esta característica quase sublevadora, ou talvez justamente isso, não impede a atração e a assimilação da gíria por parte da "cidade" do discurso oficial. Como explica o poeta,

>Não tem tradução (Cinema falado)
>
>O cinema falado é o grande culpado da transformação
>Dessa gente que sente que um barracão prende mais que o xadrez
>Lá no morro, se eu fizer uma falseta
>A Risoleta desiste logo do francês e do inglês
>
>A gíria que o nosso morro criou
>Bem cedo a cidade aceitou e usou
>Mais tarde, o malandro deixou de sambar dando pinote
>E só querendo dançar o foxtrote
>
>Essa gente hoje em dia que tem a mania da exibição
>Não entende que o samba não tem tradução no idioma francês
>Tudo aquilo que o malandro pronuncia
>Com voz macia, é brasileiro, já passou de português
>
>Amor lá no morro é amor pra chuchu
>As rimas do samba não são "I love you"
>E esse negócio de "alô", "alô, boy" e "alô, Johnny"
>Só pode ser conversa de telefone...

O samba de Noel Rosa "Não tem tradução" (Cinema falado) (1933) faz uma crítica contundente à influência de línguas e culturas estrangeiras no cotidiano da cidade e, em específico, sobre o samba. Nas décadas 1920 e 1930, era enorme a influência da música norte-americana no Rio de Janeiro; o foxtrote, o *shimmy*, o *charleston* eram gêneros em disputa com ritmos brasileiros. O malandro, tanto em Noel Rosa como em Fraga, surge como o personagem síntese da brasilidade, produtor do samba e da língua brasileira, em contraponto à modernização acelerada, representada, respectivamente, pelo cinema e pela destruição do Mangue. Tempos e territórios inconciliáveis como ouve-se em outro samba de Noel, "O X do problema": "Você pode crer que palmeira do Estácio/Não vive na areia de Copacabana."

A fala macia, gingada, do malandro, confere identidade ao que é nosso. É a palavra que constrói o sujeito. É a palavra malandra que defende a nação. Fraga recusa enfaticamente o uso da ortodoxia da norma culta para dar conta desse personagem. Ou como diz evêmero, personagem escritor de *Desabrigo:*

> [...] vou escrever ele todo em gíria pra arreliar um porrilhão de gente. Os anatoles vão me esculhambar Mas se me der na telha usar a ausência de pontuação ou fazerem as proposições irem parar na quirica das donzelinhas cheias de nove-horas ou gastar a sintaxe avacalhada que dá gosto do nosso povo não tenho de modo nem um que dar satisfações a qualquer sacanocrata não acha? (Fraga, 1995, p.24.)

Para ambos, Noel Rosa e Fraga, não há tradução possível para o que se passa nos morros e no Mangue. Para ambos será a reinvenção de suas matérias-primas – o samba e a escrita – o único caminho possível de acesso a um universo tão distinto dos salões cariocas. Troca-se o português – língua do dono, do colonizador – pelo brasileiro, língua recriada todos os dias pela voz macia do malandro, daquele que se quer dono de si mesmo. A tradução não é apenas tradução de uma língua para outra, mas de uma cultura, de uma experiência para a outra. E desta forma, a palavra, o corpo, a musicalidade, a religiosidade, a ginga, o cotidiano marginalizado tornam-se gíria à medida que propõem uma resistência à voz e à cultura do dono.

Trapacear a língua, trapacear com a língua, conforme Roland Barthes nos ensinou, estende-se para trapacear a cultura e com as culturas. E por esse mecanismo que é possível a Noel rimar ironicamente "chuchu" com "I love you", ou a Fraga mesclar, em meio à narrativa em gíria, trechos de artigos, de gramáticas, de manuais, de livros teóricos ou ficcionais, deslocados do texto-matriz, na língua original, assimilados e transformados pelos enunciados ou apresentações do texto centralizador – *Desabrigo* – que direciona o novo contexto (cf. Silva, 1999, p.8).

Assim, os efeitos dessa *bricolage* são quase sempre surpreendentes. O leitor permanece perdido diante dos pontos de vista dispostos ao longo do texto, justamente, por esses estarem distanciados do contexto original. Em alguns casos, pode-se mesmo perguntar se os autores citados estariam referendando ou se opondo ao exercício estilístico de Antônio Fraga, como nessa citação de Campos de Carvalho.

> Entendem eles que para nos emanciparmos do jugo português devemos, o quanto antes, emanciparmos da língua lusitana a nossa língua, e o melhor meio de o fazer será abrigarmos no idioma novo toda forma de linguagem chula, de calão, de barbarismos e de sujeira em que,

desgraçadamente, sempre foi fértil o linguajar do povo. Em vez dos clássicos, dos puristas, dos Camões e caterva dos séculos passados, falem e pontifiquem os malandros, os analfabetos, os idiotas, as prostitutas e a ralé mais baixa. (Fraga, 1995, p. 22.)[28]

Analisada em separado, a citação pouco significa. Como os outros "pontos de vista", ela só pode ser lida de modo intertextual, relacional à "quasi-novela" e a proposta defendida por Fraga. Daí o retrato irônico do narrador ao definir a supracitada citação como parte um "artiguinho do tão renomado como modesto Campos de Carvalho". A independência cultural passa necessariamente pela construção de uma nova língua inclusiva da "ralé mais baixa". O que o malandro pronuncia constitui a base da brasilidade, para homens como Noel Rosa e Antônio Fraga. Pela contribuição milionária de todos os erros, parecem fazer ecoar esses textos.

Os malandros fraguianos – desabrigo, cobrinha e miquimba – espelham ficcionalmente os sambistas da Cidade Nova e dos morros. Ambos constroem a partir da fala e do corpo a individualidade diferenciadora. Discurso e corpo, mais que o deslocamento social ou a possibilidade (remota) de ser admitido em outros núcleos que não os seus, conferem ao malandro respeitabilidade em sua comunidade e temor por parte dos que não o conhecem. O conto do vigário, a cafetinagem, o jogo, a capoeiragem e a venda de sambas são formas de sobreviver, mas, sobretudo, de inscrever-se como sujeitos em meio à entidade "povo". Sem ter seus direitos de cidadão garantidos pela lei, o malandro assegura sua formação subjetivada a partir da lábia, do gestual, dos hábitos à margem, da cadência do corpo.

A violência não é eliminada neste contexto; discurso e corpo se munem de violência, quando necessário, para coagir, intimidar, constranger. O malandro leva ao extremo essa prática, testa os limites que separam o jogo discursivo do simples ato de violência. O malandro necessita da assinatura, da marca da diferenciação, para que possa se distinguir do mero bandido.

No texto fraguiano, a presença da violência tensiona ao limite o jogo entre a lei universalizante e a regra particular. O mundo do Mangue, nas páginas da novela e em meio à cidade maravilhosa, funciona como um último reduto onde é possível viver sob regras pessoais, baseadas na sobrevivência diária, quase ignorando as leis coercitivas

---

[28] *Desabrigo* é entremeado por uma série de "pontos de vista". Extratos de gramáticos e escritores opinando sobre a língua e a literatura. Campos de Carvalho é um desses autores utilizados por Fraga. Ver glossário ao final do capítulo.

da cidade oficial. Esquecidos ou perseguidos pela ordem dominante, resta a estes malandros, vagabundos e prostitutas organizarem-se em um forte sistema de regras que lhes assegure a sobrevivência e permita a transgressão da ordem.

De forma especular, ao demonstrar que desrespeita todas as normas da sintaxe correta por opção e não por desconhecimento, Fraga institui um novo espaço criador de embate entre o discurso cotidiano das ruas do Mangue e o cânone linguístico e literário. Ao estabelecer uma forma de comunicação incompreensível para os "anatoles frango" – os "doutores" da língua –, a malandragem e o intelectual marginal criam um registro próprio, abarcando não somente a língua, mas o próprio corpo do malandro e de seus pares.

"Onde a honra predomina, a vida tem pequeno preço, comparada com a estima pública; a coragem, o desprezo da morte, o desafio são virtudes altamente valorizadas, a cobardia é desprezada por toda parte" (Lipovetsky, 1983, p.163). A assimilação intrínseca dessas regras permite, por exemplo, que durvalina, prostituta e mulher do malandro desabrigo, o abandone.

> *Senhor oscar*
> *Cordiais saudações*
> *Eu já andava queimada com o senhor porque me disseram que o senhor tinha dito que eu trabalhava pro senhor Ah meu Deus como fui boba! [...] Agora não quero mais saber do senhor porque já sei quem o senhor é Mesmo o senhor anda sujando o seu nome apanhando navalhada na cara e eu que fique envergonhada meu Deus! Não ligava pro dinheiro que dava pro senhor mas assim é demais!* (Fraga, 1995, p. 25 – grifos no original).

Para durvalina, ter o gigolô "apanhando navalhada na cara" torna-se motivo maior de vergonha do que sustentá-lo. O corpo do malandro é o espaço último em que reside a honra e, consequentemente, sua identidade em diferença aos demais. A "solinjada"[29], cicatriz permanente no rosto de desabrigo, metaforiza a perda de sua integridade e o início de seu declínio. Daqui para frente, ele trará no próprio corpo a assinatura de outro. Como diz seu próprio apelido, estará sempre ao desamparo, ao abandono. A escritura em *Desabrigo* se fará sempre como um ato de violência, de intervenção brutal contra o corpo do outro ou contra a própria escrita. Navalhada no corpo, navalhada na linguagem.

---

[29] As gírias presentes neste capítulo foram retiradas do glossário feito por Antônio Fraga para *Desabrigo* e do glossário de Orestes Barbosa para *Bambambã!* Ver anexo ao final do capítulo.

Estabelece-se, portanto, uma "violência narrativa". Nas palavras de Ariel Dorfman (1970, p.37 – trad. livre), a destruição dos esquemas tradicionais de tempo, espaço e linguagem e a experimentação de novos modos narrativos remetem a um protesto "[...]contra um mundo que tenta negar essa violência, talvez esperando que, em meio a um bombardeio de bofetadas linguísticas, alguém acordará para se fazer perguntas fundamentais, para questionar a própria realidade e tornar-se em um ser humano pleno".[30] A violência narrativa atua como fator conscientizador da violência social e como estratégia de ataque contra a estrutura novelística tradicional. Nesse espalhamento, o Mangue e seus personagens surgem como alvos da violência social e política da ditadura estadonovista.

Corpo, texto e cidade. Estes três elementos aparecem em *Desabrigo* para sempre mutilados, atravessados pela navalhada da arma branca, da gíria das ruas e pelo projeto varguista de remodelação da cidade e expulsão da "ralé urbana". Navalhada que divide corpo e cidade sob o mesmo nome: avenida, gíria utilizada pelos malandros para designar um corte por arma branca, como aparece no glossário ao final de *Desabrigo*. Avenida, via que metaforiza a mesma cicatriz no corpo da cidade, passando a ligar, a partir de 1943, em linha íntegra, sem desvios, o cais do porto ao canal do Mangue. À avenida que o malandro cobrinha abre no rosto de desabrigo, marco da perda de integridade deste, corresponde à navalhada nomeada Av. Presidente Vargas, incisão no corpo da cidade.

A cidade navalhada, ferida exposta, privilegia o chamado "progresso" e não permite mais ao malandro o esconderijo dos becos e vielas. Expulsa-o cada vez mais para a periferia geográfica e simbólica. No entanto, este mesmo malandro retorna, eterno retorno fraguiano, ao centro da cidade e do imaginário pelos caminhos labirínticos da narrativa.

Corpo, texto e cidade não oferecem mais integridade ao leitor. Vista pelo reverso, pelas costuras, a cidade das páginas de *Desabrigo* torna-se impossível de ser apreendida em sua totalidade, bem como o malandro, que não é mais nos oferecido em um sentido estereotipado. Malandragem melancólica, decadente, que é oferecida ao leitor. A prosa fraciona-se para revelar "uma nação dividida no interior dela própria, articulando a heterogeneidade de sua população" (Bhabha,1998, p.209). Contra o ensejo

---

[30] No original, "[...] contra um mundo que trata de negar esa violencia, esperando tal vez que en bombardeo de bofetadas lingüísticas, alguien se despertará para hacerse preguntas fundamentales, para cuestionar la realidad misma y convetirse en un ser humano cabal".

estadonovista de estabelecer uma nação una e homogênea, vinculada principalmente à imagem do trabalhador, expõe-se uma gama de personagens que não participavam da cena oficial da metrópole. Mais ainda, uma série de personagens que não buscavam se inserir na ordem vigente do capitalismo através da exaltação populista ao trabalho.

Elizabeth Cancelli, em seu livro *O mundo da violência – a polícia na Era Vargas*, ressalta a preocupação do chefe de polícia Filinto Müller frente às massas de desocupados, potencialmente capazes de se amotinarem e de colocarem em risco a representação criada para a sociedade, "onde as pessoas só poderiam e só deveriam reconhecer-se como trabalhadores e membros orgânicos de um corpo nacional".

> O controle da malandragem, a vigilância das ruas com suas centenas de informantes anônimos e em potencial, a forte e ferrenha censura, o policiamento ostensivo das praias, o controle e tutela policiais das festas populares, como o carnaval, e a exaltação ao cidadão pacato e à família também faziam parte do cotidiano policial. Segundo os conceitos criminais, a sociedade voltava-se contra o vadio, indivíduo economicamente passivo, por temor a sua periculosidade. A explicação era direta: quem não dispunha de uma renda para manter-se estava automaticamente integrado à categoria dos vagabundos, porque existia uma tendência a satisfazer suas necessidades pelo "ardil criminoso e da violência", por isso a vadiagem era um estado socialmente perigoso por excelência. (Cancelli, 1993, p. 33-34.)

Vadios e malandros são usualmente tratados como sinônimos pelas forças do Estado, tendo como ponto em comum o ócio presentes nas camadas populares. O indivíduo ocioso, à semelhança do escravizado, precisa ter seu cotidiano preenchido pelo trabalho, único fator capaz de integrá-lo ao corpo social de forma subserviente e afastar-lhe do individualismo sublevador. Dentro do imaginário colonial, ainda em vigor hoje, o trabalho braçal é visto de uma forma negativa. Para escravizados e seus descendentes, é claro, o trabalho braçal aparece ligado à exploração, à humilhação, à violência e aos baixos salários. Por outro lado, a defesa da ociosidade aparece como um traço distintivo dos colonizadores portugueses, da voz do dono, herança da mentalidade aristocrática europeia ligada ao catolicismo. Como afirma Sérgio Buarque de Hollanda, jamais se naturalizou entre os ibéricos

> [...] a moderna religião do trabalho e o apreço à atividade utilitária. Uma digna ociosidade sempre pareceu mais excelente e até mais nobilitante,

a um bom português, ou a um espanhol, do que a luta insana pelo pão de cada dia. O que ambos admiraram como ideal é uma vida de grande senhor, exclusiva de qualquer esforço, de qualquer preocupação. E assim, enquanto povos protestantes preconizam e exaltam o esforço manual, as nações ibéricas colocam-se ainda largamente no ponto de vista da Antiguidade Clássica. O que entre elas predomina é a concepção antiga de que o ócio importa mais que o negócio [...]. (1998, p. 38.)

Getúlio Vargas se insurge contra a indolência macunaímica das classes dominantes, iniciada pelos colonizadores portugueses, atravessando Império e República Velha, na tentativa de estabelecer um imaginário nacionalista aproximando pátria e trabalho. Essa estratégia passa pela transformação de Vargas em "pai dos pobres", como difundido pelo Departamento de Imprensa e Propaganda (DIP), e vinculação pai/pátria ao filho/trabalhador, coibindo qualquer possibilidade de revoltas.

Afinal, o início do século XX presenciara uma série de revoltas sociais, como por exemplo a da Vacina e a da Chibata, surgidas do descontentamento das camadas menos favorecidas. E em 1935, o próprio Vargas também debelou a chamada Intentona Comunista. Estas memórias, se servem de aviso aos governantes centralizadores e autoritários, são igualmente invocadas por intelectuais ligados ao universo do submundo do Rio de Janeiro. É assim que em 1923, *Bambambã!*, livro de crônicas de Orestes Barbosa, chega às ruas perfilando os vários tipos marginais da cidade. Há de se ressaltar que o autor, ao contrário de outros jornalistas, conhece profundamente a matéria. Preso em 1921, pelo "excesso de linguagem em seus artigos inflamados" em defesa dos direitos autorais dos filhos de Euclides da Cunha, Orestes convive na Casa de Detenção com assassinos, bicheiros, menores delinquentes, prostitutas, fazedoras de aborto, malandros, toda uma população que igualmente frequentava favelas, macumbas, becos e bordéis da cidade.

Ao mesmo tempo em que a narrativa de Orestes Barbosa se detém sobre personagens e casos reais – como a relação de assassinatos no ano de 1922 – ela elege o malandro como um tipo idealizado, representante sem nome de toda uma classe de marginalizados. Orestes estabelece uma genealogia da malandragem no cruzamento entre o fator social, o imaginário coletivo da cidade e o desejo de conferir um valor de positividade ao malandro.

O malandro – homem que vive misteriosamente, trabalhando a seu modo, porque malandro quer dizer esperto, sabido e não ocioso como

> erradamente se supõe, sai da figura interessante do garoto de rua, de calças de suspensório de tira de pano – moleques vendedores de bala, soltadores de papagaios e tascadores de balão a cujo bando alegre pertenci. (Barbosa, 1993, p.103.)

A estratégia e o objetivo do cronista são claros. Ao tentar dirimir o caráter ameaçador do malandro frente à sociedade, ele constrói uma espécie de anti-herói ao qual, para garantir confiabilidade autoral, acaba por se unir. Nessa nova equação saem de cena o ocioso, o vagabundo, o desordeiro e entram o sabido, o esperto, ainda que a vagueza da expressão "a seu modo" não resulte em nenhuma explicação mais definida do "trabalho" do malandro. "A origem da malandragem", título da crônica, é explicada, principalmente, pelo descaso com que as autoridades tratam os menores de rua e a miséria social, fato notificado, no ano de 1922, pelo Jornal do Brasil:

> Cresce assustadoramente o número de menores vadios nesta capital. Maltas de garotos, muitas vezes sujos e andrajosos, permanecem o dia inteiro nos pontos centrais da cidade, jogando cara e coroa nas calçadas, apostando carreiras, vaiando transeuntes, pongando nos bondes, traquinando, endiabrando. Os poderes públicos não podem nem devem ficar indiferentes ao fato. (Jornal do Brasil, 14 de dezembro de 1922.)

O malandro é apresentado como uma espécie de anti-herói, figura que, *apesar* das injustiças sociais sofridas, é um ser "idealista", nas palavras do próprio autor. Idealismo traduzido na paixão pelos grandes expoentes da cultura nacional, sejam eles Santos Dumont ou os escritores João do Rio e Casimiro de Abreu. O próprio João do Rio, frequentador das prisões, percebe a relação de dependência estabelecida entre os marginais condenados e o jornalista no início do século: "Não há cubículo sem jornais. Um *reporter* é para essa gente inferior o poder independente, uma necessidade como a monarquia e o céu" (Rio, 1995, p.161 – grifo no original).

Na ausência de uma justiça eficaz e isenta, o jornal aparece como único meio de dar a conhecer à sociedade a verdade particular de cada sentenciado.

> Os desordeiros acusados de ferimentos graves, com muitas mortes na consciência são, por sua natureza, vingativos e conhecem bem os *reporters*. E, entretanto, apesar das notícias cruéis, nunca nenhum se atreveu a tentar uma agressão. José do Senado pede:
> – É com a imprensa que eu conto. O senhor foi cruel, porque não sabia....

Carlito teve, nesse dia, uma frase completa:
– Eu sei que foi o senhor o autor daquela descompostura contra mim, no jornal. Mas também estou vingado. Se não fosse eu, o sr. não escrevia tanto... (Rio, 1995, p.162 – grifo no original.)

Antes que os "zés pequenos" do filme *Cidade de Deus* almejassem a fama pela fotografia estampada no jornal, a imprensa carioca já seguia, no dizer de João do Rio (1995, p. 163), com "seu louvável papel de fazer celebridades". Os jornais do início do século tornam-se foros privilegiados no estabelecimento da figura do malandro. Antes do samba se tornar o discurso por excelência de propagação da malandragem junto às classes burguesas, a crônica diária formalizava a ligação entre música, malandragem e nacionalidade.

Continuando a leitura de *A alma encantadora das ruas,* publicada pela primeira vez em 1908, nos deparamos com a crônica "Versos dos presos", em que João do Rio (1995, p. 154) atenta para o fato que dentro da Casa de Detenção, "há poetas descritivos, trovadores simples, cançonetistas ocasionais, todos com um sentimento insistente: são patriotas e sofrem injustiças porque nasceram brasileiros", como atesta a trova do preso Carlos: "Sou um triste brasileiro/ Vítima de perseguição/ Sou preso, sou condenado/ Por ser filho da nação". João do Rio não ensaia nenhuma explicação para a correlação entre estar preso e ser brasileiro, mas Carlos poderia ser um dos condenados durante a Revolta da Vacina, ocorrida em 1904. Orestes Barbosa, na crônica citada, reconstrói o episódio de Porto Arthur, no bairro da Gamboa, durante a revolta, sobre bases idealizadas.

As revoluções do Brasil, como a de todos os países, têm encontrado na massa anônima manifestações singulares.
Aqui o malandro põe tudo logo às escuras. [...]
O Prata Preta, chefiando os valentes da Saúde e da Gamboa, virou as carroças de lixo, que fingiam canhões, com os postes de iluminação, assustando os contingentes militares de mar e terra, que recuavam espavoridos.
De dentro dos canos dos lampiões saía fumaça.
E grandes bombas chilenas davam a impressão de bombardeio colossal. Quando fizeram a tomada da fortaleza lá não encontraram vivalma e, de munições, só as bombas chilenas e os lampiões pesados – barricada de onde eles atiravam, de pistola, matando mesmo.
Era pagode e não era.
(Barbosa,1993, p.104.)

Na visão do cronista, malandro é o sujeito capaz de se tornar líder dos populares por ter vivenciado o abandono da sociedade e a marginalização; nasce daí uma consciência social capaz de diferenciá-lo do trabalhador. Malandro é o sujeito capaz de *encenar* ser o que não é, ter o que não tem, na defesa da coletividade. Orestes resolve o paradoxo da malandragem: é pagode e não é. Tão importante quanto realmente possuir o armamento para o confronto – ou ser o grande capoeirista, jogador ou valentão – é fazer com que o adversário acredite no *mise-en-scène* desse personagem.

Assim, o malandro convida o outro para o jogo da encenação, traz o inimigo para o seu território, onde as habilidades pessoais confundem-se com a arte de *aparentar*. O engano será a base dessa negociação, cuja imagem elaborada sobre si independe da comprovação dos dados reais. A figura plástica do malandro se presta tanto ao representante da ordem, que deseja ver a Revolta da Vacina como obra "do facínora, do ladrão, do desordeiro de profissão, do ébrio habitual" (Carvalho, 1980, p.115), bem como a certo jornalismo, defensor do malandro como integrante de uma "matula desenfreada", "um bando feroz" (Bilac, Gazeta de Notícias, 20 de novembro de 1904).[31]

O certo é que estes "arruaceiros" não fazem parte da criação da categoria "povo". Há mesmo uma forte intencionalidade em separar os "desordeiros" do que é considerado o povo do Rio de Janeiro. Como nos fala Murilo de Carvalho (1980, p.115), para o chefe de polícia Cardoso de Castro, a Revolta da Vacina tinha sido obra do "rebotalho ou das fezes sociais [...]. O povo verdadeiro, o verdadeiro operário, tinha ficado à margem dos acontecimentos". Em Olavo Bilac encontramos o mesmo comportamento. "Os facínoras da Gamboa" são considerados como um "exército do crime". Mercenários, pois, naquela região do Rio de Janeiro, "há sempre navalhas afiadas e trabucos carregados, à disposição de todas as causas e a serviço de todos os patrões" (Bilac, Gazeta de Notícias, 20 de novembro de 1904).

> Com exceção, portanto, dos participantes e simpatizantes, que viam o povo em geral envolvido conscientemente na revolta, os outros depoentes ou não viam entre os rebeldes o que consideravam povo, ou definiam o povo envolvido como ignorante ou manipulado. A primeira visão, não fosse interessada, tenderia para a abstração e o romantismo; a segunda trai a incapacidade de representantes do governo e de

---

[31] As crônicas de Olavo Bilac aqui utilizadas foram retiradas de material recolhido por Antonio Dimas, na Biblioteca Nacional do Rio de Janeiro. Ver *Vossa Insolência*: crônicas. São Paulo: Companhia das Letras, 1997, e *Tempos Eufóricos:* análise da Revista Kosmos – 1904-1909. São Paulo: Ática, 1983. Ambas as publicações organizadas por Antonio Dimas.

elementos da elite educada em ver legitimidade e poder de discernimento no comportamento político da massa. À primeira não interessava discriminar possíveis diversidades de interesses e grupos participantes, pois o objetivo primeiro era a ação política contra o governo. Para a segunda, era necessário deslegitimar a ação rebelde pela desclassificação social e política de seus promotores. (Carvalho, 1980, p.116.)[32]

Apesar das posições discordantes, fica claro o intento comum de conduzir a massa, agora não tão mais anônima assim, segundo os interesses pessoais de cada grupo, sejam revoltosos ou situacionistas. Somente com a aquiescência numerosa da população torna-se possível o ato de governar em uma república recém-inaugurada e ainda sob forte instabilidade política e econômica. Desta forma, Prata Preta pode ser tomado como o grande líder das ruas, malandro que usa de sua experiência e esperteza para enganar os "otários" defensores do governo, ou como símbolo da rebeldia a ser reprimida, elemento desagregador do povo pacificado. Àqueles que se desagregam da categoria "povo" restam as alcunhas de "arruaceiro", "mazorqueiro" e o consequente afastamento do corpo "são" da sociedade. Afastamento aqui não é tomado como mera retórica, visto que dos 945 presos na Revolta da Vacina, 461, por terem antecedentes criminais, foram imediatamente deportados para o Acre, prática comum naqueles dias como atesta a quadrinha recolhida por João do Rio, na Casa de Detenção.

> Meus amigos e camaradas
> As coisas não andam boas
> Tomaram Porto-Artur
> Na conhecida Gamboa
>
> Logo o Cardoso de Castro
> Ao seu Seabra foi falar
> Para deportar desordeiros
> Para o alto Juruá
>
> Mas eu que não sou de ferro
> Meu corpo colei com lacre

---

[32] A conclusão de Carvalho se dá a partir de breves relatórios policiais, depoimentos de testemunhas oculares e, sobretudo, das notícias dos diários, em especial *O Correio da Manhã* e *O Paiz*. O primeiro defendia a tomada do poder pelos militares, motivo pelo qual procurava alinhar os populares ao lado das forças armadas. O segundo via a revolta como o resultado de uma população ignorante, portanto, facilmente manipulável, somada a violência dos desordeiros da Gamboa e Saúde.

> Que não gosto de chalaças
> Lá nos borrachas do Acre. (sic)
> (Rio, 1995, p.156.)

O que mais chama atenção, no entanto, é a descrição dos revoltosos de Porto Arthur: "O malandro brasileiro é o animal mais curioso do universo, pelas qualidades de indolência, de sensualidade, de riso, de vivacidade de espírito" (Rio, 1995, p.156). Na primeira década do século, pelas palavras de João do Rio, já encontramos formada a representação clássica do malandro brasileiro. Naquele momento, como em Orestes Barbosa, o malandro aparece associado à figura do revoltoso, do "desordeiro", interpretado como um mero mercenário, como vimos em Bilac, ou um patriota, um idealista, como vemos nos versos dos presos da Casa de Detenção.

Talvez seja esse tipo de postura, a de um quase revolucionário, que Orestes Barbosa entenda como o "trabalho a seu modo" do malandro nacional. O episódio de Porto Arthur ilustra bem a estratégia dessa malandragem que irá interessar a escritores como Orestes Barbosa e Antônio Fraga. Aqui, a esperteza está a serviço de um bem maior, de um sentido de coletividade em nada correspondente à lei de Gérson – "o negócio é levar vantagem em tudo, certo?" – defendida décadas mais tarde como mote do brasileiro malandro em defesa apenas de seus próprios interesses.

Dentro dessa representação elaborada por escritores como João do Rio, Orestes Barbosa, Antônio Fraga e João Antônio, entre outros – bem como por sambistas como Noel Rosa e Ismael Silva – o malandro surge como um elemento desestabilizador e constante ameaça a governos de cunho autoritário. Portanto, antes da chegada de Getúlio ao poder, estas diversas representações da malandragem já vinham sendo construídas e reelaboradas pelos intelectuais em conjunto com o imaginário popular. A liminaridade destes tipos – quase heróis, quase bandidos; nem heróis, nem bandidos – fascina e serve como matéria constante aos jornais diários, da mesma forma que as festas populares e o rádio servem como canais de divulgação da musicalidade malandra.

Contra este tipo paradoxalmente popular, capaz de despertar medo e fascínio na população, elege-se o trabalhador como símbolo da nova nação da era Vargas. Não era mesmo uma luta muito justa. Getúlio, pois, tem em mãos um grande problema. Como excluir do novo cenário social e cultural a figura do malandro – em especial, do malandro representante de uma coletividade – sem, no entanto, tornar-se impopular, principalmente, junto às camadas mais pobres, berço dos sambistas de então? Fosse outro tipo de ditadura e a violência policial e a censura feroz resolveriam a questão. Obviamente, tanto a violência como a censura estavam presentes no governo varguista. Mas uma ditadura populista para perdurar precisa, na medida do possível, cooptar para suas bases as figuras mais representativas das classes populares. Getúlio Vargas, com intuito completamente diverso, parece ecoar as palavras de Orestes Barbosa: "[...] porque malandro quer dizer esperto, sabido e não ocioso como erradamente se supõe".

Esperteza, ardileza e sagacidade são termos que podem e devem ser incorporados às novas regras sem prejuízo para o bom andamento da nação. Separa-se, por assim dizer, o ócio do negócio. A astúcia e a manha não estão mais a serviço de uma coletividade injustiçada, mas são ressemantizadas como elementos constitutivos de uma brasilidade esperta, porém trabalhadora.

O próprio Vargas irá utilizar-se de elementos da malandragem numa tentativa de aproximação com o povo. Prova disso é a liberação pela censura da montagem "Rumo ao Catete" (1937), de autoria de Mário Lago. Num de seus quadros, Getúlio Vargas contracena com um malandro. Este lhe ensina matreiramente uma série de golpes contra os inimigos. Atento, só dando baforadas em seu enorme charuto, Vargas escuta pacientemente as lições. Até que chega a hora de o malandro lhe ensinar o golpe de mestre. "Então Vargas se adianta e lhe dá uma rasteira. O malandro fica totalmente surpreso. Vargas explica calmamente: – *Faço isso desde criança, velhinho!*" (Velloso,1998, p. 97 – grifo no original).

Mais malandro que o próprio malandro, a representação de Vargas desperta risos e identificação na plateia. É com a imagem do "bom malandro", esperto, porém trabalhador, que o gaúcho Getúlio "deixa-se" identificar. No grande bamba Vargas ninguém passa a perna, nem ele próprio, como conta essa anedota sobre o Presidente.

> Apesar da gravidade da situação, o Sr. Getúlio Vargas jamais perdeu o bom humor. Uma noite, depois de ter conferenciado com políticos e militares, o Presidente fechou-se no gabinete. Momentos depois, um de seus amigos íntimos foi encontrá-lo, dançando sozinho. Surpreso o amigo perguntou-lhe:
> – Treinando o samba ou o frevo?
> – Nada disso. Estou tentando passar uma rasteira em mim mesmo, mas não consigo. (Queiroz, 1955, p. 51.)

Vargas reconstrói a representação do malandro, rasurando certas marcas deste personagem – como a vadiagem, a contravenção – e enaltecendo outras – como a astúcia, a boa lábia, o pequeno logro. Como explica Mônica Velloso (1998, p. 90), se Vargas "aparece como político ilibado, honesto e incorruptível, essa imagem volta e meia contracena com a do 'bom malandro'". Ao construir um regime autoritário, baseado na centralização da sua figura, Vargas, e aí está o golpe de mestre, vale-se das próprias *estratégias da malandragem*. Mônica Velloso nos conta o enredo da peça *Flores à cunha* (1933), parceria de Mário Lago com Álvaro Pinto.

> Tratava-se de uma caricatura da figura de Vargas e seus aliados políticos. Num dos quadros, Vargas, sentado à mesa, joga pôquer com altos figurões da política: Flores da Cunha, o padre Olympio de Mello e Pedro Ernesto. Os parceiros roubam descaradamente no jogo, mas Vargas acaba sempre levando vantagem. A situação vai ficando cada vez mais tensa, os outros mal conseguindo disfarçar a raiva, até que Flores da Cunha não se contém: "– *Assim não é possível! Todos nós estamos roubando mas só tu ganhas!* Sem perder a calma, Vargas contra-argumenta: - *Por isso sou presidente!*" (Velloso, 1998, p. 89-90 – grifos no original.)

A capacidade de sempre estar um passo adiante do outro, seja do malandro das ruas ou da política, a capacidade do drible, garante a Vargas a possibilidade de estar na fronteira entre o lícito e o ilícito, eximindo-se de ser julgado por um sistema democrático, ao mesmo tempo em que se aproxima do povo através do vínculo com a popularidade malandra. Transforma-se, fisicamente inclusive, diante do parceiro com quem joga. O jogo, se possui regras fixas, inclui igualmente a possibilidade constante do blefe, do roubo. Jogar é arriscar-se em uma dinâmica em que, mais importante do que conhecer as regras, é conhecer o adversário. Assim, é possível compreender que pelo Código Penal de 1941, a vadiagem e a ociosidade passem de crime à contravenção. A pena, em caso de reincidência, era de um a cinco anos em colônia penal ou em instituto de trabalho.

Na prática, isto significava um aumento da pena em relação ao Código de 1891, que atribuía à vadiagem o estatuto de crime e condenava o reincidente a, no máximo, três anos de reclusão. Ora, se o *Dicionário Aurélio* define o termo "contravenção penal" como "ato ilícito menos importante que o crime, e que só acarreta a seu autor a pena de multa ou prisão simples", fica claro que a terminologia não corresponde à prática getulista. Muda-se a nomenclatura, tornando-se mais simpático ao cotidiano popular, sem, no entanto, abrir mão da violência coercitiva que mantém sob controle os ociosos.

Em ambas as estratégias – a do malandro das ruas e a do "bom malandro" institucionalizado – a violência convive com um discurso que, a princípio, a nega.

O aparente paradoxo, no entanto, torna a nos remeter ao "homem cordial" de Sérgio Buarque de Hollanda, em que os termos não se excluem.

> O "homem cordial" não pressupõe bondade, mas somente o predomínio dos comportamentos de aparência afetiva, inclusive suas manifestações externas, não necessariamente sinceras nem profundas, que se opõem aos ritualismos da polidez. O "homem cordial" é visceralmente inadequado às relações impessoais que decorrem da posição e da função do indivíduo, e não da sua marca pessoal e familiar, das afinidades nascidas na intimidade dos grupos primários. (Candido, 1998, p.17.)

Um governo como o de Vargas, em especial na fase posterior a 37, rompe com as relações impessoais conferidas por um Estado de cunho democrático e universalista, demonstrando que a cordialidade, marca de nossa cultura, ultrapassa o período formativo da nação. É contra essas relações estabelecidas na marca da pessoalidade que se levanta *Raízes do Brasil*, identificando a modernização do país a um Estado autônomo, distinto das relações pessoais. As palavras finais do livro, no entanto, são marcadas pelo tom pessimista.

> As formas superiores de sociedade devem ser como um contorno congênito a ela e dela inseparável: emergem continuamente das suas necessidades específicas e jamais das escolhas caprichosas. Há, porém, um demônio pérfido e pretensioso, que se ocupa em obscurecer aos nossos olhos estas verdades singelas. Inspirados por ele, os homens se veem diversos do que são e criam novas preferências e repugnâncias. É raro que sejam boas. (Hollanda, 1998, p. 188.)

Raízes do Brasil é publicado um ano antes do início do Estado Novo. Ou, como diz Antonio Candido (1998, p. 21), do "advento da fórmula ao mesmo tempo rígida e conciliatória". Nesse sentido, a política varguista junto às camadas populares e a própria malandragem só podem ser vistas como marcas de um possível "atraso" frente à impessoalidade modernizadora. Hoje, é possível observar que esta nossa marca cultural e histórica, se não nos aproximou do concerto das nações, nos organizou – para o bem e para o mal – como nação em diferenciação a outros povos assinalados pelo fortalecimento de um Estado separado das relações pessoais. É esta ponte de cordialidade – rígida e conciliatória, violenta e sedutora – que nos constitui.

Qualquer mudança social deveria partir da aceitação do que seria um paradoxo irreconciliável em outras culturas, mas que aqui se configura como nosso cotidiano. O malandro é a personificação da aceitação destes polos extremados. De uma violência que, como Getúlio Vargas bem previu, beira mais a contravenção do que a simples bandidagem. No malandro, ao contrário do que ocorre ao bandido, a violência não é uma ponte imediata para a obtenção do ganho, mas talvez o último mecanismo a ser utilizado no logro do outro. Ao bandido, a violência serve como o caminho mais rápido e eficaz; ao malandro, a violência em estado bruto demonstra o fracasso da astúcia, da lábia, e mesmo da ginga corporal. Onde prevalece um sistema de cunho paternalista, com uma justiça falha, os limites entre a violência extremada e a aproximação sedutora são tênues.

É, por esse viés, que é permitido aos compositores malandros produzirem sambas contra e a favor da malandragem. Sempre lidando com fronteiras em que, ora são aceitos socialmente, ora perseguidos pela censura varguista, compositores como Wilson Batista são capazes de tecer hinos à malandragem como "Lenço no pescoço" (1933) para, alguns anos mais tarde, comporem defesas apaixonadas do mundo do trabalho, como o "Bonde de São Januário" (parceria com Ataulfo Alves -1940). Se a censura consegue modificar o registro escrito do samba de Wilson Batista, as camadas populares encarregam-se de preservar e disseminar o folclore ao redor do episódio. O "otário" que vira "operário", na composição censurada de Wilson Batista e Ataulfo Alves, evidencia a importância que o governo Vargas conferia à fala popular e ao poder que esta tinha de interferir no imaginário nacional. Como afirma o próprio Getúlio: "A melhor crítica ou aplauso dos atos administrativos de um governo é o que vem do povo. Isso se reflete nos comentários nas ruas, no espírito anônimo que por vezes influi sobre os que vão escrever a história e, sobretudo, no anedotário popular" (Queiroz, 1995, p.12).

Como assinala Homi Bhabha, "De fato, o exercício do poder pode ser ao mesmo tempo politicamente eficaz e psiquicamente *afetivo*, pois a liminaridade discursiva, através da qual ele é representado, pode dar maior alcance para manobras e negociações estratégicas" (1998, p. 206 – grifo no original). Astuciosamente, Vargas propõe unificar – por vezes, à força – as diversas faces da nação em um único discurso sob uma identidade totalizante sem, no entanto, apagar as diversidades regionais. A máscara forjada da malandragem é um dos caminhos para alcançar esse objetivo. Como se pergunta Mário Lago em depoimento a Mônica Velloso (1998, p.90), por que, então, "não 'acariocar' a figura de Vargas? Dessa maneira, o povo ficava satisfeito com a imagem porque sentia que tinha um malandro tomando conta dele". Onde se sente a ausência de um Estado forte, de "formas superiores de sociedade", como diz Buarque de Hollanda, prevalece um governo paternalista, invariavelmente baseado na figura carismática de seu líder. E, naquele momento histórico, nenhum outro tipo poderia ser mais carismático que o malandro carioca.

Aspásia Camargo, dissertando sobre Weber, afirma que o líder carismático

> [...] seria gerado por situações socialmente instáveis, conturbadas, em momentos de transição, de destruição ou decomposição das instituições, bem como de aceleradas mudanças de estrutura. Em tal contexto, a liderança pessoal atua com uma função social de coesão e unidade, ao criar, por um processo transferencial de cunho passional e afetivo, a identidade entre o indivíduo e a sociedade, aliança do líder. (Camargo, 1999, p.14.)

A representação do malandro nesse mesmo período evoca a função carismática que, como veremos no capítulo 5, será resgatada durante os anos de chumbo por artistas e intelectuais, desta vez, sob a roupagem da liderança popular. Na falta de uma política de inclusão para as camadas populares, o malandro, para escritores como Fraga, surge como esse líder "natural", capaz de gerar através do samba e de sua postura de "ser de fronteira" a integração com o restante da sociedade. Da mesma forma, a nação Brasil transfere seus anseios e necessidades para Getúlio Vargas, o "pai dos pobres", ao invés de buscar uma reforma institucional do Estado.

Para tanto, Vargas e os malandros sabem que não podem prescindir dos elementos do mundo organizado. A constante negociação com as instituições do poder assegura a sobrevivência. Habitar as fronteiras entre a construção do sujeito e a absorção indiferenciada da sociedade é a escolha deste tipo. Protegido pelas esquinas que frequenta, o malandro sabe que optar por qualquer um desses dois lados significa seu desaparecimento. Pertencer sem questionamentos ao "povo" significaria tornar-se mais um em meio à massa. Optar por uma excessiva individuação, no entanto, acabaria por transformar o malandro em um ser excluído dentro de seu próprio núcleo.

A observação dos malandros retratados em *Desabrigo* revela o risco da perda da mobilidade para esses sujeitos e os demais habitantes do Mangue. A escrita, muitas vezes idealista de Fraga, transforma malandros, como desabrigo e cobrinha, em uma espécie de anti-heróis do espaço marginal. Fixa no rosto a máscara de malandro. Reconhecível por todos, estes personagens não conseguem enganar mais ninguém. *Desabrigo* é a narrativa da decadência destes personagens que não conseguem mais explorar as frestas.

O cerco moral fecha-se sobre o Mangue e seus habitantes, e aos malandros, presos no tempo e no espaço, resta a prisão ou o desaparecimento. Em uma primeira leitura, parece que o tempo histórico destes personagens está se esgotando, junto com o tempo do Mangue. Os malandros de Fraga têm suas vidas intimamente atreladas ao espaço geográfico; o desaparecimento do Mangue desdobra-se no desaparecimento do próprio malandro.

Fator crucial na "quasi-novela" de Fraga é o papel ocupado pelo narrador-personagem-"autor" evêmero. Por meio do intelectual boêmio, "autor" de *Desabrigo* e alter ego de Antonio Fraga, o livro chega até nós. Evêmero irá funcionar, no jogo narrativo, como uma interface entre o leitor e a marginália. A máscara do autor, incorporada ao texto como personagem, provoca um sentido de ambiguidade; ao mesmo tempo em que confere legitimidade ao relato, coloca em questionamento as instâncias autorais e a verossimilhança do discurso. A mesma tensão entre o tempo histórico e o ficcional perpassará toda a novela.

Ao transpor para o papel o cotidiano das ruas do Mangue, Fraga, como qualquer outro escritor, está ficcionalizando. O próprio autor aparenta ter consciência sobre a fronteira em que transita. Ao expor a construção narrativa e problematizar as diversas instâncias autorais, Fraga faz lembrar aos seus leitores que o que está ali é ficção. Em sua escrita, ele parece tentar dizer: isto não é um malandro, isto é sua representação.

Os malandros criados por Fraga, ao mesmo tempo em que refletem o Mangue físico, funcionam como uma intervenção ficcional e ideológica nos planos histórico e imaginário da cidade. Uma resposta à violenta opressão da política varguista contra os "ociosos" da zona. As definições propostas por Fraga, para os tipos que povoam a cidade devem, portanto, ser analisadas tendo como perspectiva o contexto histórico daquele período.

> – Sou poeta por ser vagabundo ou vagabundo por ser poeta? A resposta depende de quem faz a pergunta Do ponto de vista ético todo poeta é vagabundo e do ponto de vista estético todo vagabundo é poeta [...] Ora se entre poetas e vagabundos a diferença é milimínima não acontece o mesmo entre vagabundos e malandros O primeiro é sempre um idealista e é portanto individualista enquanto que o segundo é pragmatista e é povo Há entre os dois a diferença quilométrica que há entre uma balada de françois villon e um samba de noel rosa... (Fraga, 1995, p.48.)

Os conceitos de poeta e vagabundo são ressemantizados tendo em vista o confronto entre o espírito capitalista e a herança dos poetas boêmios do século passado. Ética versus estética. Alfredo Bosi (2002, p. 128), em seu ensaio "Narrativa e resistência", afirma que "resistência é um conceito originariamente ético e não estético." Em Fraga, a necessidade de estabelecer uma literatura de resistência, que sirva como resposta ao avanço capitalista e higienista da política varguista, altera a função estética da narrativa. Fraga escapa à armadilha de utilizar a resistência como tema e – utilizando o conceito de Bosi – faz da resistência processo inerente à escrita.

Daí a preocupação de evêmero em afastar o malandro do estigma de vagabundo, separação que o Código Penal de 1941 é incapaz de perceber. O personagem coloca os dois signos praticamente em oposição, na tentativa de construir uma nova imagem para a malandragem vinculada à cultura nacional e ao "povo". Se o vagabundo pertence ao mundo dos poetas franceses, ao mundo próximo do estereótipo, o malandro é "coisa nossa", fruto não somente de um projeto estético, mas de uma conjuntura ética. Fraga, ao contrário do governo varguista, mergulha nas sutilezas dos ociosos e os define não pela oposição ócio/trabalho, mas pela relação que vagabundos e malandros têm com seu meio; dessa forma, ele compartilha dos mesmos ideais de Orestes Barbosa, para quem "malandro quer dizer esperto, sabido e não ocioso".

Trata-se, novamente, de quem faz a pergunta. Se nos sambas malandros, o sujeito aparece, na maioria das vezes, agindo em causa própria, em Fraga – como em Barbosa – os termos "pragmatismo" e "povo" remetem mais ao conceito de coletivo do que ao de individual. O malandro torna-se assim ainda mais ameaçador perante um governo que, para lembrar o chefe de polícia Filinto Müller, teme a possibilidade de amotinação das massas.

Por este registro ético, favorecendo o coletivo, caminham os malandros de Fraga. A ótica adotada pelo narrador desmistifica o caráter estereotipado do malandro e cria um cotidiano em que a luta pela sobrevivência se torna a principal meta. A representação desses malandros, portanto, nada terá de vitoriosa. A narrativa, dividida em três partes, parece mesmo querer dar conta de todas as possibilidades dessa vida "misteriosa" dos malandros.

Como nota João Carlos Rodrigues, "O título da primeira [parte] sugere confronto e violência (Primeiro round), o da segunda, competição e lazer (Segundo tempo), e o da última, simulação e tragédia (Terceiro ato)." E completa o prefaciador, "E pensado bem, essas podem ser as principais sensações da vida paradoxalmente tediosa e imprevisível dos malandrinhos da Cidade Nova" (Rodrigues, 1995, p.10).

Tediosa, porque no cotidiano de sobrevivência desses malandros, atividades excêntricas a nós – como o bilhar, a prostituição, a briga entre capoeiras, o roubo de sambas, a prisão – pontificam como tarefas comuns àquele universo, capazes igualmente de sempre trazerem o elemento surpresa à cena. Da mesma forma, os nomes das três partes da narrativa remetem a estes aspectos do imprevisível – luta, jogo e teatro – que regem a vida deste personagem. Os malandros de Fraga nos parecem menos ousados, menos impetuosos e "valentões" do que a figura que o imaginário popular consagrou. Suas decisões, muitas vezes, passam pela satisfação iminente de necessidades pessoais: o jogo de bilhar vale um prato de filé com fritas, a aposta no jogo do bicho pode valer a cobrinha, finalmente, a compra de um "terno de tussor camisa tricoline sapato sola dupla" (Fraga, 1995, p. 23).

Fraga caminha pelos bastidores da malandragem que chega até à classe média somente através do teatro de revista, do rádio e das músicas de carnaval. Neste cenário, a fome e a iminência da perda de liberdade regem o cotidiano destes tipos. Tempos em muitos diversos ao do pai de desabrigo, "nagô legítimo capanga do pinheiro machado". Como explica o próprio desabrigo: "- No tempo dos bondes de burro existiu meu velho O falecido era mesmo do bafafá. Quando a pilantragem via ele dava os pirantes com medo da seção de esquenta e os bacanaços vinham puxar saco por causa do doutor machado" (Fraga, 1995, p.20).

A figura do senador Pinheiro Machado, que como vimos já livrara João da Baiana das perseguições policiais, aparece na narrativa como emblema de uma época em que era possível a representantes da ordem aliciarem para si representantes "oficiais" do mundo da desordem. A prática de contratar malandros e capoeiras como capangas pessoais, em especial em tempo de eleições, era comum no Rio de Janeiro desde o século XIX. Mas isso, como diz desabrigo, era "no tempo em que homem dava lugar pra mulher no bonde", tempo anterior ao do chefe de polícia Sampaio Ferraz, responsável por varrer os capoeiras do distrito federal.

É o historiador Carlos Eugênio Líbano Soares quem chama a atenção para como o capoeira, nos anos 1920 e 1930, é redimido por parte de certa intelectualidade que deseja recuperar "o capoeira para o mundo dos 'sports', da tradição nacionalista, da busca de uma identidade cultural [...]". A figura do capoeira, para intelectuais como Luís Edmundo, que em 1938 publica *O Rio de Janeiro no tempo dos vice-reis*, é então retomada como "representante de uma 'idade heroica', quando a capoeira era um jogo de vida ou morte com a truculência do colonizador luso" (Soares, 2001, p. 45).

Para além das críticas de Soares aos escritores por misturam "mito e realidade com a maior desfaçatez", interessa-me aqui a reconstrução da imagem do capoeira, nos anos modernistas, como um valor de (certa) positividade da cultura nacional. A estratégia utilizada por Luís Edmundo é a mesma já detectada em Orestes Barbosa, volta-se ao passado – o Rio dos vice-reis ou da Revolta da Vacina – e elege-se como componente da brasilidade o capoeira, o malandro, símbolo de uma mestiçagem que se deseja ver incorporada à nova imagem de Brasil.

> Sem ter do negro a compleição atlética ou sequer o ar rijo e sadio do reinol, é no entanto um ser que toda gente teme e o próprio quadrilheiro da justiça, por causa, respeita. Encarna o espírito da aventura, da malandragem e da fraude; é sereno e arrojado, e na hora da refrega ou da contenda, antes de pensar na choupa ou na navalha, sempre ao manto cozida, vale-se de sua esplêndida destreza, com ela confundindo e vencendo os mais armados e fortes contendores. (Edmundo, 1951, p. 57.)

Como Soares satiriza, Luís Edmundo descreve um herói de "capa e espada", em muito idealizado. Mas, aqui lembrando Benedict Anderson (1996), o interessante no estudo de uma nação é perceber que ela se constrói como um *artefato cultural* que se consolida em uma *comunidade imaginada*. Noutras palavras, para que uma nação possa existir é necessário que os membros que dela participam se reconheçam como participantes de um passado imemorial, em que a língua, a cultura e o próprio relato histórico servem de amálgama à nacionalidade. Narrativizar o passado, como faz Luís Edmundo ou Orestes Barbosa, é construir as bases do presente da nação. Mito e realidade se tornam indiferenciáveis, pois ambos passam a constituir a própria história da nação, o que nem sempre coincide com a "verdade" histórica.

"Eu só arqueditaria num deus que sobesse sambá": quando os malandros do Mangue encontram Nietzsche

Não persigo a verdade histórica por trás da malandragem, mas como e por quais motivos a malandragem é regularmente acessada por nossos intelectuais, políticos, músicos, jornalistas, entre outros, como elemento constituidor, via afirmação ou negação, da imaginada nação brasileira. E como também, nós, os membros dessa comunidade, nos identificamos com a imagem desse brasileiro malandro. A cada momento histórico irão corresponder diferentes acepções do termo malandro passíveis de interferir na condução deste fio narrativo e acumulativo que resulta no imaginário nacional.

A tensão entre esses elementos – históricos e ficcionais – perfaz a narrativa que se inscreve em *Desabrigo*. Descendentes de capoeiristas e nagôs legítimos, estes personagens se inscrevem na ficção fraguiana como forma de resistência aos avanços da ditadura estadonovista sobre o Mangue. Assim, resta a cobrinha, desabrigo e miquimba unirem-se, apesar das divergências pessoais, para assegurar a sobrevivência da coletividade. Portadores de um comportamento singular, estes malandros são capazes, até mesmo, de sacrificarem-se por um companheiro à semelhança do que acontece entre os nagôs.

> Na cultura nagô, o sacrifício é uma operação imprescindível: a oferenda (ebó), transportada por Exu, dinamiza a relação entre vivos e ancestrais ou princípios cósmicos (os orixás), reequilibrando ou reparando o circuito coletivo de trocas e, assim, permitindo a expansão do grupo. O sacrifício implica no extermínio simbólico da acumulação e num movimento de redistribuição. (Sodré, 1983, p.128.)

Em *Desabrigo*, o próprio corpo do excluído é oferecido em sacrifício para que o corpo da comunidade possa permanecer. A representação da malandragem construída por Fraga aproxima-se muito mais do sistema de pensamento afro-brasileiro do que da tipificação do malandro estabelecida durante o Estado Novo. Afinal, podemos nos perguntar, que representação da malandragem interessa mais ao ideário varguista? Aquela em que o malandro aparece como um personagem extremamente individualizado, agindo apenas em causa própria, ou aquela que o transforma em representante de seu meio, preocupado com o destino de seus companheiros? A ideia de sacrifício, que perpassa as trajetórias de cobrinha e desabrigo, por certo, prioriza a representação de uma malandragem ligada ao coletivo e, por isso mesmo, mais perigosa às instâncias reguladoras da ordem. Contra o sentido de acumulação, defendido pela ordem ocidental do capital e simbolizada pela representação do malandro que só pensa em si, a cultura negra estabelece como sinal de diferenciação, a troca.

> Na cultura negra, a troca não é dominada pela acumulação linear de um resto (o resto é uma diferença), porque é sempre simbólica e, portanto, reversível: a obrigação (de dar) e reciprocidade (receber e restituir) são as regras básicas. É o grupo (concreto) e não o valor (abstrato) que detém as regras de trocas. (Sodré, 1983, p. 127.)

Sob esse regime de trocas, em diálogo tanto com os preceitos da cultura negra como com a contínua exclusão social, vivem os malandros e mulheres de Fraga. A manicure faz uma "caridade" ao malandro miquimba; em troca, este evita que evêmero seja roubado. Por sua vez, cobrinha, desafeto de desabrigo, mesmo passando fome, não "autopsia" evêmero, a pedido do malandro miquimba. Desabrigo, mesmo tendo sido navalhado por cobrinha, passa um conto do, e no, vigário para dar dinheiro ao desafeto, motivo pelo qual acaba indo parar na prisão.

Nenhum movimento ou ação surge em *Desabrigo* como uma atitude isolada, fruto apenas do individualismo malandro; pelo contrário, é a situação de penúria de um malandro que desperta nos demais o sentimento de identificação. É a contraface do malandro vitorioso que nos é oferecida em *Desabrigo*.

Por certo, se há um desejo do Estado Novo em domesticar a voz malandra, principalmente através da cooptação dos sambistas, há igualmente um desejo do intelectual maldito em estabelecer o malandro como representante dos marginalizados. Malandro e narrativa passam assim a espelhar um ao outro. Em ambos, o projeto estético não se separa da ética. O corpo do malandro funciona como um texto em que os elementos estéticos, a aparência em todas suas acepções, conduzem ao sucesso dos golpes e ao ideário de "povo" do intelectual boêmio. Há entre esses dois elementos – individualidade exacerbada e sentido de coletividade – um equilíbrio tênue que é mantido graças a não identificação por completo do malandro com nenhum dos termos e a construção peculiar de sua identidade baseada no jogo da aparência.

> Claro, as aparências enganam, como atesta o provérbio. Mas só o fazem porque têm o vigor de aparecer, a força da dissimulação e desilusão, que é um dos muitos caminhos em que se desloca o ser humano. Aparência não implicará aqui, entretanto, em facilidade ou na simples aparência que uma coisa dá. O termo valerá como indicação da possibilidade de uma outra perspectiva de cultura, de uma recusa do valor universalista de verdade que o Ocidente atribui ao seu próprio modo de relacionamento com o real [...]. (Sodré, 1983, p. 135-136.)

Contra a verdade universalizante da norma culta, do sujeito incorporado docilmente ao mundo do trabalho, da suposta profundidade estabelecida na descoberta de uma verdade única que elimine as diferenças (negras) da cidade e da nação, nos é oferecida a superficialidade da aparência malandra e a farsa do texto ficcional fraguiano que não ensaia revelar nenhuma "verdade" absolutizada.

A última parte da narrativa, nomeada sugestivamente "Terceiro Ato", nos conduz exatamente a esta fronteira em que se mesclam os tempos ficcionais e históricos. Talvez venha da identificação entre corpo e texto, a escolha do malandro como personagem central da novela.

> O que nós chamamos de estilo, ou seja, o modo específico de funcionamento da aparência, repousando sobre a elaboração de imagens e de símbolos [...], sempre aparece como um modo de expressão infinitamente mais sensível e sutil, maleável porque perfeitamente contraditório e para sempre inacabado [...], do que a linguagem habitual, dominada pela lógica e pelo sacrossanto princípio de não contradição. (Bollon,1990, p.164.)

Fraga corrompe a literatura em busca de uma estética própria que inclua a voz dos excluídos; da mesma forma que o corpo do malandro privilegia o estilo em busca de uma construção do sujeito. Narrativa e malandro escapam à finitude do processo de descoberta da verdade, porque são para sempre inacabados, abertos ao olhar dialógico do outro. Contraditoriamente à tradição romântica constitutiva do "eu", o sujeito malandro se estabelece na superfície do corpo. Ao focalizar os anos 1940, *Desabrigo* tematiza no corpo/texto do malandro o embate entre o novo sentido ético do trabalho e do capital, implantado no país, e uma estética da malandragem, que se deseja criadora e transformadora do sujeito. O corpo do sujeito malandro desintegra-se porque se torna cada vez mais difícil unificar o novo sentido ético à particular moral da malandragem, vinculada ao ócio e à aparência.

Corpo navalhado não apenas pelo parceiro da malandragem, corpo navalhado pelos novos ditames econômicos e sociais, corpo navalhado pela própria escritura fraguiana. O corpo do malandro vivencia, dolorosamente, o que Fraga irá experimentar como criação literária: o corte, a modificação profunda e inevitável dos cânones literários e linguísticos pela escrita. A cobrinha, em especial, caberá experimentar a imposição do limite do tempo histórico. Faminto, sem conseguir dinheiro para comer, cobrinha não é logo reconhecido pelo malandro miquimba.

> – Ué!...é mesmo gente! Mas tu não eras maneta
> – Ah isso é uma história da fome! Tem um porrão de tempo que não pego gordura e cobrinha pegou a dizer que um dia começou a pensar que a mão dele bem que podia ser um mamão e pegou a mastigar em

seco pra tapiar o estômago. Em seco? Viu que tinha engulido mesmo uma coisa e vai ver tinha sido o dedo. Agora tava só com o cotoco do braço. (Fraga, 1995, p. 56.)

Cobrinha vive a contradição explicitada pelo personagem chamado verbo: "tava se devorando pra se conservar". O uso do cacófato – uma mão = um mamão – permite a cobrinha alimentar-se de si mesmo. Sem saber, ao devorar-se dá início a seu próprio fim. O corpo mutilado de cobrinha exemplifica o avanço do tempo histórico e evolutivo sobre o Mangue – compreendido enquanto espaço físico e mítico – e sua posterior destruição. A "avenida" que se abre na carne de desabrigo e o corpo mutilado de cobrinha metaforizam a integridade da norma culta violada pela escrita fraguiana, ao mesmo tempo em que espelham o fim de uma cidade capaz de abrigar em si tais malandragens.

A aproximação entre o corpo histórico e o texto revela um objetivo ainda maior do autor. Para o quarto ponto de vista – inserções, em meio à narrativa, das opiniões de diversos escritores sobre o papel da linguagem popular na literatura –, Fraga escolhe o testemunho do escritor espanhol Azorin : "La vida es lo que hace la obra de arte. La obra en que haya vida será bela con todas las incorreciones de estilo que tenga, con su sintaxis defectuosa, con sus asonancias, con sus faltas de ortografía" (1995, p. 57).[33]

Obra de arte e vida. O grande embate tematizado no livro. E, dessa forma, Antônio Fraga atualiza os questionamentos românticos. É possível, dentro dos limites da literatura, inscrever vida? Ou ainda: a literatura é capaz de responder ao outro ou até mesmo "salvá-lo"? Para ensaiar responder a esta questão é preciso retornar e ouvir outras vozes sobre o Rio de Janeiro. Vozes de escritores, e personagens, com distintos pontos de vista.

> Quando Mário de Andrade, morava à Rua Santo Amaro, 5, aqui na cidade, ele tinha uma frase para se referir à Lapa [...]. Ele dizia que gostava 'tanto de uma tocata de Bach quanto de um passeio a pé pela Lapa, passando pela sublime Praça Paris". [...] Esse olhar de turista sobre a cidade, esse olhar de maravilhar-se sobre a cidade ou sobre o bairro tido como boêmio, como artístico, não é o olhar de Fraga. [...] A ótica através da qual ele olha o mundo, que está retratando, não é uma ótica

---

[33] A citação está em espanhol no livro. "A vida é o que faz a obra de arte. A obra em que há vida será bela com todas as incorreções de estilo que tenha, com sua sintaxe defeituosa, com suas assonâncias, com seus erros de ortografia" (trad. livre). Azorin é pseudônimo do escritor espanhol José Martínes Ruiz (1873-1967), participante do modernismo europeu.

> de autor, é de personagem, reflexo direto do ambiente, que vive no local onde aquilo está transcorrendo. (Depoimento do escritor João Antônio a Maria Célia Silva, 1998, p. 285.)

Contra o ponto de vista do turista, o olhar do homem que vive e conhece. Fraga nos oferece um retrato do *bas fond* carioca visto de dentro. Pintado com cores que nós ainda não conhecíamos. Entretanto, não é em um procedimento semelhante que se faz a prosa de João do Rio? Na virada para o século XX, podemos perceber neste autor uma presentificação da cidade moderna, sem contudo o abandono completo de certos pressupostos naturalistas. O Rio de Janeiro da *Belle Époque*, símbolo da intervenção do homem sobre a natureza, reconduz a literatura a uma nova vertente naturalista em que, paulatinamente, renuncia-se às causas universais por um compromisso estético local.

O "desaparecimento" dos cortiços e negros do centro da cidade não impede que esta realidade retorne à cena através da literatura. Em especial, a crônica diária servirá como espaço de encontro, e confronto, entre a cidade moderna e a colonial; entre o "desejado progresso" e o "atraso". Nesse processo, é fundamental a presença do cronista como testemunha. É o "eu" do jornalista que irá garantir a veracidade da notícia, se tornando personagem do próprio texto. É assim porque eu estava lá. Eu vi "o que se vê nas ruas". Eu vi o sono calmo das hospedarias.

> Havia com efeito mais um andar, mas quase não se podia lá chegar, estando a escada cheia de corpos, gente enfiada em trapos [...]. Os agentes abriam caminho, acordando a canalha com a ponta dos cacetetes. Eu tapava o nariz. A atmosfera sufocava. Mais um pavimento e arrebentaríamos. Parecia que todas as respirações subiam, envenenando as escadas e o cheiro, o fedor, um fedor fulminante, impregnava-se nas nossas próprias mãos, desprendia-se das paredes, do assoalho carcomido, do teto, dos corpos sem limpeza. Em cima, então, era a vertigem. (Rio, 1995, p.122-123.)

Vertigem que acorda o *flâneur* João do Rio de sua vigília sufocante. É preciso voltar para os salões. Criticar e conviver com os *snobs* e a *jeunesse dorée* carioca. É preciso salvar o leitor. Semelhante enquanto processo descritivismo naturalista, o texto de João do Rio, em *A alma encantadora das ruas*, afasta-se do modelo quanto à finalidade. Substitui-se o caráter cientificista e determinante da herança genética e da determinação do meio pela necessidade do flagrante, da denúncia social.

O narrador-personagem volta então à superfície do texto, volta à casa em segurança. A ótica do *flâneur* – "olhar inteligente mas sem raízes" – permite uma visão das ruas e becos. No entanto, faz parte desse mesmo processo não se identificar por completo com os tipos que encontra. Permanece o ponto de vista do "comentador distanciado, que não se identifica com a realidade das camadas populares que observa e cujos tipos entrevista" (Gomes, 1996, p.71).

Não trabalha assim Antônio Fraga. Como inferimos do depoimento de João Antônio, nele não há a ótica do autor, mas a do personagem. Se em João do Rio a máscara tem por princípio distanciar o jornalista de seu objeto, em Fraga ela existe para colá-lo à marginália. Ao portar a máscara de boêmio, escritor marginal ou morador do Mangue, Fraga torna-se mais real do que a própria história. Coloca no rosto uma máscara de si mesmo, e assim hiper-realiza a própria existência. Como o malandro, torna-se personagem da ficção e da história.

Como argumenta sua biógrafa, Maria Célia Silva (1998, p.35), "Fraga encena sua vida e vive sua ficção, alimentando o mito marginal e preenchendo o arquétipo que lhe foi atribuído pela obra, pela postura irreverente e pela opção ou imposição de viver no espaço periférico." Torna-se, na feliz síntese de Silva, "personagem de si mesmo." O que escapa à leitura de João Antônio é que Fraga inventa para si a máscara de personagem que "finge" – no sentido moderno de farsa – ser portador de maiores verdades que o próprio autor.

Em *Desabrigo*, esse "fingimento" chega ao ápice com a criação de evêmero. Apresentado, primeiramente, como mais um marginal a transitar pelas ruas e bordéis do Mangue, evêmero, logo em seguida, nos revela suas reais intenções.

> – Você sem dúvida pretende escrever algo sobre essa gente não?
> – Pretendo
> – Logo vi Do seu conhecimento de calão deduzi o objetivo
> – Será a única justificação para o meu interesse pela gíria?...Vocês beletristas são gozadíssimos! Olham tudo na vida como motivo para um conto. Não suportam o ambiente como é mesmo o palavrão – antinatural em que vivem essas criaturas e querem encarcerá-las num mundo de papel!
> – Perdão! Quem pretende escrever é você
> – Pretendo é esbodegar com vocês e com que vocês representam!
> (Fraga, 1995, p. 42.)

No diálogo entre evêmero e o beletrista "anatole frango" – sátira ao escritor classicista francês Anatole France – revela-se, de fato, a posição de Antônio Fraga em relação à equação vida/literatura. No espaço transgressor da experimentação literária, o registro da malandragem e da prostituição não pode obedecer à norma culta, tampouco a aproximação com o "objeto" de estudo pode obedecer aos parâmetros realistas que permeiam os relatos dos anos 1940. Fraga/evêmero dissipa as diferenças entre o sujeito/escritor e o outro/objeto, instaurando, através da violência narrativa, um lugar da escritura que se pretende libertador tanto da própria literatura quanto dos personagens.

Mas seria possível inscrever vida no texto sem aprisioná-la? Fraga/evêmero tem consciência da armadilha. Note-se que este é o período dos romances sociais inaugurados na década de 1930, momento em que as narrativas anseiam por espelhar ao máximo a realidade do brasileiro comum.

Esta preocupação com as camadas populares, se aparece em alguns momentos do naturalismo e do realismo, ganha força real sobretudo a partir desse momento, quando o homem e a mulher do povo passam a primeiro plano no registro ficcional. Entretanto, este compromisso com a "realidade" em muitos momentos impede que a literatura se torne capaz de oferecer respostas próprias à condição social dos excluídos. Condenado pelo realismo exaustivo, o homem comum quase sempre sucumbe diante da inevitabilidade histórica. A aproximação não complexificada entre literatura e história permite a certos historiadores, desconhecedores da teoria da literatura e da análise discursiva, tratarem a ficção como mero registro documental, ilustrativo de suas teses.

> Em outras palavras, a proposta é historicizar a obra literária – seja ela conto, crônica, poesia ou romance – inseri-la no movimento da sociedade, investigar as suas redes de interlocução social, destrinchar não a sua suposta autonomia em relação à sociedade, mas sim a forma como constrói ou representa a sua relação com a realidade social – algo que faz mesmo ao negar fazê-lo.
> Em suma, é preciso desnudar o rei, tomar a literatura sem reverências, sem reducionismos estéticos, dessacralizá-la, submetê-la ao interrogatório sistemático que é uma obrigação do nosso ofício. Para historiadores a literatura é, enfim, *testemunho histórico*. (Chalhoub e Pereira, 1998, p. 7 – grifos no original.)

A adoção do pressuposto materialista de análise, nesse caso, apenas inverte os termos da equação. Sem se darem conta, Chalhoub e Pereira terminam por cair no mesmo problema dos literatos que advogam a autonomia da obra literária. Se é fato que a obra literária não pode ser concebida fora de determinado contexto histórico, igualmente é verdade que ela não subsiste apenas em função da realidade social, sendo reflexo ou no máximo "testemunho histórico". Parece fácil a este tipo de análise separar os pressupostos estéticos dos históricos, delimitar exatamente o ponto em que acaba a criação individual de um Machado de Assis, por exemplo, e começa a voz do historiador da sua época. Entretanto, para que esta hipótese sobreviva é preciso simplesmente "esquecer" a figuração estética como um dado constituinte da própria ficção, esquecer que estamos diante de uma obra de arte. Assim, certos autores e obras serão postos de lado, pois a historiografia tradicional não possui ferramental suficiente para examinar aspectos estéticos que influenciam, modificam e constroem o cotidiano da nação.

Outras vertentes, inclusive de base historiográficas, buscam caminhos distintos. Não partem mais da premissa que é possível desvelar o documento histórico subjacente à ficção, mas questionam até que ponto o próprio conceito de nação não é uma forma narrativizada, englobando elementos ficcionalizados.

> A equivalência linear entre evento e ideia que o historicismo propõe, geralmente dá significado a um povo, uma nação ou uma cultura nacional enquanto categoria sociológica empírica ou entidade cultural holística. No entanto, a força narrativa e psicológica que a nacionalidade apresenta na produção cultural e na projeção política é o efeito da ambivalência da "nação" como estratégia narrativa. (Bhabha,1998, p. 200.)

No lugar de um passado estável repleto de "verdades históricas" a serem descobertas oferece-se uma nação constituída pelo jogo dinâmico de evocação do passado, cujas ferramentas principais são a memória e o esquecimento. O passado transforma-se numa narrativa não fixa, mas permeável pelos interesses do tempo presente. Ao (re)construir o passado de determinada nação, "esquecemos" e "lembramos" – conscientemente ou não – de determinadas informações, fatos e interpretações. Dessa forma, damos voz a uma narrativa que se inscreve tanto no tempo histórico quanto no ficcional. A batalha – a meu ver, perdida – de certos historiadores parece ser a de tentar separar estes tempos, reafirmando a ligação dos fatos históricos com uma *Verdade* e conferindo a outros acontecimentos uma suposta função inferior de fábulas ou mitos.

Inventariar o passado torna-se, para estes estudiosos, tarefa árdua em que ainda está em jogo a busca de uma suposta autenticidade. Para esses pesquisadores, é claro que o estilo de autores como José de Alencar ou José Lins do Rego confere um chão infinitamente mais seguro por onde se poderia chegar a imagens de nação bem próximas do realismo prometido por certa concepção histórica.

Mas, como afirma Homi Bhabha (1997, p. 48), "as origens das nações, assim como das narrativas, perdem-se nos mitos do tempo e apenas na memória seus horizontes se realizam plenamente". Para os pensadores contemporâneos ligados ao pensamento pós-colonial a origem de uma nação sempre terá elementos da narração, quando não da própria ficcionalização.[34]

É preciso abolir o fim do enredo, para instaurar um contínuo narrativo estabelecido para além da História. Da História com H maiúsculo, que consagrou um modo de ver linear e evolutivo. Da História fundadora estadonovista, que encarcerou na figura de Getúlio Vargas um simulacro de malandro. O caminho escolhido por Fraga remete a uma concepção desestabilizante da história, privilegiando o instantâneo, o momento, o próprio ato da escrita/leitura como fruição libertadora. Radicaliza uma operação iniciada por autores como Lima Barreto e João do Rio. A escrita, para estes autores, transforma-se numa experiência de (re)existência, ultrapassando o devir histórico.

> Chega um momento que a tensão eu/mundo se exprime mediante uma perspectiva crítica, imanente à escrita, o que torna o romance não mais uma variante literária da rotina social, mas o seu avesso; logo, o oposto ideológico do homem médio. O romance "imitaria" a vida, mas qual vida? Aquela cujo sentido dramático escapa a homens e mulheres entorpecidos ou automatizados por seus hábitos cotidianos. A vida como objeto de busca e construção, e não a vida como encadeamento de tempos vazios e inertes. Caso essa pobre vida-morte deva ser tematizada, ela aparecerá como tal, degradada, sem a aura positiva que as palavras "realismo" e "realidade" são usadas nos discursos que fazem a apologia conformista da "vida como ela é..." A escrita de resistência, a narrativa atravessada pela tensão crítica mostra, sem retórica nem alarde ideológico, que essa "vida como ela é" é, quase sempre, o ramerrão de

---

[34] Penso aqui principalmente no próprio Homi Bhabha, Edward Said, Benedict Anderson e, no caso brasileiro, em Silviano Santiago.

um mecanismo alienante, precisamente o contrário da vida plena e digna de ser vivida. (Bosi, 2002, p.130.)

Não se pode compreender a literatura como mero testemunho histórico ainda que em muitos momentos este aparente ser o caminho mais plausível. A escrita tomada pela "tensão crítica" implode com as dicotomias história e ficção e inaugura um novo tempo – narrativo – em que é dado ao leitor, a cada instante, dinamizar esse par. Dessa forma, evêmero transforma-se em efêmero pela consciência de sua transitoriedade e das circunstâncias do relato do qual faz parte, no nível da enunciação e no do enunciado. "Evêmero-efêmero sabe a causa e a finalidade de sua presença. Ele é evocado/recriado por Fraga que, num jogo ficcional de autoria, deseja perpetuar a vida e a fala de personagens marginais, lançando-os da dimensão histórica para a literária"(Silva, 1998, p.143).

Perpetuar, sem aprisionar. Ao lançá-los da história para a ficção, Fraga/evêmero pereniza a marginália em movimento, em um sistema polifônico de vozes. Advém daí a admiração de Fraga/evêmero por Nietzsche. O olhar nietzschiano do autor sobre a criação literária liberta *Desabrigo* dos pontos finais e da narrativa tradicionalmente concebida em função de um desenlace. A construção narrativa circular, em "eterno retorno", tensiona a concepção linear de história.

> Essa longa rua que leva para trás: dura uma eternidade. E aquela longa rua que leva para frente – é outra eternidade. Contradizem-se, esses caminhos, dão com a cabeça um no outro; e aqui, neste portal, é onde se juntam. Mas o nome do portal está escrito no alto: "momento" [...] E esta lenta aranha que rasteja ao luar, e o próprio luar, e eu e tu no portal, cochichando um com o outro, cochichando de coisas eternas – não devemos, todos, já ter estado aqui? E voltar a estar e percorrer essa outra rua que leva para a frente, diante de nós, essa longa e temerosa rua – não devemos retornar eternamente? (Nietzsche, 1986, p.166.)

São essas duas forças – uma linear e historicista e outra circular e ficcional – que arrastam os personagens e as múltiplas instâncias autorais para o confronto final encenado no último/primeiro capítulo da novela, intitulado "O eterno retorno". Em um primeiro instante parece que o plano temporal irá vencer. "Evêmero andando pelas ruas do mangue (agora o mangue acabou) andando pelos escuros da lapa (a lapa acabou) passando pela praça onze (praça onze acabou) procurando os irmãos dele" (Fraga, 1995, p.67).

No Rio de Janeiro geográfico, cidade do "sr. luiz edmundo", Fraga/evêmero não encontra mais espaço para si nem para seus irmãos. Reprimido, durante os anos 1940, pela política de moralidade de Vargas, o Mangue não serve mais de abrigo aos malandros e prostitutas. Sozinho na rua, evêmero vê passar, vitoriosos, anatole, o padre e o delegado, representantes supremos das instituições literária, religiosa e legal. Desabrigo, o malandro, está preso; "vai ficar toda vida no xadrez". – diz a evêmero "uma voz que vinha passando e se chamava verbo". Instigado pelo verbo, "evêmero então foi indo pra casa e foi pensando 'É preciso fazer mesmo alguma coisa Isso não pode ficar assim!' Metralhadoras pipocavam na imaginação dele É preciso fazer qualquer coisa – um esbregue danado de medonho ou uma revolução" (Fraga,1995, p. 68).

Não uma revolução de bombas como aquelas que ecoavam, naquele ano de 42[35], na distante Europa. Essas deixam mortos e apenas reafirmam o lugar dos poderosos. É preciso uma revolução para afirmar o lugar dos vivos. Uma revolução assemelhada ao início da humanidade relatado no Gênesis. No princípio era o verbo, e o verbo fez-se carne. Criador e criatura habitam o mesmo corpo, ou o mesmo signo, tanto na mitologia cristã quanto na proposta existencial de Antônio Fraga.

> – Creio que somos todos, Deus inclusive, feitos da mesma argila, do mesmo sopro. Somos... O verbo ser é o verbo que se pode conjugar de modo mais bonito: eu sou, tu és, Deus é, nós somos. Somos o quê? Definidor por essência, o verbo diz que temos de ser alguma coisa, que para ser ou existir estamos sempre em função de. Não existimos: coexistimos. Deus sem suor, é Deus que independe do crente, da prece, da vida. (Fraga, 1999, p.78.)

Fraga/evêmero/verbo compartilham o mesmo mistério da fé cristã, coexistem em um único texto; são um e são três ao mesmo tempo. Porém, o verbo divinizado, na prosa de Fraga, profaniza-se. "Só acreditaria em um Deus que soubesse dançar." – diz Zaratustra. "Eu só aquerditaria num deus que sobesse sambá..." – reescreve Fraga (1995, p. 66), em meio à folia momesca. O verbo dionisíaco ganha carne e suor, fala em gíria como os malandros do Mangue. Invade a imaginação do escritor e adquire forma em meio às explosões. "Bombas explodiam arrebentavam quebravam casas matavam

---

[35] *Desabrigo* foi escrito em 1942, mas a primeira publicação data de 1945.

sacanocratas ensanguentavam o horizonte como um novo sol "É preciso fazer alguma coisa – agir agir agir ..." (Fraga,1995, p. 68-9).

O verbo torna-se matéria plástica nas mãos do escritor. As metralhadoras giratórias remetem, pelo olhar suplementar do leitor, a uma nova construção narrativa em que o infinitivo "agir agir agir" transforma-se em "gira gira gira", a mesma gira do movimento nietzchiano, a mesma gira das umbandas, a mesma gira da concepção clássica do tempo. Resolve-se parcialmente o enigma: perpetua-se, pela escrita e pela leitura, o movimento. Dessa forma, o texto de *Desabrigo* ganha sentido mais amplo quando abordado dentro de uma análise que incluiu o papel do leitor. Leitor, como evêmero, fazendo às vezes de escritor e personagem. Leitor que, por vezes, se sente abandonado pelo autor (o que é piçuda? e estácio?) e precisa optar entre dar uma "meia-trava" e dirigir-se ao glossário fraguiano ou seguir em frente, desistindo de compreender certos vocábulos ou parágrafos inteiros para construir um particular processo de significação.

A construção ficcional ensaia escapar à história. Se o Rio de Janeiro, compreendido enquanto espaço físico dos boêmios anos 1940, não mais existe, resta a possibilidade de "agir-girar" e construir uma nova relação com a cidade a partir da literatura. É o próprio ato de escrever que é tomado como resposta ao avanço do tempo histórico.

> Tava perto de casa e deu uma espiada no relógio Entrou pisando forte Olhou de novo pro roscofe Meia-noite Rodas de bonde chiavam em sua imaginação Tossiu (3 vezes 3 igual a 9 mais ½ da noite igual a 9 ½) nove vezes e meia Despiu o paletó (metralhadoras metrabalhadoras metralhadoras) arregaçou as mangas da camisa (metralhadoras metrabalhadoras metralhadoras) e metralhou na reminton "Cobrinha entrou no buteco e botando dois tista no balcão pediu pro coisa
> – Dois de gozo
> Coisada atendeu à la minuta Largou no copo talagada e pico de água-que passarinho-não-topa e sem tirar a botuca da cara de cobrinha empurrou o getulinho
> –Tou promovendo a bicada (Fraga, 1995, p. 69.)

Ao final da narrativa, repetem-se os parágrafos iniciais da obra. Sucedem-se imagens de violência. Alusões à Segunda Guerra Mundial – bombas e metralhadoras – e à importação dos modelos capitalistas de trabalho, simbolizados pelo relógio e a própria máquina de escrever. A violência do progresso é apropriada por evêmero e ressemantizada. As metralhadoras tornam-se metrabalhadoras. Escrever torna-se metralhar ou, quem sabe, metrabalhar. A violência opressiva transforma-se assim em violência criativa. Como afirma Dorfman, "Na América, a violência é a prova de que eu existo. Não vou discutir o fato da violência, somente sua forma, dizem nossos personagens" (1970, p.15. trad. livre)[36].

Fraga/evêmero escapa à armadilha de reagir fisicamente à opressão social. Sua revolução se dá quando "metrabalha a reminton". Como o malandro, que necessita conhecer intimamente o outro para garantir o sucesso do golpe, evêmero utiliza-se das "armas" do outro – as normas literárias e linguísticas – para poder libertar os personagens do Mangue de sua exclusiva dimensão histórica e inseri-los na eternidade do narrar.

Compreendido como texto em composição circular, o malandro, virtualmente eliminado pela perseguição de Vargas e pelo avanço capitalista, vence a morte física. O tempo histórico, devorador de cobrinha, transforma-se em tempo do narrar. O símbolo desta transmutação não é mais a cobra, mas a serpente do "eterno retorno", engolindo a própria cauda, o princípio e fim indiferenciados.[37]

Uróboro, como essa serpente é denominada, também simboliza a condenação a girar eternamente em torno de si mesma. Libertação ou condenação?

> *O peso formidável* – E se, durante o dia ou à noite, um demônio te seguisse à mais solitária de tuas solidões e te dissesse: – Esta vida, tal qual a vives atualmente, é preciso que a revivas ainda uma vez e uma quantidade inumerável de vezes e nada haverá de novo, pelo contrário! É preciso que cada dor e cada alegria, cada pensamento e cada suspiro [...] aconteça-te novamente [...] Não te lançaras à terra rangindo os dentes e amaldiçoando o demônio que assim tivesse falado? Ou então terás vivido um instante prodigioso em que lhe responderias: "És um deus e jamais ouvi coisa mais divina." (Nietzsche, s/d, p.167.)

A transformação não está na vida em si mesma, mas na relação estabelecida com ela. A narrativa circular, como a vida, pode significar tanto libertação como condenação, o deus ou o demônio, cabe ao leitor estabelecer suas exclusivas significações. Neste plano realiza-se o desejo de borrar as fronteiras entre morte e vida. E entre o ato de escrever

---

[36] No original: "En America la violencia es la prueba de que yo existo. No discutiré el hecho de lo violento, sólo su forma, dicen nuestros personagens."
[37] Nietzsche estabelece grandes diferenças entre a cobra e a serpente. Enquanto a serpente é um dos animais de estimação de Zaratustra, ligada à simbologia da prudência e da sabedoria, a cobra identifica o apego ao aspecto temporal e material da vida humana. Cf. *Assim falou Zaratustra. Um livro para todos e para ninguém.* Rio de Janeiro: Civilização Brasileira, 1986.

e o de viver/morrer. Assinar a obra de arte – ou de vida – revela-se semelhante à tarefa de assinar/assassinar o outro. Opera-se uma troca quiasmática.

Da mesma forma que a máquina de escrever torna-se arma de uma revolução, o "ferro" e o "fogo" tornam-se meios através dos quais o malandro assina sua obra. No lugar do papel, o malandro escreve seu texto no corpo do outro. Como na navalhada de miquimba em desabrigo. Ou ainda no impressionante relato de um malandro na década de 1920, registrado em crônica por Orestes Barbosa.

> Ouvi certa vez do Patola, que está condenado, a descrição do assassinato de um espanhol, na Ponta do Caju:
> – Dei-lhe o primeiro tiro, ele *desceu*. Aí *baixei* fogo nele, a *para-bellum* parecia uma máquina de escrever. Despejei-lhe os 24 na cabeça. Vinte e quatro tiros. Ele falava com volúpia do valor da arma.
> Em volta do Patola estavam outros criminosos – todos de olhos cobiçosos, sonhando com a *máquina de escrever*. (Barbosa, 1993, p. 100-101 – grifos no original.)

Patola, malandro "real", garante sua independência através da escrita de sua pistola. Desabrigo e cobrinha, malandros "ficcionais", asseguram sua continuidade pela violência da escrita de Antônio Fraga. Entre Patola e Fraga, a explosão dos tempos ficcionais e históricos e a confluência para os tempos do narrar.

Glossário

D – gírias retiradas de *Desabrigo*
B – gírias retiradas de *Bambambã!*

Autópsia – Furto de algo contido nos bolsos interiores da roupa. (D)
Avenida – Corte extenso de arma branca. (D)
Caridade – Copular por bondade, sem receber paga em troca ou porque sinta desejo. (D)
Estácio – Tolo, palerma. Inicialmente, designação depreciativa de morador do bairro do Estácio por indivíduos de outros bairros; mais tarde: qualquer sujeito tolo. (D)
Ferro – Arma branca. (B)
Fogo – Revólver, pistola. (B)
Meia-trava – Redução da velocidade em veículos motorizados. (D)
Piçuda – Irritada, furiosa. (D)
Solinjada – Navalhada (D)

4 – Jacques Pedreira, um rapaz folgado

A superfície era sua única profundidade
e sua única realidade possível – seu destino
Patrice Bollon
A moral da máscara

Melhor que ser é parecer ter

    Em 1888, o Brasil defrontava-se com um sério problema: o que fazer com o enorme contingente de ex-escravizados vagando pelas ruas do Rio de Janeiro sem ter emprego fixo ou moradia? Como controlar a ira das elites urbanas desejosas não somente de apagar da memória o passado escravista, mas também expulsar das ruas do centro da cidade estas figuras maltrapilhas? Era necessário tomar medidas enérgicas que afastassem da cidade, ansiosa por se mirar no espelho de Paris, o fantasma da desordem.

    No mesmo ano, o ministro Ferreira Vianna apresenta à Câmara dos Deputados um projeto de repressão à ociosidade, com o claro objetivo de controlar os libertos e, assim, adaptá-los às novas regras de trabalho de uma futura sociedade capitalista. Desse ponto de vista, não era estranho que um dos parlamentares, o deputado Mac-Dowell, pronunciasse tais palavras em apoio ao citado projeto:

> Votei pela utilidade do projeto, convencido [...] de que hoje, mais que nunca, é preciso reprimir a vadiação, a mendicidade desnecessária [...] a lei produzirá os desejados efeitos compelindo-se a população ociosa ao trabalho honesto, minorando-se o efeito desastroso que fatalmente se prevê como consequência da libertação de uma massa enorme de escravos, atirada no meio da sociedade civilizada, escravos sem estímulos para o bem, sem educação, sem os sentimentos nobres que só pode adquirir uma população livre e finalmente será regulada a educação

dos menores, que se tornarão [...] cidadãos morigerados, servindo de exemplo e edificação aos outros da mesma classe social. (apud Brandão et al., 1981, p.259-260.)

Estão dispostas as diretrizes para a inauguração de uma nova nação. Em primeiro lugar, era necessário criar uma nova "moral" para o trabalho; melhor, era preciso transformar a antiga máxima que regia nossos campos e cidades de que "o trabalho manual é pouco dignificante, em confronto com as atividades de espírito" (Hollanda, 1998, p. 83). Pelo menos, na aparência, era preciso estabelecer uma nova equação na qual o "trabalho honesto" – independentemente da remuneração ou das condições de tratamento – despertasse no recém-liberto o amor à pátria e à ordem. Na prática, a "educação" apregoada pelo nobre deputado traduz-se no uso da força e da coerção, medidas não muito diferentes das utilizadas pelos senhores de engenho. Assim, os ociosos eram levados a colônias de trabalho, preferencialmente colônias agrícolas, onde eram "internados com o objetivo de adquirir o hábito do trabalho" ((Chalhoub, 1986, p. 44).

O tempo de permanência variava, os reincidentes poderiam ficar internados até por três anos. O mais interessante é perceber quais eram as condições para identificar os ociosos *realmente* prejudiciais à sociedade. Para que o crime de vadiagem fosse caracterizado era necessário comprovar o hábito e o caráter indigente do indivíduo em questão.

> Se um indivíduo é ocioso, mas tem meios de garantir sua sobrevivência, ele não é obviamente perigoso à ordem social. Só a união da vadiagem com a indigência afeta o senso moral, deturpando o homem e engendrando o crime. Fica claro, portanto, que existe uma *má ociosidade* e uma *boa ociosidade*. (Chalhoub, 1986, p.47 – grifos meus.)

Torna-se óbvio, a partir da definição de vadiagem, que o Brasil dos últimos dias do Segundo Reinado se quer um país dentro da ordem burguesa do capital, sem, contudo, abrir mão das diferenças sociais e do favorecimento dos poderosos. A medida legalista e disciplinadora dos ociosos revela apenas um dos múltiplos mecanismos de repressão pelos quais as elites políticas e intelectuais tentaram, a todo custo, apagar das ruas e da memória brasileira o *mau ocioso*.

A finalidade é praticamente a mesma no projeto de lei apresentado pelo ministro Ferreira Vianna em 1888, na proibição das fantasias de índios durante o carnaval da *Belle Époque* ou nas crônicas de Olavo Bilac publicadas na *Revista Kosmos* e na Gazeta de

Notícias: instaurar uma nação moderna só é possível com a exclusão física e simbólica do passado e do indivíduo ameaçador da – suposta – ordem. Torna-se fácil entender os motivos que levam o índio romântico a desaparecer de cena e em seu lugar ser engendrado uma imagem pacificadora e inclusiva do recém liberto.

> É sempre em vão que os malucos ou os perversos procuram fazer vibrar, em nosso organismo, a corda que não possuímos, a corda áspera e gritadora da intolerância. Há no fundo do nosso caráter um rico depósito de bondade e de bom senso: a raça portuguesa, com a sua sensatez, com a sua prudência, com o seu fecundo amor do trabalho e da paz, aliou-se bem à raça negra, - à raça entre todas boa, resignada e mártir. A raça primitiva do Brasil quase não entrou nessa operação de química social, de que saiu nossa nacionalidade: nós temos muito pouco de sua malícia, de sua astúcia, da sua fria dissimulação. Somos lisos, confiantes, pacientes e bons. (Bilac, Gazeta de Notícias, 13 de dezembro de 1903.)

Na lógica progressista traçada por Bilac, deslocam-se internamente os elementos constituidores de cada signo. O índio romântico, valoroso e fiel, para homens como José de Alencar, torna-se sinônimo de um país "atrasado" e de um brasileiro – vagabundo, preguiçoso, dissimulado – necessário de ser eliminado do imaginário da nação. Em seu lugar, entra o negro liberto; na ficção bilaquiana, ganha ares de herói da nação, posto anteriormente ocupado por índios como Peri. O passado transforma-se numa narrativa não fixa, mas permeável pelos interesses do tempo presente. Ao (re)construir o passado de determinado povo, Bilac "esquece" e "lembra" de determinadas informações, fatos e interpretações. Dessa forma, ajuda a dar voz a uma narrativa que se inscreve tanto no tempo histórico quanto no mítico.

Bilac utiliza-se de um processo semelhante ao usado pelo historiador francês Ernest Renan ao ensaiar responder à questão "O que é uma nação?"

> Ela supõe um passado; resume-se, porém, no presente, por um fato tangível: o consentimento, o desejo claramente expresso de continuar a vida em comum. A existência de uma nação é (perdoem-me a metáfora) um plebiscito cotidiano, como a existência do indivíduo é uma perpétua afirmação da vida. (Renan, 1997, p. 40.)

A nação não seria algo *natural*, inerente à sociedade, mas dependeria exclusivamente da vontade deste para se perpetuar. Nesse sentido de afirmação da vida, igualmente tão caro[38] a Nietzsche, é preciso que a vontade pessoal se torne coletiva e que se reescreva continuamente este narrar. Como diz Homi Bhabha (1997, p. 225) a respeito de Renan: "É a vontade que unifica a memória histórica e assegura o consentimento de cada dia. A vontade é de fato a articulação do povo-nação." É na vontade do esquecer para elaborar uma nova memória narrada que se suprimem os atos de violência e se instaura uma memória, no dizer de Bhabha, pedagógica, construtora de uma nação sem conflitos.

Bilac ensaia a mesma vontade ao inverter os significantes do índio e do negro no imaginário da nação. Na construção da nação moderna, voltada para o futuro e o progresso, não é mais necessário buscar um passado de uma aristocracia indígena fundada durante o Império. Pelo contrário, é fundamental apagar as marcas deixadas pela colonização portuguesa e pelos românticos, se quisermos nos equiparar ao novo ideal de modernidade simbolizado pela Paris de Haussman e pelo mundo do capital.

Dessa forma, é possível compreender a posição que Olavo Bilac e outros jornalistas assumem diante desses "maus ociosos", sejam eles os míticos índios, os negros rebeldes ou simplesmente a turba ignorante que ensaia escapar a essa imagem de nação não contraditória para agir de maneira *desviante* em relação à norma estabelecida pelas elites dominantes. Seja durante a Festa da Penha, reduto de músicos negros e mestiços,

> Devo confessar que a Festa da Penha nunca me pareceu tão bárbara como este ano.
> É que esses carros e carroções, enfeitados com colchas de chita [...] e cheios de gente ébria e vociferante [...]; esse alarido, esse tropel de povo desregrado – todo esse espetáculo de desvairada e bruta desordem ainda se podia compreender no velho Rio de Janeiro de ruas tortas, de becos sórdidos. Mas no Rio de Janeiro de hoje, o espetáculo choca e revolta como um disparate... (Bilac apud Bandeira; Andrade, 1965, p. 74.)

Ou durante a Revolta da Vacina,

> Quando cheguei à Avenida, ao meio-dia, os operários, tendo em vão tentado resistir às ameaças das feras, recolhiam às pressas as suas ferramentas [...] Era o medo pânico do trabalho diante da calçaria amotinada, era a fuga da civilização diante da barbárie vitoriosa. [...] a

---

[38] Ver subcapítulo – "Eu só aquerditaria num deus que sobesse samba": quando os malandros do Mangue encontram Nietzsche.

rapina vencia a indústria; a ferocidade triunfava do labor (Bilac, Gazeta de Notícias, 20 de novembro de 1904.)

Em suma, qualquer manifestação do sujeito contrária ao ideário progressista é imediatamente interpretada como resquícios de um passado vergonhoso ou como uma revolta localizada de uns poucos desocupados e vadios contra a "civilização", nunca como um reflexo das diferenças e contradições sociais, raciais e culturais da sociedade.

Só é possível ao indivíduo destacar-se da entidade "povo" – e assim ganhar direito a uma certa visibilidade, que nem sempre é sinônimo de tolerância – pelo caráter marginal de seus gestos, aí incluindo o próprio ócio. Meio século antes da publicação das crônicas de Bilac, já era claro aos leitores dos jornais como o ócio dos homens livres torna-se um problema a ser combatido também pela polícia. Levando uma vida de completo vadio, Leonardo, nosso protagonista de *Memórias de um Sargento de Milícias*, é denunciado ao Major Vidigal, que o prende durante uma festança. Diante da célebre pergunta: "Mas que mal ele fez?", o Major é taxativo: "– Ele nem fez nem faz *nada*; mas é mesmo por não fazer nada que isto lhe sucede" (Almeida, 2010, p. 300 – grifo no original).

Na nossa literatura, o ocioso irá ter seu caminho imbricado ao do malandro, constituindo um meio de questionamento tanto para uma sociedade escravista, como a de *Memórias*, como para a do início do século XX, que visa a transformar o trabalho com base no capital em elemento controlador das massas livres. Não se opera no Brasil (cf. Chaui, 1999), como acontece nos Estados Unidos de Max Weber, a transformação do trabalho em *ethos* que alicerça o ascetismo calvinista, o puritanismo e a economia.

> Esse ascetismo secular do protestantismo [...] opunha-se, assim, poderosamente, ao espontâneo usufruir das riquezas, e restringia o consumo, em especial o do luxo. Em compensação, libertava psicologicamente a aquisição de bens das inibições da ética tradicional, rompendo os grilhões da ânsia de lucro, com o que não apenas a legalizou, como também a considerou (no sentido aqui exposto) como diretamente desejada por Deus. (Weber, 2001, p. 93.)

O trabalho surge como "um freio para as nobres paixões do homem", como nos fala Paul Lafargue (1999, p. 70). A preguiça, tida como origem de todos os males, é fator a ser expiado. Na visão protestante, quanto mais se trabalha mais próximo de Deus e da verdadeira missão do homem se está. O ócio adquire um aspecto ainda mais terrível, literalmente, diabólico. Desse quadro, fazem parte "as figuras do índio preguiçoso e do negro indolente, construídas no final do século XIX, quando o capitalismo exigiu a abolição da escravatura e substitui a mão-de-obra escrava pela do imigrante europeu, chamado trabalhador livre" (Chaui, 1999, p.10).

Paul Lafargue insurge-se contra o trabalho exaustivo, massacrante, capaz de extinguir com a alegria de viver do homem e da mulher. Para o escritor marxista só o direito à preguiça é capaz de restituir a sanidade ao trabalhador europeu obcecado pela produção em série e incapaz de consumir o que mesmo produz.

> Mas para que tenha consciência de sua força, é preciso que o proletariado pisoteie os preconceitos da moral cristã, econômica e livre-pensadora; é preciso que volte a seus instintos naturais, que proclame os *Direitos à Preguiça*, mil vezes mais nobres e mais sagrados que os tísicos *Direitos do Homem*, arquitetados pelos advogados metafísicos da revolução burguesa. É preciso que ele se obrigue a não trabalhar mais do que três horas por dia, não fazendo mais nada, só festejando, pelo resto do dia e da noite. (Lafargue, 1999, p. 84.)

As imagens de Brasil estabelecidas no início do século XIX repousam entre estas duas acepções de trabalho e para cada uma delas surge uma nova concepção de brasileiro. Por um lado, é necessário comparecer à nova ordem mundial munido dos ditames civilizatórios do capitalismo. Um dos representantes desse pensar, sem dúvida, será Olavo Bilac, valendo-se das páginas dos periódicos para reescrever uma nova imagem do brasileiro vinculado à modernidade e ao progresso.

> [...] o carioca de hoje, o carioca que está morrendo de coréia, o carioca festeiro e delirante, – fininho, pálido, inquieto, febril, trêmulo como uma figurinha de cinematógrafo, usando óculos de *chauffer*, calção e sapato de jogador de foot-ball, e tendo na mão direita um foguete comemorativo e na esquerda um *carnet* de baile... (Bilac, Gazeta de Notícias, 20 de outubro de 1907.)

Por outro lado, temos, como vimos no capítulo anterior, uma elite herdeira da mentalidade escravocrata para quem o trabalho braçal perpetua-se como uma atividade degradante e os constantes festejos das classes populares uma celebração perigosa da liberdade. E, igualmente, encontramos intelectuais, à semelhança de Lafargue, valendo-se dos jornais para denunciar a exploração das classes trabalhadoras. Lima Barreto será o mestre:

> Encarando a burguesia atual de todo o gênero os recursos e privilégios de que se dispõe como sendo unicamente meios de alcançar fáceis prazeres e baixas satisfações pessoais e não se compenetrando ela de ter para com os outros deveres de todas as espécies, falseia sua missão e provoca a sua morte. Não precisará de guilhotina... (Barreto, 1994, p.108.)

O crescimento da burguesia no Brasil não implicará, por obrigatoriedade, em uma maior absorção dos vadios e vagabundos pelos meios de produção. O sujeito ocioso continuará a ter seu espaço na sociedade, seja devido à migração de trabalhadores estrangeiros, à inadequação dos ex-escravizados aos novos ditames sociais ou à permanência desse "sintoma" de nossa cultura, para retomar Mário de Andrade e o mais lafarguiano dos nossos personagens, Macunaíma. É este último o aspecto que aqui mais me interessa. Esse "Ai, que preguiça!" saindo das páginas do modernismo paulista e espalhando-se, rompendo a linha temporal, em diversos momentos da nossa literatura; desde Leonardo, de *Memórias*, até o personagem principal de *Canoas e Marolas*, de João Gilberto Noll.

O ócio no Brasil não será apenas uma prerrogativa das classes populares. Interessa-me neste capítulo investigar as relações entre ócio e malandragem na "gente de cima", como são nomeadas por João do Rio as nossas elites. São personagens que se valem dos enganos, chantagens, favorecimentos pessoais mas que, por não pertencerem à esfera marginal carioca, raramente recebem a alcunha de "malandro". Ou são vistos, como o malandro "que nunca se dá mal", representantes do capital, antagonistas do malandro oriundo das classes populares, como retrata *A Ópera do malandro*, de Chico Buarque de Hollanda.

Passados os anos da ditadura civil-militar, quando foi necessário recuperar a imagem do brasileiro malandro, não nos é possível voltar o olhar para nosso passado e ensaiar uma leitura que entenda a malandragem não apenas como um traço dominante de certo grupo ou classe social brasileira? Não é possível perceber certos comportamentos, *estratégias da malandragem* para além dos referidos sambistas ou dos revoltosos da Vacina? Até que ponto não estamos apenas referendando o local da malandragem como pertencente ao pobre e preto e deixando de vê-la como uma constante que, em alguns momentos, ultrapassa a fronteira das classes sociais e revela-se como um "sintoma de cultura nossa"?

Retomo a voz de João do Rio, para quem "Nas sociedades organizadas interessam apenas: a gente de cima e a canalha. Porque são imprevistos e se parecem pela coragem dos recursos e ausência de escrúpulos."[39] Como nos diz Renato Cordeiro Gomes (1996, p.64): "Daí a face dupla de seus escritos, em que o foco ora se dirige para a vida "mundana" da gente de cima, ora para as figurações da miséria, a "canalha" com seus imprevistos, para encenar os escombros que as fachadas modernizantes tentavam esconder."

Sob o pseudônimo Joe, João do Rio aproxima-se da crítica de Bilac às tradições populares, como as festas juninas.

> Na Av. Central – sim, na Av. Central, meus prezados amigos – soltaram balões como nos terreiros das fazendas, e havia armadas baterias de girândolas. A cidade virou uma grande aldeia sem policiamento, aldeia em que a gente grande tivesse o prazer de brincar como alguns hóspedes de enfermarias do hospício. (Cinematographo, Gazeta de Notícias, 03 de julho de 1910.)

No dia seguinte à publicação desta coluna, Paulo Barreto, desta vez sob seu pseudônimo mais famoso, dava sequência ao folhetim *A profissão de Jacques Pedreira* (PJP). No mesmo jornal, enquanto Joe criticava os hábitos provincianos da população, João do Rio desfilava com ironia os tipos mais arrivistas e *snobs* da *jeunesse dorée* carioca, sem poupá-los, igualmente, de seu olhar irônico.

À nova cidade, contraditória, corresponde uma escrita igualmente paradoxal. Será o mesmo João do Rio quem melhor perceberá a impossibilidade de uma escrita "essencial", representante de um único e recém-inaugurado Rio de Janeiro. Para as futilidades dos salões, a máscara do dândi; para os encontros com a malandragem nos becos e nas prisões, a do repórter *flâneur*. O espaço da superfície, da máscara, torna-se portanto significativo justamente por nada esconder. Como diz Gomes (1994, p. 104), "Era preciso construir um palco ilusionista para representar os tempos modernos em todos seus aparatos." Ou no dizer de Lima Barreto (1994, p. 184): "Havia mesmo na coisa muito de cenografia nessa nova cidade erigida às pressas."

Para Lima Barreto, este é um dado fundamentalmente negativo, contrapondo a história da cidade à artificialidade das reformas dirigidas por Pereira Passos. Para João do Rio é a constatação, por vezes melancólica, que a nova cidade precisa da representação, do artifício, para se sustentar. O escritor tem consciência de que ele próprio – seu corpo, suas máscaras – também são "lidos", também são personagens dessa cidade-palco.

---

[39] Paulo Barreto sob o pseudônimo Godofredo de Alencar. apud. Renato Cordeiro Gomes. *João do Rio* – vielas do vício, ruas da graça. Rio de Janeiro: Relume-Dumará, p. 1996. p. 63.

A profissão de Jacques Pedreira será o romance por excelência dessa encenação; não apenas Jacques Pedreira, mas a maioria dos personagens, faz o jogo da mascarada sempre com o intuito de promover ganhos pessoais. Não escapa a este procedimento Justino, o pai de Jacques, definido como um pai misto de "peça romântica com comédia moderna".

> A vida é um palco onde cada um representa seu papel, disse Shakespeare. Depois do transformismo, moda passada em ciência e moda em voga em cena: a vida é palco, onde cada um representa seus papéis. Justino representava alguns – nem sempre gloriosos, é de convir, mas com tal elegância, um brilho tão particular, que só merecia aplausos. (Rio, 1992, p.11.)

Justino é a interseção entre a representação de uma ética romântica, em vias de desparecimento, e a nova cidade especular. "O secreto e acovardado Justino íntimo tornara-se apenas o espectador de vários Justinos mundanos, e só raramente intervinha no drama [...]" (Rio, 1992, p.11). Nesta nova cidade, há cada vez menos espaço para premissas que vigoraram durante o século XIX: a defesa da vocação pessoal, a valorização do amor romântico, o amor à pátria etc. A *verdade* deste "eu" romântico é aos poucos abandonada pela *mentira* da aparência. O esteticismo de Oscar Wilde será o norte na composição da máscara de dândi de João do Rio.

> Forçado à frivolidade, forçado à aparência, forçado à imagem, sua imagem de beleza pura inexplicada, o dândi não poderia ter uma "verdadeira" personalidade sob a máscara. Esta o define completamente. Só existe ela para ser vista, e nada mais por baixo. Nele, a essência é sistematicamente banida, rejeitada. (Bollon, 1990, p.185.)

Deve-se ter em mente que Wilde lutava contra a estética naturalista. Contra a suposta transparência do registro naturalista, Wilde oferece o primado da artificialidade. Não será, portanto, por acaso que o tradutor brasileiro para o célebre ensaio de Wilde, "A decadência da mentira – um protesto", seja João do Rio. Artifício, mentira, nos diferenciam uns dos outros, nos separam da natureza. A arte não teria como função descrever a vida, mas imaginá-la e, assim, ultrapassar a simples cópia da realidade. João do Rio se inscreve no cruzamento entre uma ânsia descritiva da realidade carioca e a superfície da escrita, em consonância ao dandismo de Wilde. Cria, como observa Marcos Veneu (1987, p.22), uma individualidade sem subjetividade. "O progresso acelerado retirou dele essa 'substância' que estava presente no sentimento, no sonho e na fantasia do 'eu' romântico, e transferiu-a para a realidade exterior."

E esta bem poderia ser uma definição para Jacques Pedreira. O advogado Justino ainda pertence à geração obrigada ao fatal mascaramento pela sociedade de frivolidades e negociatas. Jacques, seu filho, não conhece outra realidade, é concebido como um indivíduo sem conflitos, sem comprometimento com nenhuma reflexão, pura superfície. A *verdade* não pode mais ser buscada no que se diz, mas no que se aparenta ser. "Antes parecer do que ser.", afirma o narrador. Na nova sociedade ganha-se mais – e não somente dinheiro – quando se sabe utilizar os valores da aparência.

A superficialidade parece ser um traço não somente da *Belle Époque*, mas de uma linhagem da sociedade e da cultura carioca, da qual o grande mestre será Machado de Assis. Nesta clave, podemos aproximar "A Teoria do Medalhão", de Machado de Assis, da lição oferecida por Justino a seu filho. Ambos os pais ensinam aos respectivos filhos a melhor maneira de lucrar em sociedade sem precisar trabalhar. O pai machadiano, de maneira própria a seu tempo, inicia o jovem aspirante à "profissão" de medalhão nos meandros da retórica, da representação, da "metafísica da política" em que reina absoluta a ausência de ideias e opiniões. Profetiza assim o futuro do filho:

> Acabou-se a necessidade de farejar ocasiões, comissões, irmandades; elas virão ter contigo, com o ar pesadão e cru de substantivos desajetivados, tu serás o adjetivo dessas orações opacas, o *odorífero* das flores, o *anilado* dos céus, o *prestimoso* dos cidadãos, o *noticioso* e *suculento* dos relatórios. E ser isso é o principal, porque o adjetivo é a alma do idioma, a sua porção idealista e metafísica. O substantivo é a realidade nua e crua, é o naturalismo do vocabulário. (Assis, s/d, p.36 – grifos no original.)

Contra a realidade substantivada, o pai oferece ao filho a doce mentira do adjetivo, cerne de uma retórica baseada apenas na aparência e no vazio dos significados. De maneira semelhante, podemos ver Jacques como um adjetivo da sociedade de seu tempo, um moço cuja "profissão" era ser apenas bonito – e, nesse novo cenário, até mesmo a retórica é dispensável. Justino, com maneiras próprias a seu tempo, vai direto ao ponto: "– A questão é ganhar. As sociedades fazem cada vez menos caso dos meios [...]." Para mais adiante completar: "– Oh, ganha-se dinheiro, mesmo não fazendo cousa alguma. Tudo é dinheiro" (Rio, 1992, p.13).

Em João do Rio, esse "não fazer cousa alguma", essa ociosidade admitida e incentivada em certo círculo social é denominada de vadiagem ou malandragem.

Enquanto a lei de repressão à vadiagem termina por estabelecer um eixo opositivo entre a *jeunesse dorée* e os malandros da Cidade Nova, entre o "bom" e o "mau" ocioso, a ficção de Paulo Barreto aproxima os dois grupos. Não pelo viés econômico ou mesmo pelo espaço físico por eles ocupados na cidade, mas pelo viés alegórico e cultural, revelado aqui como uma estratégia de posicionamento social. Uma *estratégia da malandragem* ocupando a superfície da cidade regenerada, dos corpos, e, por que não, a superfície da própria escrita.

É compreensível, portanto, a omissão do termo do romance; malandros eram os outros, os "marginais" da zona portuária, dos morros, da Cidade Nova, do Mangue. João do Rio constrói uma escrita que se exime de valorar, ao contrário dos nossos políticos, o caráter da malandragem, pois, interessa ao cronista – eternamente cindido entre a "aristocracia" carioca e a alma encantadora dos outros rios de janeiro – a gente de cima e a canalha. A declaração do personagem/pseudônimo Godofredo Alencar não é à toa; suprimida a classe social – em última instância o que diferencia a "gente de cima" da "canalha" – restam a prática das negociatas, o patronato, as pequenas chantagens, as trocas de favores, os meios ilícitos de conseguir dinheiro. Como aconselha Justino ao filho, "Com estes trunfos que tens em mão, um homem esperto talvez não se decidisse por nenhuma profissão, mas decerto teria meios de arranjar uma fortuna" (Rio,1993, p. 14).

As pontas dos extremos voltam a se unir e surge uma nova cidade, caleidoscópica. Dissolve-se o antagonismo: no mesmo espaço metafórico dividem a cena – e a obscena – a cidade útil e a cidade fútil.[40]

A útil cidade fútil

Em "A noção de despesa", Georges Bataille divide as atividades humanas em dois grupos: no primeiro, chamado de *despesa produtiva*, estariam os processos voltados exclusivamente para a conservação da vida humana e da continuidade da acumulação de bens. No segundo grupo estariam inseridos as guerras, a arte, o luxo, o sexo sem fim procriativo, o luto etc. Em suma, toda e qualquer atividade que acarrete um fim em si mesma e com isso gere um "desperdício", uma *despesa improdutiva*.

Ao analisar as classes ricas, o autor abre um precedente e relativiza o uso desta categoria. Para ele, existe uma função na "perda ostentatória" dessas camadas, isto é,

---

[40] Os termos "cena" e "obscena" são de Renato Cordeiro Gomes. A cidade obscena é a que está fora da "ordem" civilizatória e, consequentemente, tem que ser expulsa da "cena" da modernidade. Ver a propósito "A cena e a obscena". In: *Todas as cidades, a cidade:* literatura e experiência urbana. Rio de Janeiro: Rocco, 1994.

"Mais ou menos estreitamente, a posição social está ligada à posse de uma fortuna, mas ainda com a condição de que a fortuna seja parcialmente sacrificada a dispêndios sociais improdutivos, tais como as festas, os espetáculos e os jogos" (Bataille, 2013, p.32).

Ao observarmos o Rio de Jacques Pedreira, as atitudes que a princípio seriam definidas como despesa improdutiva, acabam revelando-se, de fato, uma despesa funcional, uma "perda ostentatória". O fútil – a preocupação com a aparência, o gosto pelas frivolidades da civilização etc. – torna-se, diante de um olhar atento, útil. O ócio torna-se produtivo. Como bem sintetiza Justino ao filho: "Aqui estou eu, [...] obrigado a viver com desperdício, exatamente porque desse desperdício vem a possibilidade de negócios grandes. E sem vintém. Sim, meu caro Jacques, sem vintém." Para Jacques, isso não é uma grande novidade. "Estava farto de saber a situação econômica do pai. Era a de três quartas partes da sua sociedade, um triste *bluff* que se tornara norma angustiosa" (Rio, 1992, p. 14).

Como diz Flora Süssekind, em seu ensaio "O cronista e o secreta amador",

> Jacques espelha à perfeição o cotidiano daquela época em que se constata o aumento do número de desempregados, desocupados ou de gente sem profissão definida (mais da metade da população em 1906), como o próprio Jacques – "profissão: moço bonito" – ; a cosmopolitização compulsória (e excludente das camadas citadinas) tendo por modelo Paris [...]; o esvaziamento político da Capital por parte do poder executivo em prol de grupos do interior [...]; o arrivismo, os enriquecimentos e empobrecimentos rápidos, a expansão do clientelismo [...]. (1992, p. X.)

Mas Jacques não é apenas fruto de uma sociedade sem ofertas de trabalho. Há uma repugnância no personagem ao trabalho, um dandismo deslocado em muito semelhante aos nossos "barões da ralé". Na gente de cima e na canalha encontramos a mesma aversão ao modelo do trabalho organizado por motivos opostos. Em homens como Jacques trabalhar significa ser igual aos outros, ter sua individualidade usurpada pelo cotidiano decadente do mundo do trabalho. A individualidade é concebida pela aparência, a frivolidade, as amantes, festas e *sports*. Uma "sociedade assaz misturada de mulheres, *michés*[41], jogadores, *gigolos*", um meio não muito diferente, portanto, daquele

---

[41] *Miché*, na época, designava cafetão, segundo nota 23 ao capítulo II de *A profissão de Jacques Pedreira*.

de jogadores e exploradores encontrados em outras áreas menos nobres da cidade (Rio, 1992, p. 18 – grifos no original).

Esta parece ser mesmo a grande diferença entre as duas pontas desta sociedade. Interessa à sociedade carioca manter o *bom ocioso*, capaz de valer-se das brechas produzidas na lei a seu favor. Em alguns casos, as mesmas benesses das leis e dos costumes podem ser aproveitadas pelos *maus ociosos*, em um jogo cujas regras modificam-se de acordo com interesses pessoais e indivíduos envolvidos. Por isso, cada vez torna-se maior a necessidade de especificar qual o tipo de ócio proveitoso à sociedade, capaz de tornar-se neg***ócio*** para moços como Jacques.

> Agora já poderia dar uma explicação aos gastos dos conhecidos, as flexões de espinha inexplicáveis até o momento. Era o negócio, o jogo das influências, um tremendo jogo certo de consciências, que o vendedor devia ser o maior ganhador. No fundo, devia ser muito aborrecido fazer como Jorge, de assaltante diário, ou como Godofredo e seu pai entre o assaltado que deixa assaltar, mediante condições e o assaltante que reparte. Ele faria com rapidez, uns duzentos contos... (Rio, 1992, p. 26.)

Como explica Raúl Antelo (1992, p. 154), "A profissão dos intermediários adandinados como Jacques Pedreira não é ofício que defina socialmente seus praticantes, mas um meio para o tráfico de interesses, uma carreira que concede dignidade ao ócio." Ocorre, no Brasil, em especial na formação de classes do Rio de Janeiro, uma trajetória diferente da retratada por Lafargue. Na Europa, há claramente uma lei de divisão do trabalho e de papéis fixos na formação das classes sociais. Proletários produzem; burgueses consomem e detém os meios de produção. Segundo Lafargue, a inclusão desse novo ideário capitalista do século XIX acaba por criar duas transformações: de um lado, os burgueses desempenham uma dupla função social de não produtor e de superconsumidor, por outro, surge uma nova ética defendida por "padres, economistas e moralistas que sacrossantificam o trabalho." O resultado é uma classe operária apossada de uma estranha loucura, o amor pelo trabalho transformado em credo divino. "Trabalhem, trabalhem, proletários, para aumentar a riqueza social e suas misérias individuais, trabalhem, trabalhem para que, ficando mais pobres, tenham mais razões para trabalhar e tornarem-se miseráveis. Essa é a lei inexorável da produção capitalista" (Lafargue, 1999, p. 79).

Nos textos que dedica aos miseráveis do Rio de Janeiro, João do Rio parece fazer ecoar as palavras de Lafargue.

Não surpreende assim, que ao mesmo tempo em que revela o absurdo da honestidade do miserável que revira o lixo, o repórter acabe levantando a revolta anônima dos que se esfolam para manter a prosperidade do outro. Num caso como noutro, a sua preferência pelos que brigam e se rebelam vai sempre paralela à exaltação para que se amotinem contra os abastados, pois no conflito desigual "quem não tem o que perder, tem sempre o que ganhar". (Prado, 1983, p. 72.)[42]

Nesta sociedade com uma classe nascente de superconsumidores não encontramos, no entanto, nem dinheiro suficiente para sustentá-la nem uma classe proletária que, após séculos de escravidão, deixa-se enganar pela moral do trabalho como forma de enobrecimento ou enriquecimento. Não se trata de repetir aqui Roberto Schwarz (1988) em seu célebre ensaio e concluir que as ideias em terras brasileiras estarão sempre fora do lugar. A nova moral do trabalho encontra aqui uma cultura voltada para o ócio, seja dentre as elites econômicas, seja entre grupos de homens e mulheres, nem tão livres assim, seja ainda entre nossos literatos modernistas que elegeram para norte o Matriarcado de Pindorama, a "sábia preguiça solar" (Andrade, 1990, p. 66).

De qualquer forma, a preguiça é apresentada como um desajuste, um comportamento não violento e, por isso mesmo, mais perturbador da ordem estabelecida. Em PJP, o desajuste entre uma ética do capital e uma cultura do ócio é retratado de diferentes maneiras: o consumo volta-se para bens produzidos na Europa. "Joias compram-se em Paris" – afirma Jacques Pedreira, que traz no sobrenome a marca da ironia de João do Rio.

Na ausência de uma burguesia que gerencie os meios de produção, o dinheiro, quando há, vem do Estado e, não muito diferente de hoje, esses investimentos levam em consideração as ligações pessoais e os possíveis superfaturamentos. É assim que Jorge, engenheiro amigo de Jacques, enriquece construindo casas na recém-inaugurada Avenida Central e passa a ser o símbolo maior de uma modernidade cujo epíteto, estampado em seu carro, é: "Esmago todo mundo e ninguém me vê" (Rio, 1992, p.18).

Persiste no Rio de Janeiro da Primeira República a rede de negociações em que o dinheiro é substituído por uma série de outros ganhos pessoais, igualmente necessários

---

[42] Por outro lado, persiste no Rio de Janeiro uma rede de negociações em que o dinheiro é substituído por uma série de outros ganhos pessoais. A citação entre aspas é da crônica "Os mendigos" de João do Rio. In: *No tempo de Wenceslau*. Rio de Janeiro: Villas-Boas, 1917.

à mantença do status social. Não interessa ter dinheiro se você nunca teve uma amante senhora casada ou se não sabe com qual camisa combinar o fraque debruado.

A despesa funcional da sociedade (f)útil termina por "empregar" muita gente. Personagem exemplar é Carlos Chagas, companheiro de vadiagens de Jacques. Incapaz de empregar-se em "nada de confessável, resolvera ter gosto. Ter gosto pode ser uma profissão, dada a raridade do gosto" (Rio, 1992, p. 40). Frente aos inúmeros políticos do interior do país que inundam a capital com seus bolsos cheios e excelentes relações com os poderosos, resta aos ociosos de luxo tornarem-se necessários. Jacques segue pelo mesmo caminho, trocando a toda hora de "profissão": de amante sustentado por uma *cocotte* a "cavador" de empenhos; de rapaz decorativo a ladrão do próprio "sócio", o cronista Godofredo de Alencar, numa negociata. Nessa constante troca de ocupações é até possível a Jacques representar que trabalha: "É que na sua fraca vontade irritada contra o trabalho comum, descobrira que esse trabalho, mesmo comum, seria um título de elegância no meio por onde andava. Um título superior" (Rio, 1992, p. 23).

A *Frívola City* – *termo utilizado por João do Rio para designar as camadas sociais dedicadas às futilidades* – torna-se símbolo da cidade como um todo e de uma nação de excessos. A ordem do dia no Governo é gastar. E entre os expoentes das elites é aparentar que se gasta. Essa temática tem lugar cativo na obra de João do Rio, sendo a metáfora do teatro usualmente empregada como registro da nova vida na capital federal. Se, em *A alma encantadora das ruas*, as esquinas e becos servem como palco para o drama cotidiano, em *A Profissão de Jacques Pedreira* são as recepções, a câmara dos deputados e os jardins os espaços consagrados à encenação. Por um sutil movimento de inversão, a vida privada torna-se pública. De que adianta um amante novo, um vestido caro, um automóvel importado se o restante dos "atores" não o invejam? Mesmo golpistas e ladrões são tolerados, quando não admirados, desde que o estreito círculo social, ritualisticamente, os aprove.

> O Dr. Justino Pedreira aparecia a conversar com dois cavalheiros que pareciam ricos e influentes. Charlot tinha um grande respeito por quem parecesse rico ou influente. E de um deles lera nos jornais de oposição que ficara com trezentos contos de uma tremenda roubalheira aos cofres do Estado. Era um homem digno de atenções. Não só dele. De toda gente. (Rio, 1992, p. 5.)

Como afirma Michel Misse (1999, p. 178), os criminosos ricos diferem por não romperem com a integralidade "das regras do jogo da sociabilidade", apenas excedemse na aposta na esfera dos interesses. São preferencialmente tratados como corruptos. O limite desta comédia moderna parece ser o escândalo que interrompe o pacto de acobertamento das fronteiras protetoras da classe e expõe seus bastidores ao público. Jacques vê sua vida de dandismo provinciano chegar ao fim quando seu nome aparece nos jornais, envolvido na morte de um *chauffeur*. "Pela primeira vez sentiu a necessidade de opinião da imprensa" (Rio, 1992, p.126).

O jornal serve como espelho para Jacques, um espelho *bisauté*, no qual ele por certo não se reconhece. A hierarquia entre imprensa e elite é quebrada porque os moços da sociedade infringem as regras da representação, cruzam a tênue fronteira entre um refinado malandro e um criminoso. A partir daí, recebem dos jornalistas os mesmos adjetivos destinados aos revoltosos da Vacina. São uns "indolentes", "aqueles que acreditam a vida dos outros nada", "uns pândegos sem alma" (Rio, 1992, p.137). O "castigo" por tal escândalo não tarda. Só que ao invés de ser deportado para o Acre, como os desordeiros de 1904, Jacques é "exilado" na Europa. Torna-se um diplomata. Cai o pano.

A gente de cima e a canalha unem-se pelas *estratégias de malandragem*, de negação do trabalho, enquanto são separadas pelo racismo, territórios e classe social. Ambos se valem dos interstícios da sociedade, para uns considerados caminhos únicos de ascensão, para outros, rotas certas para a cadeia. Por quais motivos a ociosidade, acompanhada de certa roubalheira estatal, é bem-vista nos círculos de cima e reprimida nos círculos de baixo? Se seguirmos o raciocínio de Paul Lafargue, veremos o ócio entre as camadas populares como o meio ideal de desestabilização das elites econômicas. Ambas, igualmente sem escrúpulos.

> Daí a simpatia que (João do Rio) dedica ao malandro e ao vagabundo que desafiam a polícia e desprezam as leis. Porém essa habilidade para driblar o mundo e cavar o destino, se faz parte da vida, transcende sua ficção, em livros como *A mulher e os espelhos, Dentro da noite, Correspondência de uma estação de cura*. Aí, se ninguém trabalha, também não sofre ou passa fome, prova de que o bom grã-fino é quase sempre um bom malandro. E João do Rio, como poucos, soube ver no parasitismo da grã-finagem, do patrão e dos picaretas os sinais da nova moral que a ética burguesa imprimia à função transformadora do capital no Brasil da Primeira República. (Prado, 1983, p.73.)

Para além da hierarquia estabelecida entre classes sociais é interessante perceber como às margens da cidade útil, base de sustentação da gente de cima, surgem indivíduos igualmente fúteis. Com suas calças-balão e casacos-sacos, eles vivem da superfície e sob o signo de uma aparente despesa improdutiva. O olhar usual do intelectual sobre estes tipos assegura que os malandros dos anos 1930 portam ternos brancos na tentativa de emular os mocinhos das classes abastadas (cf. Matos, 1986, p.56). Penso ser esta resposta mais uma forma de aprisionamento dos indivíduos marginalizados, condenados a sempre imitarem o mais poderoso, o mais rico, o janota.

Muito antes dos sambistas estabelecerem um estilo próprio, autores como João do Rio e Manuel Antônio de Almeida já atentavam para a ligação entre marginalidade e aparência. Chico-Juca, o primeiro capoeira de nossa prosa, aparece assim descrito em *Memórias de um Sargento de Milícias*:

> Chico-Juca era um pardo, alto, corpulento, de olhos avermelhados, longa barba, cabelo cortado rente; trajava sempre jaqueta branca, calça muito larga nas pernas, chinelas pretas e um chapelinho branco muito à banda; ordinariamente era afável, gracejador, cheio de ditérios e chalaças; porém nas ocasiões de sarilho, como ele chamava, era quase feroz. Como outros têm o vício da embriaguez, outros o do jogo, outros o do deboche, ele tinha o vício da valentia; mesmo quando ninguém lhe pagava, bastava que lhe desse na cabeça, armava brigas e só depois que dava pancada a fartar é que ficava satisfeito; com isto muito lucrava: não havia taberneiro que não fiasse e não o tratasse muito bem. (Almeida, 2010, p.148.)

Marcas do bambambã: calças largas para aplicar melhor os golpes de capoeira, o chapéu de lado, a personalidade ao mesmo tempo gozadora, bem-humorada e, quando necessário, a prática da valentia, serventia tanto para o ganho financeiro como para o estabelecimento da fama, indispensável ao lucro cotidiano. Ou como bem sintetiza Oswald de Andrade no poema cinematográfico "O capoeira" (Andrade, 1990, p. 87):

> – Qué apanhá sordado?
> – O quê?
> – Qué apanhá?
> Pernas e cabeças na calçada.

Ao assegurar suas marcas de individualidade, o capoeira adquire respeito do meio em que vive, à maneira do malandro. Diferenciar-se é, ao mesmo tempo, atrair seus inimigos e criar uma individualidade própria.

> A capoeira era um símbolo da cultura africana ostentado orgulhosamente pelos escravos, nas ruas do Rio de Janeiro. Os negros eram presos em pleno dia por assobiarem como capoeira, usarem um casquete com fitas amarelas e encarnadas – símbolos do capoeira – e por carregarem instrumentos musicais utilizados em seus encontros. (Algranti, 1988, p. 169.)

A cada época corresponderá uma imagem diferenciada de malandro para a qual contribuirão novos fatores conjunturais. No entanto, não é lícito perceber um *continuum* na representação dos indivíduos marginalizados, ansiosos por se diferenciarem da massa anônima? Não viveriam eles também, à semelhança dos Jacques Pedreiras, às expensas de uma despesa funcional, promovendo o jogo da aparência, da mascarada como forma de singularização? Para tais malandros não valeria a máxima do narrador de *A profissão de Jacques Pedreira*? Parecer ter é melhor do que ser. Trata-se, mais uma vez, de encontrar o sutil equilíbrio entre possuir um estilo próprio e não se deixar fixar pela máscara.

> Pois se esses movimentos que afetam as aparências nascem e vivem na espontaneidade, morrem também por se tornarem conscientes demais. Ironia da sorte, é o sucesso que provoca sua decadência. É porque eles se tornam normas, até uniformes; porque de um protesto individual fluido e contraditório, plástico e maleável, eles se transformam em ditames unívocos e determinados, sem mais a intervenção da sensibilidade individual; em resumo, porque eles se institucionalizam, porque perdem, ao mesmo tempo que suas almas, seu valor como modo de expressão. (Bollon, 1990, p. 13.)

Se para homens como Jacques Pedreira, pertencentes a um grupo que intermedeia as últimas novidades de Paris e os ditames da conduta tropical, a principal preocupação é estar sempre atualizado em relação ao mundo da elegância, para os malandros da cidade obscena a aparência torna-se uma navalha pela qual ele é obrigado a transitar; ora sendo alvo de fácil perseguição, ora garantindo sua condição diferencial.

O "Bota-Abaixo" e leis como a de 1888 buscaram delimitar o raio de ação desses malandros, mas não arranharam a superfície da *estratégia da malandragem* que percorre toda a sociedade e com a qual muitos dos políticos e outros representantes do mundo da ordem sempre lucraram. Os malandros entrevistados por João do Rio em suas visitas à cadeia representam apenas uma faceta da malandragem. A outra está solta pelas ruas e salões porque, como afirma o cronista, malandros há em todas as profissões (1995, p. 28). Inclusive na profissão de Jacques Pedreira.

A partir dessa constatação, torna-se clara a impossibilidade de lidar com esses grupos – "bons ociosos e maus ociosos" – de uma maneira excludente. Ainda que diferenças no aproveitamento final do estilo e da aparência os afastem, eles fazem parte do mesmo jogo de máscaras em que, sem medo de me repetir, *parecer* é mais importante do que *ser*.

No início do século, qualquer identificação com a malandragem só poderia levar à exclusão do indivíduo, tendo em vista ser a figura do malandro a antítese do novo homem do povo concebida como exemplar: o trabalhador submisso e dócil, fiel à pátria. Daí, as perseguições policiais incitadas pela imprensa contra os símbolos de uma aparente "revolta" contra o trabalho e o progresso, dentre eles o violão e a boêmia. Como nos diz Sevcenko (1983, p. 32), "O violão passou a significar por si só, um sinônimo de vadiagem."

Da mesma forma que o processo histórico e ideológico na *Belle Époque* carioca expulsava para a "obscena" esses tipos, – "para não manchar o cenário", conforme Renato Cordeiro Gomes nos fala – certas brechas entre a cultura popular e certa parte da intelectualidade carioca começam a ser construídas, demonstrando mais uma vez a porosidade entre fronteiras. A perseguição ao "mau ocioso" não estaria limitada aos indivíduos das chamadas classes populares. A repressão à vida boêmia e o desaparecimento dos antigos cafés e casas de pasto do centro da cidade também contribuíram para uma tentativa de incorporação à sociedade capitalista os chamados intelectuais boêmios do início do século.

Os rápidos avanços tecnológicos, a nova organização da divisão do trabalho e a imposição por uma vida em que produtividade se traduz em lucro vão de encontro ao espírito desse tipo de intelectual carioca que recusa a dividir sua rotina entre espaço público e privado, tempo de lazer e tempo de trabalho. A solução para esse impasse, mais uma vez, vem das ruas.

> Assim, a assimilação do literato à sociedade em que se encontrava se consumou no bulevar. Era no bulevar que ele tinha à disposição o primeiro incidente, chiste ou boato. No bulevar, desdobrava os ornamentos de suas relações com colegas e *boasvidas* (...) No bulevar, passava suas horas ociosas, exibindo-as às pessoas como parcela de seu horário de trabalho. (Benjamin, 1995, p. 25 – grifo no original.)

A vida nas ruas faz parte do "horário de trabalho" dos jornalistas e escritores, sendo o café o espaço do escritório, redação, rodas de intelectuais. Na cidade remodelada, os novos cafés, nos moldes parisienses, ocupam a Avenida Central e os arredores. Nas mesas, discute-se desde política até o figurino das passantes, e fundam-se a todo momento novos jornais e revistas. Para Gonzaga de Sá – ou seria para Lima Barreto, seu criador? – os cafés são indispensáveis "à revelação dos obscuros, à troca de ideias, ao entrelaçamento das inteligências, enfim, formadores de uma sociedade para os que não têm uma à sua altura, já pela origem, já pelas condições de fortuna, ou para os que não se sentem bem em nenhuma" (Barreto, 1919, p. 116).

Nas palavras de Lima Barreto, o café surge como um território de pensamento livre onde, independentemente da situação econômica, da cor da pele ou da posição social, ainda é possível repensar o país fora dos parâmetros da cultura oficial. A crônica e a caricatura revelam-se os meios por excelência para retratar a vertiginosa transformação de cenários e hábitos do Rio de Janeiro. São os "pintores do circunstancial, e de tudo que este sugere de eterno", que irão oferecer o retrato mais preciso da nova cidade (Baudelaire, 1996, p.13). Em meio aos artistas da pena e do pincel encontramos nomes como os de João do Rio, Lima Barreto, Bastos Tigres e Emílio de Menezes e dos caricaturistas Raul Pederneiras, Calixto Cordeiro (K.Lixto) e J. Carlos.

Apesar da feroz repressão policial, a *obscena* nunca foi totalmente excluída em suas relações com à cidade oficial. Nas ruas, cafés, esquinas, teatros, nas festas populares, os encontros acontecem e as duas cidades voltam a se encontrar; nas crônicas e ilustrações, eles ficam registrados.

Em "O feitiço contra o feiticeiro" (*Revista Careta* – 16/01/1915), vemos como J. Carlos aproxima estes dois mundos aparentemente tão distantes. Em tempos de enriquecimentos ilícitos e arrivismo desenfreado, "surge a figura distinta, mas não muito edificante do "ladrão de casaca" (Sevcenko, 1983, p. 39). A ironia está em que os distintos senhores, muita das vezes frequentadores dos melhores salões cariocas, no fundo, partilham de um ambiente em muito semelhante ao da cidade excluída. Como nos informa o jovem *smart* Jacques Pedreira, o seu meio era "composto afinal de elementos desencontrados da sociedade, desde o jogador titular ao explorador sem escrúpulos, meio de que conhecia as histórias desagradáveis, era o único tolerável e o único possível. O resto não passava de poeira" (Rio, 1992, p. 54-55).

J. Carlos encena em uma esquina este encontro entre a "poeira" e o os "elementos desencontrados da sociedade". Dois assaltantes, um inclusive armado, observam um homem aparentando ser rico. "– Estás vendo?... Ó Comepregos, aquele sujeito deve ter ao menos um bom relógio." O parceiro responde firme: "- Com esses que eu não me meto. O último transeunte de casaca a quem assaltei deu-me uma dúzia de murros e levou-me 3$500 que eu tinha em prata". O cômico da sátira está neste confronto e na súbita inversão de papéis entre os personagens. Quem é o perigoso agora? J. Carlos é capaz de observar por novos ângulos, novas esquinas, narrativizando assim a cidade. Ao levar para os periódicos e revistas a crítica ao cotidiano das elites, os "humoristas boêmios" estão construindo um novo espaço simbólico que estreita as diferenças entre as duas cidades.

Nas *charges* de K.lixto, J. Carlos, Raul Pederneiras e outros, a *jeunesse dorée* é retratada sem piedade na prática do ofício do ócio ou das negociatas. Nos salões ou nas avenidas, são sempre atores preocupados excessivamente com as aparências, em busca do melhor ângulo que lhes possibilite obter algum lucro. Isolados dos moradores da cidade periférica, transformam-se, pelo relato oficial, no símbolo do tão desejado brasileiro moderno. Contra a monocórdia modernizadora, os caricaturistas registram uma cidade em fragmentos, fraturada em sua geografia e em seus diversos "tempos" históricos.

Imaginando ser possível traçar um paralelo entre a crônica e a caricatura, podemos sugerir que os desenhos de J. Carlos formariam o diálogo ideal com os textos de João do Rio. Não por acaso, o cronista assim preconizava o futuro do jovem caricaturista, em sua coluna *Cinematographo*: "Há também novos que dentro em pouco ocuparão um lugar na nossa arte e está nesse caso o Sr. J. Carlos. Há um traço novo, uma maneira especial e ácida, o imprevisto da legenda [...]" (Gazeta de Notícias, 25 de agosto de 1907).

Semelhantes no estilo, passeiam entre as elites, sem abrir mão do poder corrosivo da crítica. Denunciam a futilidade dos salões com seus janotas, que ganharão forma tanto na figura de Jacques Pedreira como no "almofadinha" imortalizado por J. Carlos. Criando imagens durante quarenta e oito anos, de 1902 até 1950, é possível acompanhar pelos desenhos de J. Carlos as transformações da cidade; ao mesmo tempo em que podemos analisar como o próprio estilo do caricaturista passa a influenciar os modismos cariocas. O caricaturista, assim como o cronista *adandinado*, não faz de seu ofício cópia da cidade concreta, mas à maneira de Oscar Wilde, recria uma cidade erigida no cruzamento da artificialidade e do real. Como questiona Zuenir Ventura (1998, p.16): "Até que ponto as melindrosas foram um tipo de mulher que estava surgindo, ou estava surgindo um novo tipo de mulher em consequência das melindrosas de J. Carlos?"

Assim como João do Rio faz da cidade seu lugar de pertencimento, J. Carlos imprime à sua assinatura a imagem da capital. Aristocrata do traço, ele, no entanto, não abre mão das marcas da cidade. Como bem observa o cartunista Alvarus, ainda que o leitor tentasse decifrar sua assinatura, o máximo que poderia encontrar era a palavra "rios" nela (1985, p. 90).

Torna-se, à semelhança do cronista, Carlos do Rio. E como o cronista, constrói diversos "rios de janeiro". Nessa perspectiva, não podemos analisar a obra de J. Carlos como mero reflexo das transformações da cidade. Ele registra, pela sutileza de seu humor, os políticos e tipos da capital, mas também os ficcionaliza e devolve-os à cena. Habita as áreas abandonadas da cidade, narrativizando-as.

> Este é também o "trabalho" dos relatos urbanos. [...] Acrescentam à cidade visível as "cidades invisíveis" de que fala Calvino. Com o vocabulário dos objetos e das palavras bem conhecidas, eles criam uma outra dimensão, sempre mais fantástica e delinquente, terrível ou legitimante. Por isso, tornam a cidade "confiável", atribuindo-lhe uma profundidade ignorada a inventariar e abrindo-a a viagens. (Certeau, 1997, p. 200.)

Na cidade/nação imaginada estes homens transitam livremente e nos revelam a todo instante que o riso pode ser uma ferramenta tão reformadora quanto as picaretas de um governo. Para estes jornalistas e caricaturistas, a vida marginal acaba por exercer um fascínio não restrito às páginas dos jornais. Mesmo na cidade geograficamente partida, a cultura popular constrói novos espaços de identificação com certos grupos das elites intelectuais. Notadamente, aqueles que redimensionam a tradição boêmia iniciada em meados do século XIX com jornalistas como Paula Nei e José do Patrocínio e poetas ultrarromânticos como Álvares de Azevedo.

> Era comum, ao final dos anos 10, encontrar Bastos Tigre, Emílio de Menezes, Hermes Fontes e Afonso Arinos de Mello Franco visitando os compositores Donga, Pixinguinha e Heitor dos Prazeres. O grupo costumava fazer programas musicais na Praça da Cruz Vermelha, depois num bar da rua Gomes Freire. *Lá se encontravam os literatos que apreciavam música e os músicos que apreciavam poesia.*

> Provavelmente Bastos Tigres e Emílio de Menezes também frequentaram a famosa Casa de Tia Ciata, dada a estreita relação que mantinham com esse grupo de compositores sambistas. (Velloso, 1998, p. 43 – grifos meus.)

As afinidades entre grupos de origem cultural e social diversa iam além de um simples encontro casual pelos bares da cidade. Ambos tentavam resistir, cada um à sua maneira, à "lei da divisão do trabalho" – criticada pelo narrador de *Vida e Morte de M.J. Gonzaga de Sá* – e a certos ditames civilizatórios impostos pelos governantes à cidade (Barreto, 1919, s/p). O encontro nos bares, as visitas à casa de Tia Ciata e às festas populares são evidências do crescimento de uma cultura paralela à oficial, caracterizada pelo hibridismo entre traços da modernidade e a tradição afro-brasileira.

Essa abordagem aproxima-se do conceito de "contranarrativas da nação", defendido por Bhabha como uma forma de rasurar as "fronteiras totalizadoras – tanto reais quanto conceituais". As contranarrativas "perturbam aquelas manobras ideológicas através das quais 'comunidades imaginadas' recebem identidades essencialistas" (Bhabha, 1997, p. 211).

Alguns de nossos romances, crônicas, caricaturas e sambas das primeiras décadas do século narrativizam uma outra nação não linear e una, mas plural, fronteiriça e – para utilizar um termo que remete tanto à música como a certas construções ficcionais – polifônica. O encontro dessas vozes poder transformar-se em confronto, como ocorre na destruição dos cortiços do centro e durante a Revolta da Vacina. Mas, para desespero das elites dos salões, ao longo das primeiras décadas do século XX, as culturas negra e branca e seus respectivos espaços de domínio terminaram por sofrer um duplo processo de contaminação. "Os literatos que apreciavam música e os músicos que apreciavam poesia" formam apenas um dos aspectos destes diversos níveis de troca que rondam a cidade.

> A festa da Penha foi tomada do controle branco e português por negros, ex-escravos, boêmios; as religiões africanas passaram a ser frequentadas por políticos famosos como, pasmem, J. Murtinho; o samba foi aos poucos encampado pelos brancos; o futebol foi tomado aos brancos pelos negros. Movimentos de baixo e de cima iam minando velhas barreiras e derrotando as novas, que se tentavam impor com a reforma urbana. (Carvalho, 1980, p. 156.)

Tal contato não significa o apaziguamento do racismo ou da divisão de classes. Mas a tão sonhada "pureza" higienizante proposta pelos governantes e intelectuais da virada do século XIX para o XX mostra-se um fracasso. Nesse cenário de fronteiras móveis e porosas, a malandragem adquire novas feições na produção literária. Há por parte de alguns dos nossos escritores um forte interesse por estes tipos tão cambiantes. A dificuldade em lidar com a ambiguidade dos personagens malandros não pode ser entendida como adesão sem critérios ou denúncia de hábitos imorais, ambos os aspectos convergem para a narrativização desses sujeitos.

Na prosa de João do Rio, as descrições, por vezes, tornam o malandro um simples fruto do determinismo social e econômico: "aí tens tu uma profissão da miséria, ou se quiseres, da malandrice, que é sempre a pior das misérias" (Rio, 1995, p. 24). Em outras passagens, porém, nota-se a preocupação em capturar as imagens da malandragem por meio de um olhar expansivo, englobando as particularidades dos trajes, do andar, do linguajar e dos hábitos. Tal método elaborado por João do Rio aproxima os malandros da área portuária aos seus "correspondentes" em outras partes da cidade. Segue assim (maiúscula) a máxima: "A rua fatalmente cria o seu tipo urbano como a estrada criou o tipo social" (1995, p. 12). Em cada um dos bairros cariocas, o jornalista encontrará tipos de "idênticas posições" em relação ao seu entorno, estabelecendo um paralelismo entre os janotas, malandros, vadios.

> Todos nós conhecemos o tipo do rapaz do Largo do Machado: cabelo à americana, roupas amplas à inglesa, lencinho minúsculo no punho largo, bengala de volta, pretensões às línguas estrangeiras, calças dobradas como Eduardo VII e toda a *snobopolis* do universo. Esse mesmo rapaz, dadas idênticas posições, é no Largo do Estácio inteiramente diverso. As botas são de bico fino, os fatos em geral justos, o lenço no bolso de dentro do casaco, o cabelo à meia cabeleira com muito óleo. Se formos ao Largo do Depósito[43], esse mesmo rapaz usará lenço de seda preta, forro na gola do *paletot*, casaquinho curto e calças obedecendo ao molde corrente da navegação aérea – calças à balão. (1995, p. 12.)

E aí temos, nesse último tipo, o retrato do malandro da Cidade Nova, com suas calças largas, perseguido, como vimos, pelo delegado Meira Lima. Como relata João da

---

[43] O Largo do Depósito é hoje conhecido como Praça dos Estivadores e se situa perto da rua Camerino, na zona portuária do Rio.

Baiana em depoimento a Sérgio Cabral (1974, p. 28): "Este não apenas odiava samba. Tinha uma profunda antipatia pelas calças largas, calças tipo bombacha, que eram o luxo do malandro."

A equivalência entre estes tipos, como bem nota João do Rio, não assegura o mesmo tratamento por parte das forças policiais; uns vão pra Europa, outros para os seringais do Acre. Ainda que episódico, o malandro retratado por João do Rio adquire contornos de indivíduo para além dos esforços de grande parte da sociedade de reduzi-lo a bandido. "Os companheiros do Prata Preta, pessoal da Saúde, são naturalmente repentistas, tocadores de violão, cabras de serestas e, antes de tudo, garotos mesmo aos quarenta anos" (1995, p. 156).

Por certo, os companheiros de Jacques Pedreira não partilhavam dos mesmos hábitos. Mas os *snobs* trouxeram para os salões da burguesia os ritmos que antes ficavam restritos a certas áreas do Rio, como o maxixe.[44] As comemorações da Penha, inclusive, atraíam "a moderna burguesia urbana já em busca de algo exótico, forte, para quem o festeiro popular mesmo estigmatizado já desperta um interesse eventual, desequilibrando agradavelmente a vida civilizada das elites" (Moura, 1983, p. 73). O segredo dessa particular formação sociocultural carioca parece ser esse: um eventual agradável desequilíbrio entre os diversos Rios; de J. Carlos, de João, de Olavo Bilac, dos *snobs*, de Tia Ciata, dos anônimos dançarinos e músicos da Cidade Nova. Desequilíbrio caleidoscópio cujas peças podem desaparecer de vista para em seguida remontar novas formas de acordo com o movimento. Espaços cujas fronteiras maleiam-se pela força da violência, pela sedução dos ritmos e ritos. Espaços nunca estanques.

O ocioso às margens da criminalidade, atendendo pelo nome de malandro, vadio, vagabundo, numa ponta, ou *smart*, *snob*, janota, na outra, será o ponto de agradável desequilíbrio em uma sociedade que não abre mão nem das marcadas fronteiras sociais e raciais nem dos maleáveis limites do cotidiano.

---

[44] Para compreender o surgimento, perseguição e, posteriormente, aceitação do maxixe, chegando a ser "exportado" para a Europa e EUA, ver Efegê, Jota. *Maxixe - a dança excomungada*. Rio de Janeiro: Funarte, 2009.

Capítulo 5 – Homens livres? Os vadios de Manuel Antônio de Almeida e Martins Pena

> As leis criminais fizeram-se para os pobres.
> Martins Pena
> *O noviço*

Acadêmicos da malandragem

Já em sua etimologia a palavra *malandro* aponta para dúvidas e divergências. O *Grande dicionário etimológico-prosódico de língua portuguesa* formula duas hipóteses. Na primeira, o termo teria se originado da palavra latina malandrium/malandria, ligada a doenças de pele que afetam as pernas e cascos dos cavalos, impedindo-os de trabalhar. A segunda definição parece mais provável. *Malandro* seria um termo híbrido do latim *malus* – mau – com o germânico *landrin,* que significa andarilho ou vagabundo. Em italiano, originaria o "malandrino"; em francês, o "malandrin" (Bueno, 1966).

Essa hipótese nos remete a um novo olhar para além das fronteiras etimológicas. O "mau vagabundo" teria se formado do encontro de duas línguas, melhor dizendo, de duas ou mais culturas. Andarilho, ele percorre diferentes povoados e dialetos e desconhece fronteiras. Porém, a existência deste tipo na Europa parece ter tido data certa para chegar ao fim. O *Petit Larousse* informa que *malandrin* era o nome dado aos bandidos que no século XIV infestavam a França e, atualmente, o termo é de uso exclusivamente literário.

Nota-se que a referência a esta *palavra* na França começa a desaparecer quando o século tem início, ou seja, quando surgem os primeiros burgos e começa a fase comercial do capitalismo – o largo período que convencionalmente chamamos de transição do feudalismo para o Estado Moderno. Na tentativa de extinguir com a independência dos feudos, não seria necessário também "apagar" da memória andarilhos e vagabundos, igualmente independentes do rei?

Conforme os séculos passam e as nações-estados organizam seus limites de classe e territoriais, torna-se cada vez mais difícil conviver com indivíduos que sobrevivem graças à mobilidade e à porosidade das fronteiras externas e internas. Por isso, podemos supor, *malandrin* tornou-se sinônimo de *bandit*; tanto para o *Petit Larousse* como para o tradutor da edição francesa do livro do antropólogo Roberto DaMatta, *Carnavals, malandros e heróis.*; em francês, *Carnivals, bandits et héroes* (Paris, Seuil: 1983)[45].

Na acepção de DaMatta, o malandro adquire contornos arquetípicos, em muito semelhantes aos do *trickster*. Ao utilizar Pedro Malasartes como "paradigma do chamado malandro" (DaMatta, 1997, p. 264), o antropólogo claramente faz uma opção por um "tipo ideal" de *trickster*, um padrão correspondente àqueles que apenas conseguem ver o malandro como um negro de terno branco.

> Em geral, o *trickster* é o herói embusteiro, ardiloso, cômico, pregador de peças, protagonista de façanhas que se situam, dependendo da narrativa, num passado mítico ou no tempo presente. A trajetória deste personagem é pautada pela sucessão de boas e más ações, ora atuando em benefício dos homens, ora prejudicando-os, despertando-lhes, por consequência, sentimentos de admiração e respeito, por um lado, e de indignação e temor, por outro. (Queiroz, 1991, p. 94.)

Cria-se um paradoxo pois, como afirma o próprio DaMatta, se o que configura o malandro é sua habilidade de permanecer "nos interstícios do domínio social" como é possível adequar isto a um modelo paradigmático? O objeto desloca-se à nossa frente, mas o foco do observador permanece fixo, incapaz de perceber as modificações que ocorrem ao corpo do malandro. Como afirma Renato Queiroz (1991, p. 104) a respeito do *trickster*, "não é nada fácil, para um ocidental, admitir a combinação de traços absolutamente antagônicos na feitura de um único personagem". [46]

À semelhança de Exu, o malandro brasileiro desliza por essas condições antagônicas, excêntricas ao olhar acadêmico tradicional que se pretende, quase sempre, estabelecedor de conceituações precisas e paradigmáticas. E, no entanto, os anos de 1970 e 1980 serão o palco de consolidação dos estudos acadêmicos sobre a

---

[45] É interessante perceber que o termo "bandit" só é utilizado no título do livro. Internamente, o termo "malandro" é preservado no original. O título, na edição americana, é *Carnivals, rogues and heroes* – an interpretation of the brazilian dilemma. (Indiana, University of Notre Dame Press, 1991). *Rogue*, dependendo do uso na sentença, pode significar trapaceiro, velhaco, patife.

[46] Antonio Candido talvez seja o primeiro a notar essa interseção entre a malandragem brasileira e o *trickster*, em seu antológico ensaio "Dialética da malandragem". (1970, p. 71)

malandragem. Em termos de história contemporânea brasileira, nenhum momento poderia oferecer menos "transitoriedade", "mobilidade", "deslizamento" do que a ditadura civil-militar pós-AI-5. Nas mais diversas áreas – sociologia, literatura, análise do discurso, história etc. – o malandro surge como um caminho de leitura da nação.[47]

Em especial, o sambista dos anos 1930 será revisto como um exemplo de resistência ao Estado Novo, simetricamente capaz de ser transposto para o cenário dos anos 1970. Esta ligação irá aparecer tanto na produção artística – *Ópera do malandro*, de Chico Buarque, parece-me o exemplo mais direto – quanto na própria produção acadêmica.

> Cláudia Matos, com seu *Acertei no Milhar*, estabelece um novo objeto de estudo no período: o samba, e um tema apaixonante para a melhor determinação da reação das classes populares às ideologias do progresso: a malandragem. Samba & Malandragem, vistos em perspectiva histórica isto é, no próprio contexto sócio-político e econômico que indiretamente os gerou, e na perspectiva da Geração de Cláudia, geração que se viu tolhida pelos processos de governo autoritário, responsáveis pelo desenvolvimentismo a partir de 64. (Santiago, 1982.)

O texto escrito por Silviano Santiago para a orelha de *Acertei no Milhar – malandragem e samba no tempo de Getúlio* aponta a intenção política na análise do discurso malandro. Não se trata do estudo de um "objeto" distanciado, recuperado de um passado distante, mas do encontro com um personagem que, revestido de um posicionamento ideológico, termina por falar muito sobre o presente da autora e do país dos anos 1970. Cada autor à sua maneira, e dentro do seu campo de atuação, cria pontes entre o passado estado-novista e o presente da ditadura civil-militar. Na compreensão de um país que voltava a viver em um regime antidemocrático, em que a censura imperava, reconstrói-se o malandro, voz popular, como elemento capaz de *driblar* o autoritarismo do estado. Parodiando Gilberto Vasconcellos (1977), naquele momento histórico, é necessário não somente ao compositor brasileiro mas também ao intelectual incorporar a voz malandra, fazer do drible um estilo.

Se os anos 1930 e 1940 são o cenário para a popularização e fixação do samba malandro, os anos 1970 são o momento para a reflexão da importância do personagem

---

[47] Penso aqui no próprio Roberto DaMatta. *Carnavais, Malandros e Heróis* (1979), Vasconcellos, Gilberto, "Yes, nós temos malandro", In: *Música Popular: de olho na fresta*. Rio de Janeiro: Graal, 1977, Candido, Antonio, "Dialética da Malandragem (Caracterização das *Memórias de um Sargento de Milícias*)", *Revista do Instituto de Estudos Brasileiros*, nº 8, 1970 e Matos, Cláudia, *Acertei no Milhar: samba e malandragem no tempo de Getúlio*. Rio de Janeiro: Paz e Terra, 1982.

e suas estratégias na constituição de um imaginário nacional. Nessas leituras, o malandro surgirá como um representante quase "oficial" das classes populares em confronto com a exploração do proletariado. Ou seja, a malandragem não é vista como uma questão (ou seria problema?) da formação do país, mas como uma quase contingência de determinadas classes sociais, afetadas pelo descaso secular do estado.

A malandragem é vista quase positivamente, como um caminho criativo, lúdico, inteligente, de escape do controle oficial. Entretanto, se estes mesmos recursos estratégicos da malandragem escapam do território das classes populares, esta malandragem torna-se imediatamente negativa.

No lugar daquela tal malandragem que não existe mais, institui-se o "malandro com contrato, com gravata e capital", como canta Chico Buarque em "Homenagem ao malandro". O malandro que não pertence às classes exploradas é figura a ser combatida. Torna-se sinônimo de corrupção institucionalizada, lucros abusivos e certeza de que os trabalhadores continuarão a ser explorados. Na análise desses malandros oficiais, que contam com o aparelhamento institucional ao seu lado, perde-se a nostalgia do sujeito marginal e ganha-se a certeza de que "malandragens", no Brasil, não estão restritas a certas camadas sociais. Como diz o poeta Geraldo Carneiro,

> Bons tempos aqueles do Café Nice, em que compositores geniais como Ismael Silva, Wilson Batista e o próprio Geraldo Pereira podiam fazer o elogio da malandragem, [...] Foi-se o tempo dos malandros voluntários, como Wilson Batista. [...] Malandro, hoje em dia, é o banqueiro, que ganhou com a inflação, depois ganhou com as benesses do Proer, depois ganhou com a desvalorização do dólar. Tudo isso, claro, às custas dos otários, isto é, as nossas custas. (Carneiro, O Dia, 1999, p. 8.)

Essa ambivalência apaixonada na análise da malandragem – ambivalência que, quero deixar claro, eu mesma compartilho – termina por construir um sentimento dialético entre um malandro marginalizado e o malandro incorporado ao sistema. Na visão de alguns intelectuais, artistas e escritores, o "primeiro malandro", aquele dos "bons tempos", liga-se aos sambistas vindos das classes populares, enquanto o "segundo", obviamente, representaria a malandragem apropriada pela vitória do capitalismo desenfreado, pelo apagamento do sujeito. Nessa visão evolutiva e nostálgica da malandragem, apaga-se o fato que esses tipos sempre conviveram e coexistiram em diferentes momentos históricos. Entre extremos, ora a malandragem ganha status de "coisa nossa" e imediatamente é tomada como elemento positivo, ora a malandragem adquire contornos de corrupção oficial, de violência limítrofe, em que aqueles que andam de acordo com as leis e regras passam a ser considerados otários.

Oscila como nosso primeiro malandro, Leonardo, de *Memórias de um sargento de milícias (1852-1853)*, oscilava entre a ordem e a desordem, até, nas palavras de Antonio Candido, ser absorvido pelo mundo da ordem. A dialética em Candido e outros autores, como Roberto Schwarz, torna-se a base de leitura na formação da nação brasileira e, como todos os demais métodos, apresenta suas qualidades e restrições.[48]

Qualidades porque aponta para uma saída da paralisia constante que sujeitava Brasil, em especial a literatura brasileira, a uma emulação dos países economicamente desenvolvidos. Nesse viés, encontram-se os primeiros críticos de *Memórias de um sargento de milícias*, visto como um misto entre registro documentário de época, pelo conteúdo, e apropriação do romance picaresco espanhol, pela forma. Entre um polo e outro – a ordem e a desordem, o progresso e o atraso, o local e o universal – Candido inaugura, entre nós, uma perspectiva de análise crítica capaz de permitir ao pesquisador debruçar-se sobre as fronteiras, as mediações e os limites entre extremos.

Escolher a dialética como método permite trazer à cena elementos contraditórios da cultura e da literatura brasileira; a dualidade com a qual pensadores como Candido e Schwarz leem o Brasil a partir da formação literária nacional. Aqui, dialética designa a lei deste movimento, e se quisermos saber a seu respeito, não há melhor recurso além das expressões evocadas pelo próprio Antonio Candido: alternância, gangorra, balanceio etc. Só que agora sabemos que não se trata de uma simples simetria estrutural, mas de uma mediação ancorada num dinamismo social.

> São idas e vindas que comandam inclusive a oscilação característica das frases do romance, que mostram imparcialmente o outro lado de cada coisa. Uma dialética inconclusiva portanto, que não parece ter fim, acomodando os campos opostos num sistema de equivalência e contaminações recíprocas. Como não deixar de ver que essa dialética nos devolve ao coração da dualidade brasileira? (Arantes, 1992, p. 44.)

No processo dialético utilizado por Candido, o foco parece estar menos em uma oposição excludente e mais nas mediações, nas áreas de interferência entre um –

---

[48] A respeito do uso da dialética na leitura da nação ver Paulo Eduardo Arantes, *Sentimento de dialética na experiência intelectual brasileira* – dialética e dualidade segundo Antonio Candido e Roberto Schwarz. Petrópolis: Paz e Terra, 1992.

suposto – mundo da ordem e um, por vezes, regrado universo da desordem. Ao notar que Manuel Antônio de Almeida não emite um juízo de valor moral sobre a conduta de seus personagens, Candido atenta para o fato que *Memórias* inaugura um "mundo sem culpa" no romantismo brasileiro.

Os extremos se anulam e parece não haver possibilidade de um mal ou um bem absolutos. O próprio estilo de Manuel Antônio de Almeida propõe uma alternância de elementos positivos e negativos que terminam por serem colocados em simetria. Todos os personagens, independentemente da função que exercem naquele segmento da sociedade, trazem em si estes dois polos: "D. Maria tinha bom coração, era benfazeja, devota e amiga dos pobres, porém em compensação dessas virtudes tinha um dos piores vícios daqueles tempos e daqueles costumes: era a mania das demandas" (Almeida, 2010, p.164) ou "Era a comadre uma mulher baixa, excessivamente gorda, bonachona e ingênua ou tola até certo ponto, e finória até outro (...)" (Almeida, 2010, p.83).

A dialética ganha assim novas cores em terras brasileiras. A preocupação de Candido em entender a sociedade da regência joanina – período abordado em *Memórias* – volta-se para a análise de elementos que, em outras terras, seriam mutuamente excludentes. À semelhança de Almeida, que não condena seus personagens, Candido igualmente exime-se de compor um juízo absolutizado. Pelo contrário, é através da aceitação das aparentes contradições, das mediações que ele tenta estabelecer uma forma de compreensão do país em oposição a nações puritanas, extremamente regradas e eximidas de qualquer mobilidade.

> Na formação histórica dos Estados Unidos houve desde cedo uma presença constritora da lei, religiosa e civil, que plasmou os grupos e os indivíduos, delimitando os comportamentos graças à força punitiva do castigo exterior e do sentimento interior de pecado. Daí uma sociedade *moral*, que encontra no romance expressões como *A Letra Escarlate*, de Nathanael Hawthorne, e dá lugar a dramas como o das feiticeiras de Salem. (Candido, 1970, p. 86.)

A intenção é construir uma imagem de nação em oposição à sociedade fixa, duramente repressiva, que, "sob alegação de enganadora fraternidade, visava a criar e manter um grupo idealmente monorracial e monorreligioso" (1970, p. 87). Para isso, *Memórias*, com seus personagens fluidos, abarcando elementos antagônicos, serve como exemplo de uma sociedade brasileira que "incorpora de fato o pluralismo racial e depois religioso à sua natureza mais íntima" (1970, p. 87). A conclusão de Candido não significa, em absoluto, que a sociedade brasileira não fosse/seja racista ou intolerante em relação às religiões de matrizes africanas. Significa que naquele determinado momento histórico, era interessante, quando não necessário, construir uma imagem de nação, multirracial em contraponto ao separatismo americano.

Estabelecida a oposição entre o malandro brasileiro e o puritano americano, a conclusão é de que a sociedade brasileira "ganhou em flexibilidade o que perdeu em inteireza e coerência" (1970, p. 87). A oposição entre malandragem e puritanismo não pode ser vista como um retrato de época. Prova disso é a publicação *O malandro e o protestante* – a tese weberiana e a singularidade cultural brasileira (Brasília: UNB, 1999 (org.) Jessé de Souza).

Apesar de não haver dentre os ensaios qualquer um que trabalhe especificamente a figura do malandro, ela surge ao longo do livro como a imagem do brasileiro, à semelhança de Candido, em oposição ao puritanismo americano analisado por Max Weber. No local de uma ética capitalista, ligada à formação dos Estados Unidos, ofereceríamos uma ética malandra, ligada à nossa formação. Neste ponto vale uma pergunta à qual não ofereço resposta: só é possível estabelecer uma identidade nacional em oposição ao outro? Uma identidade que assim só poderá ser estabelecida em negação, ao afirmar: "– Eu não sou você"?

É quase obrigatório aproximar as visões de Candido, em "Dialética da malandragem (caracterização de *Memórias de um sargento de milícias*)" e de Sérgio Buarque de Hollanda, em *Raízes do Brasil*, em especial no capítulo já visto, "O homem cordial". Ambos lidarão com a figura exemplar do brasileiro descendente de portugueses. Lembremos que Leonardo, filho de "uma pisadela e de um beliscão", é concebido por Leonardo Pataca e Maria Regalada em alto-mar, durante a travessia de Portugal para o Brasil. Não pertence nem a um nem a outro território este nosso malandro, à semelhança do africano que aqui também aporta. E no entanto, é igualmente português e brasileiro, como o descendente de africanos é igualmente africano e brasileiro.

> Mazombo será o nome depreciativo do filho de português nascido no Brasil, cujas características são muito semelhantes ao perfil do homem cordial traçado por Sérgio Buarque: individualismo personalista, busca de prazeres imediatos, descaso por ideais comunitários e de longo prazo. Temos novamente, aqui também, o *confronto do absolutamente positivo com o absolutamente negativo*. (Souza, 1999, p. 37- ênfases no original.)

O absolutamente positivo, no caso, seria o "associativismo racional típico dos países protestantes, em especial dos calvinistas" (Souza, 1999, p. 33). O imediatismo emocional, em que se mistura indistintamente público e privado, ordem e desordem, é visto por Sérgio Buarque de Hollanda de modo negativo, condição do nosso atraso. Não trabalha assim Antonio Candido.

Seguindo os ensinamentos de Almeida, Candido não tece um confronto do absolutamente positivo com o negativo. Pelo contrário, busca o caminho da dissolução, da mistura, do tangenciamento, próprio da sociedade retratada em *Memórias* e com isto afasta-se tanto da euforia de alguns estudiosos em ver o malandro como anti-herói popular, como também do pessimismo de outros tantos, que vê neste tipo o símbolo maior do "atraso" e do arcaísmo brasileiro. *Memórias*, para Candido, será visto como o local mediador capaz de contaminar reciprocamente as séries sociológicas e arquetípicas; a ficção e a história.

> Com efeito, não é a representação dos dados concretos particulares que produz, na ficção, o senso da realidade; mas sim a sugestão de uma certa generalidade, que olha para os dois lados e dá consistência tanto aos dados particulares do real quanto aos dados particulares do mundo fictício. (Candido, 1970, p. 82.)

Manuel Antônio de Almeida nos oferece uma farsa, uma burla, em que o *efeito de realidade* obtido junto ao leitor conta mais do que o estabelecimento de fronteiras exatas entre o provável real e o incerto ficcional. Visto desta forma, *Memórias* caminha justamente na direção oposta daqueles que o consideram (apenas) um romance de costumes. A narrativa, no sentido apontado por Candido, funciona como uma figuração representativa do universo da corte joanina, baseada na oscilação ordem/desordem, em que o caráter dinâmico é conferido pela inclusão de elementos ficcionais.

Mecanismo semelhante irá se repetir na construção do imaginário da malandragem carioca. Constrói-se um *efeito de realidade* a partir da incorporação de dados ficcionais ao relato pessoal do malandro. Melhor dizendo, quanto mais abertamente o intelectual e o malandro valem-se de elementos ficcionais na elaboração da identidade malandra, mais consideramos estar diante do "real". A história relatada por Millôr Fernandes sobre Madame Satã vale a pena ser aqui reproduzida, a título de exemplo.

> Nos anos 60 escrevi um musical – ensaiado no João Caetano, mas não representado – sobre a Lapa. Nele, também atuado pela lenda, inventei uma cena de balé em que Madame Satã enfrenta toda uma patrulha de Chapeuzinhos Vermelhos (a famigerada Polícia Especial, de Getúlio, outra lenda). A malta só consegue dominar Satã quando vai passando um carregador português com seu carro de mudanças – o popular *burro-sem-rabo*. Os policiais jogam Madame Satã sobre o carrinho e, com ele solidamente amarrado, deixam o palco. Boa cena – prum musical. [...] Contei a Satã (está registrado) a cena teatral. Satã, um fantasiosa da pesada, imediatamente detalhou, para a patota fascinada, o seu feito extraordinário. E as várias vezes em que aquilo tinha acontecido. (Jornal do Brasil, 24 de novembro de 2002, p. A14.)

Na mediação entre o documental e o artifício instaura-se o discurso malandro e o relato de *Memórias*. Nem absolutamente negativo ou positivo, nem totalmente real ou meramente ficcional, Leonardo espelha a própria estrutura narrativa do romance e de uma sociedade em que se "esquecem" os extremos – os senhores e os escravizados – e privilegia-se o olhar sobre o homem livre. Candido, assim, adiciona uma outra visão da malandragem nos anos 1970. Ao voltar a uma suposta gênese da representação da malandragem, Candido, ao invés de traçar uma perspectiva comparativista entre o intelectual censurado dos anos de ditadura e a figura do malandro do Estado Novo, opta por analisar certas constantes na estruturação da nação brasileira, privilegiando o método dialético e não meramente opositivo; uma tentativa sistêmica de entender a nação.

> Retomando o lado fecundo do método de Antonio Candido: a identificação de um tríplice esquema genético na construção das *Memórias* (realismo representativo, fábula popular e projeção de um mundo sem culpa) confirma a tendência do crítico para a análise das mediações, bem como seu cuidado, já manifesto na *Formação*, de evitar as reduções e sobredeterminações quer sociológicas, que psicológicas. (Bosi, 2002, p. 52.)

Mas ainda resta uma questão: como explicar o convívio no Brasil entre um imaginário oitocentista formador da nação e o surgimento de uma malandragem urbana, aparentemente caótica e desestabilizadora? A primeira resposta, desenhada pelo próprio Candido, afirma que *Memórias* seria uma obra "excêntrica" ao Romantismo, pois, ao contrário dos demais romances do período, não privilegiaria o olhar de uma elite dominante, esta, sim, alvo da preocupação dos nossos escritores. Contra um painel de heróis e heroínas românticos, Manuel Antonio de Almeida nos ofereceria personagens desprovidos da conhecida profundidade romântica; uns títeres nas mãos do autor, como afirma Candido.

Decerto, essa perspectiva está em acordo com a definição de fábula realista. Mas se aquiescemos que *Memórias* é nosso primeiro romance malandro, será necessário revisarmos essa premissa. Quando falamos de "tipo", remetemo-nos à criação de personagens que, em vez de uma singularização, são definidos pela função social que exercem. Genéricos, contra o aparecimento de uma individualidade romântica que se pretende criadora de caracteres únicos. A transformação dessa ética romântica em valor estilístico pode acarretar alguns equívocos. O primeiro é considerar que o conceito de profundidade é atemporal e superior ao conceito de superfície. A profundidade estaria ligada ao indivíduo, enquanto a generalização do tipo remeteria à função de determinado grupamento na sociedade.

Mesmo essa afirmação sendo válida para alguns personagens, como a comadre, o mestre da reza, a vizinha, em outros momentos a mera redução tipológica perde a chance de criar áreas de mediação entre um tipo de escrita "excêntrica" e a nova nação que começava a se estabelecer. Como diz Bosi (2002, p. 34): "O objetivo é o conhecimento de várias mediações graças às quais as categorias de sociedade e de nação jamais penetram no tecido nervoso da linguagem artística em estado bruto de causalidade mecânica."

Não é possível compreender os personagens apresentados em *Memórias* unicamente como tipo sociais, representantes exemplares de determinada época e nação. Como afirma o próprio Bosi, em uma leitura nitidamente historicista privilegia-se uma análise de estilos de época que, por sua vez, produziria tipos ideais, como "o *snob*, o pícaro, o herói-romântico, o *dandy*, o artista maldito, o conselheiro do Império, o malandro...".

> O tipo faria as vezes de ponte entre a sociedade, que é o termo mais geral, e o indivíduo, que é o termo singular. O tipo ideal remete à esfera da particularidade social e cultural. Ele pode ser reconhecido tanto na personalidade do autor como nas figuras constantes de sua obra dramática. O risco de seguir à risca esse esquema (estilos de época mais tipos ideais) é cair no círculo vicioso da reprodução-repetição daquilo que se considera "típico de um determinado estilo ou período histórico-cultural". (Bosi, 2002, p. 35)

Aproximar-se do malandro – e em especial de Leonardo – apenas como tipo é reduzi-lo a mero reflexo do meio, eliminando desse cenário tanto a intervenção autoral quanto um possível enseio de individualidade romântica. O tipo é confortável tanto para leitores como para analistas por assegurar o lugar do mesmo. Candido, ao criar a insígnia de romance-malandro para *Memórias,* desloca do romance os epítetos consagrados de picaresco e realista e impõe um novo lugar que se erige sobre a tensão entre a temporalidade histórica e a atemporalidade da escrita de traços fabulares. O romance malandro receberia esse nome não apenas por estar reproduzindo as aventuras de um malandro, mas por, em sua própria estrutura dialética, não se fixar em um único estilo de época, nem reproduzir tipos ideais.

A meu ver, este é um dos grandes problemas das análises sobre a malandragem. Como mediar o constante deslizamento com a redução tipológica que o malandro acabará sofrendo? Em todos os textos e sambas analisados até aqui encontramos esta tensão: Antônio Fraga "salva" os malandros do Mangue do inevitável desaparecimento da cidade real pelo eterno retorno literário; Mário de Andrade constrói seu herói sem nenhum caráter, o qual é igualmente capaz de embriagar-se de vários personagens, inclusive de filho de Exu; João do Rio percorre a malandragem dos salões e dos becos sem perder de vista o atrito que as une e as afasta; e, finalmente, os sambistas malandros encontrarão na aristocracia do samba, em nomes como Donga e João da Baiana, um contraponto, e em Noel Rosa, o grande crítico da malandragem estereotipada.

Os lucrativos ofícios sem nome

Em *Memórias,* à primeira vista, os tipos já aparecem na nomeação dos personagens designados pela função social que exercem naquele nicho da sociedade. Nesse grupo teríamos o barbeiro, a comadre, a vizinha, o toma-largura etc. Outros personagens são nomeados por apelidos unidos a seus nomes de batismo. Aqui encontramos aqueles que têm alguma "mercadoria" possível de ser negociada: Chico-Juca, de origem Francisco, vendendo sua força física (ao vencer outro "valentão" ganhou o direito de incorporar o nome do adversário ao seu ao seu), Maria-Regalada trocando favores sexuais com o Vidigal ou, ainda, Leonardo-Pataca vendendo seu trabalho de meirinho por esta mesma quantia. Na falta de um local social definido, de um sobrenome ou de um título que os diferencie, esses indivíduos fazem de suas "qualidades" marca pessoal e intransferível.

Martins Pena já adotara o mesmo procedimento as retratar as camadas mais pobres de homens livres; assim é que na peça "Os meirinhos", escrita em 1843, encontramos outro meirinho vivaldino, chamado João Pataquinha. Na mesma peça aparecem também o meirinho José Patusco e a esposa de um meirinho chamada Maria Navalha. Procurando pelo marido sumido, Maria Navalha deixa claro o porquê de seu nome: "Se o encontro, ponho-lhe a minha marca" (Pena, 1965, p. 287). Na ausência de um reconhecimento como cidadão, corpo e nome passam a carregar as marcas possíveis de uma individualidade. Pôr a marca, seja através da violência, da sexualidade ou da chantagem, significa existir, ainda que marginalmente. A navalhada, como vimos, transforma-se em escrita para quem não tem a lei ao seu lado.

Retornando a *Memórias*, encontramos, por fim, personagens que se destacam dos restantes, seja por uma diferenciação econômica ou social – caso de Dona Maria e do Major Vidigal –, seja pelo estabelecimento de uma individualidade assegurada pelo amor – caso de Vidinha, Luisinha e, em parte, do próprio Leonardo. O narrador passa uma boa parte do livro tratando nosso "herói" por termos como "pequeno" e "menino", apenas no capítulo "Amores" os leitores ficam sabendo que o protagonista se chama Leonardo, mesmo nome de seu pai. Justamente neste capítulo Leonardo descobre-se apaixonado por Luisinha, uma "menina sensaborona e esquisita". O amor garante identidade a Leonardo, é pelo amor que ele e Luisinha – e também Vidinha, que representa o aspecto livre e sensual do amor – diferenciam-se dos demais. Essa constatação torna-se mais rentável quando a coligamos a própria fala de Manuel Antônio de Almeida.

> Aquilo que as coisas menos se dão a conhecer neste mundo é pelo nome. O nome é hoje, e não sei se o deixou de ser em algum tempo, a primeira mentira de todas as coisas: é como um cunho de pecado original impresso sobre tudo que existe. [...] Entretanto – eis aqui uma prova das misérias humanas – um nome é às vezes a história de uma vida; entretanto há épocas em que os lábios não sabem pronunciar mais do que um nome, em que os ouvidos não escutam em todas as vozes da natureza senão um nome, em que não se tem escrito na memória senão um nome. Sabe Deus quantas vezes entre estas palavras que se estão lendo o autor não escreveu sem querer um nome! (Almeida, 1991, p. 24-5.)

Não se trata de mero exercício estilístico, mas de perceber que em Almeida aparece uma divisão entre um romantismo no plano amoroso e um ceticismo ou ironia no lidar com a sociedade. O nome, primeira mentira de todas as coisas, nada revela sobre a pessoa, acaba, pelo fiel do amor, transformando-se no sentido da vida do enamorado.

Se Almeida critica ferozmente os ultra-românticos do seu tempo – "mas o homem era romântico, como se diz hoje, e babão, como se dizia naquele tempo; não podia passar sem uma paixãozinha" (2010, p. 64) –, da mesma forma, evoca o amor como maneira de sublimação e educação moral e nisto não se distancia dos demais românticos.

> Antes de tudo, porém, os dois amavam-se sinceramente; e a ideia de uma união ilegítima lhes repugnava.
> O amor os inspirava bem.
> Esse meio de que falamos, essa caricatura da família, então muito em moda, é seguramente uma das coisas que produziu o triste estado moral de nossa sociedade. (Almeida, 2010, p. 404.)

O procedimento de neutralizar o bem e o mal não invalida a visão romântica de Almeida coerente com sua época. Nesse sentido, Almeida produz um julgamento sobre as formas de aproximações amorosas. Aos olhos contemporâneos pode parecer contraditório, mas revela um período de formação intelectual brasileira marcado tanto pela apropriação de um ideário romântico europeu quanto pela preocupação em intervir na formação moral da sociedade.

A aclimatização do Romantismo no Brasil passa pela função de apresentar, enquanto também cria, um novo país aos brasileiros. Almeida olha para o passado recente brasileiro, pré-independência, enquanto dialoga com seus leitores coetâneos, muitas vezes educando pelo humor e apontando para os maus hábitos que já deveriam ter desaparecido por volta de 1850. Explica-se, assim, a sentença "essa caricatura então muito em moda, é que seguramente produziu o triste estado moral de nossa sociedade." Almeida coloca o problema – a "união ilegítima" – e o relaciona diretamente com a construção de uma nova nação que deve se livrar das marcas desse passado. Este não é o único exemplo.

> Com os emigrados de Portugal veio também para o Brasil a praga dos ciganos. Gente ociosa e de poucos escrúpulos, ganharam eles aqui reputação bem merecida de refinados velhacos: ninguém que tivesse juízo se metia com eles em negócios, porque tinha certeza de levar carolo. A poesia de seus costumes e de suas crenças, que muito se fala, deixaram-na da outra banda do oceano; para cá só trouxeram os maus hábitos, esperteza e velhacaria, [...]. (Almeida, 2010, p. 78.)

Assim, se outros personagens que "viviam em quase completa ociosidade", dentre eles o próprio Leonardo, são isentos de um julgamento moral, os ciganos são tratados como elementos perigosos ao bem-estar social. Para sustentar tal opinião, Almeida cria a personagem da cigana, sedutora de meirinhos e até mesmo de padres. Interessante é perceber que esse comportamento mais liberal era raríssimo entre os ciganos, obrigados a casarem entre si e levando uma vida voltada para a família. No entanto, não será Almeida o único em seu tempo a execrar o comportamento dos ciganos. Em 15 de julho de 1845 é levada à cena a peça *O cigano*, de autoria de Martins Pena. Como as outras comédias de Pena, o eixo namoro/casamento serve de mote para desnudar a série de negociatas, artimanhas, pequenos furtos e enganos que certos homens e mulheres "livres" praticavam para atingir seus proveitos pessoais.

> Cigano – O dia hoje foi proveitoso! Chamam-me Cigano, como se esse nome me fosse uma afronta... Deixá-los! Viva eu como vivo, que os tolos irão dar-me-ão o que comer e talvez que enriquecer... Um cordãozinho de ouro falso, vendido à noite a algum sertanejo ou simplório, enche-me às vezes a bolsa. (Pena, s/d, p. 221.)

Debret (1954, p. 192) faz eco às palavras de Pena e Almeida: "Esta raça desprezada tem por hábito encorajar o roubo e praticá-lo; roubam sempre alguma coisa nas lojas onde fazem compras e, de volta à casa, se felicitam mutuamente por sua habilidade repreensível." Em "O interior de uma casa de ciganos", Debret afirma que as riquezas dos ciganos se concentram, na maioria das vezes, em joias e belas roupas; a casa é quase sempre simples, com poucos móveis, como se os moradores ali estivessem sempre prontos a se mudar numa emergência. Nômades, os ciganos não representam nenhuma pátria, não possuem vínculos com nenhum país, não respondem às normas gerais que fazem do indivíduo parte de uma nação. São uma "raça desprezada". São "maus vagabundos", sujeitos errantes em quem não se pode confiar pois não possuem meios lícitos de vida, nem hábitos acordados com o que se chama "civilizado". Já no século XVIII, assim eram definidos os vagabundos, como "aqueles que deixando totalmente, de fato e no ânimo, o lugar de sua origem, andam de uma parte para outra e em nenhum lugar têm domicílio permanente".[49]

Não pertencer a nenhuma nação significa escapar ao controle do Estado que se quer regulador de seu "povo". Território e povo, nesta concepção clássica de nação, tornam-se os elementos pelos quais o indivíduo liga-se à pátria e vice-versa. O

---

[49] Constituições primeiras do arcebispado da Bahia. Coimbra, Real Colégio das Artes da Companhia de Jesus, 1720. Apud. Araújo, E. *O teatro dos vícios.*– transgressão e transigência na sociedade urbana colonial. Brasília: UNB, 1993. p. 150.

nomadismo, tal qual o roubo, torna-se uma maneira de trapacear com o Estado. Usá-lo, ocupar o território, mas não ser ocupado por ele. A independência desses grupos, dessa etnia, que não obedece à moral, aos costumes, às leis de uma nação, só pode ser vista como ameaça à ordem vigente. Mais de meio século depois de Pena e Almeida, João do Rio teria uma explicação sociológica para a proliferação dos ciganos nas ruas.

> O Rio tem também suas pequenas profissões exóticas, produto da miséria ligada às fábricas importantes, aos adelos, ao baixo comércio; o Rio, como todas as grandes cidades, esmiúça no próprio monturo a vida dos desgraçados. Aquelas calças do cigano, deram-lhe ou apanhou-as ele no monturo, mas como o cigano não faz outra coisa na sua vida senão vender calças velhas e anéis de *plaquet*, aí tens tu uma profissão de miséria, ou se quiseres, de malandrice – que é sempre a pior das misérias. (Rio, 1995, p. 24.)

O interessante nesta passagem de tempo é que se elimina o registro diferenciador do cigano, tido como um tipo "importado", à parte dos vadios brasileiros, para observá-lo já incorporado a um universo em que os termos malandragem e miséria tornam-se sinônimos. O cigano, antes diferenciado pela marca étnica e cultural, vem juntar-se aos outros tantos miseráveis que tiram do convívio das ruas a forma principal de prover o sustento. A malandragem seria, então, uma decorrência direta de uma sociedade sem oportunidades para os homens e mulheres livres e seria vista como o resultado de um somatório entre um crescimento populacional sem um correspondente crescimento econômico (cf. Cafezeiro; Gadelha, 1996, p. 213).

Entretanto – e esse é o grande diferencial de autores como Martins Pena e Almeida – os malandros do século XIX, apresentados no teatro ou folhetim, não pertencem apenas a um único extrato social. Ainda que possam ser abarcados pelo nome genérico de "homens e mulheres livres", eles representam diversas facetas da sociedade e, mesmo entre eles, apresentam diferenciações hierárquicas. Há uma grande diferença entre usar de *estratégias de malandragem* sob os auspícios da farda de meirinho, como Leonardo-Pataca, ou ser apenas um vadio-tipo, sem profissão, como Leonardo; entre ser um irmão de almas, como Jorge, que se aproveita da opa camufladora para entrar nas casas dos devotos e roubar, e ser um capoeira, como Chico-Juca, ganhando a vida pelo uso da força. A literatura do século XIX será pródiga em ofertar essas diversas variantes de malandragens e malandros. São barbeiros, agregados, comadres, peraltas, diletantes, namorados, vadios, meirinhos, comerciantes que parecem viver sob a égide do irmão de almas Jorge: "Antes que me logrem, logro eu..." (Pena, s/d, p.112).

Martins Pena, à semelhança de Manuel Antônio de Almeida, irá valer-se das convenções teatrais características da comédia como sátira às camadas de homens e mulheres sem profissão. A organização social do Rio de Janeiro é o cenário ideal para o desenvolvimento da obra dramatúrgica de Martins Pena, baseada na criação de tipos satíricos. Será justamente pela via documental que o comediógrafo se tornará mais valorizado. Silvio Romero, um de seus primeiros críticos, ressalta a importância quase pedagógica que as peças de Martins Pena teriam ao retratar e tentar corrigir os "maus costumes" através do riso. "Se se perdessem todas as leis, escritos, memórias da história brasileira dos primeiros cinquenta anos deste século XIX, que está para findar, e nos ficassem somente as comédias de Pena, era possível reconstituir por elas a fisionomia moral de toda época" (Romero apud. Arêas, 1987, p. 16).

Este procedimento de Martins Pena tem objetivos precisos: por meio do retrato satírico das instituições e costumes brasileiros, o comediógrafo ensaia estabelecer um teatro nacional crítico à organização da sociedade de então. A convenção teatral satírica, de Aristófanes ao teatro vicentino, busca "educar" o público, seja pela denúncia do mau comportamento dos poderosos ou como espelhamento do próprio homem comum, como bem exemplifica este trecho de "O sertanejo na corte": "Enquanto instituições sábias não amelhorarem a educação de grande parte dos brasileiros, os ambiciosos terão sempre onde se apoiar. [...] Desgraçada a nação cujos povos vivem na mais crassa e estúpida ignorância!" (Pena, s/d, p. 46).

Como afirma Décio de Almeida Prado (1996, p. 56), Martins Pena visava em primeiro lugar "o público, não uma entidade abstrata, mas o público real, o existente naquele momento no Rio de Janeiro, mesmo que para conquistá-lo fosse necessário lançar mão de todos os truques do ofício, armazenados durante gerações." Mas em "A evolução da literatura dramática", Almeida Prado emite uma outra opinião, igualmente relevante, ao discutir a provável filiação das comédias de Martins Pena

> Mas o problema da afiliação estética não tem maior significação, porque sua obra, pela natureza e intenções, é por assim dizer, aliterária, desenvolvendo-se à margem das discussões teóricas e das polêmicas de escola. Em escala menor, trata-se do mesmo milagre de espontaneidade de *As memórias de um sargento de milícias*. Tanto no romance de Manuel Antonio de Almeida, como nas pecinhas de um ato de Martins Pena,

> escritos quase contemporaneamente, sobressai o mesmo realismo ingênuo, natural, alterado aqui e ali pelo dom da sátira, pelo gosto da deformação cômica. (Prado,1971, p. 46.)

Ao tentar "libertar" o texto de Pena do inacabável jogo de fonte e influências, Almeida Prado acaba aprisionando-o em outra armadilha: a do riso como elemento atemporal, sem conotações com a história e cultura de determinado período e lugar. Esse mesmo "milagre de espontaneidade" parece comparecer quando nos voltamos sobre o malandro do século XIX. Este, como ocorre a Leonardo, parece ter um nascimento extemporâneo, semelhante aos dos heróis maravilhosos. Caímos, no caso de Almeida, na receita do romance alicerçado por um imaginário fabular, e, no caso de Pena, no convencionalismo da comédia sobre bases realistas, sem que, aparentemente, seja possível mediar tais instâncias, ficcionais e históricas.

O milagre de espontaneidade, se há, resulta desses dois autores serem vozes dissonantes não em sua época, mas no panorama de uma crítica literária que não sabe o que fazer com o riso romântico em terras brasileiras. O riso ainda surge como um elemento "excêntrico" na prosa canônica do Romantismo preocupada com a formação nacionalista, ao contrário do que acontecerá na modernidade carioca, abarcando desde autores como Lima Barreto e Arthur Azevedo, passando pelos periódicos humorísticos e teatro de revista. Observado de forma panorâmica, o Rio de Janeiro de meados do séc. XIX surge como uma cidade onde despontam revistas e jornais humorísticos como *A vida Fluminense* e "O mosquito", que obviamente influenciarão e farão eco às críticas mordazes de Almeida e Pena à política e aos hábitos da cidade. Não se trata de um movimento isolado, mas de uma outra vertente do nosso Romantismo defensora do humor na elaboração de uma "comédia de libertação". "A comédia brasileira, rindo dos opressores, marca e assinala o caminho de independência no que esta contém de crítica e de capacidade de formulação de alternativas" (Cafezeiro; Gadelha, 1996, p. 211). Fundada na observação do seu entorno, a obra de Martins Pena e Almeida não abre mão do exagero do cômico, da deformação de seus personagens marcados pelo olhar irônico do autor. Disso não resulta, em última instância, um registro realista, mas uma simulação desse real marcada pela ficcionalidade, pelo exagero, pelas variações modulares do riso arguto, mordaz, histriônico. À apresentação da série sociológica soma-se o olhar do ficcionista de sua época, que vê no exagero dos traços um meio de despertar o público.

Martins Pena e Almeida aproximam-se do gesto do caricaturista que, ao perceber e deformar propositalmente os traços mais característicos de uma fisionomia, revela ao público determinados aspectos anteriormente encontrados em delicada harmonia. Foco posto sobre estes traços, saltam aos olhos a deformidade, o risível, quando mesmo, o grotesco. Esse procedimento não objetiva dar conta da cidade como um todo, nem atribuir sinais de causalidade entre os fatos. A escrita caricatural coloca em relevo certos aspectos da sociedade que a singularizam, beiram o absurdo quando colocados sob a lente de aumento do escritor. A "ausência" dos extremos na obra de Martins Pena e Almeida revela, pela sombra, um país dividido majoritariamente em duas classes: escravizados e senhores. Imprensados entre esses dois grupos, no fio da navalha, esse sistema produz um quadro de homens e mulheres livres, porém sem lugar e função certa na sociedade escravocrata e de base latifundiária.

Surgem daí temas comuns à obra de Martins Pena e Almeida, como a preocupação romântica com a educação do leitor; a denúncia de "maus hábitos"; o retrato irônico de instituições teoricamente ilibadas, como a força policial, a magistratura e o clero. A única "salvação" para os personagens, em especial nas comédias de Pena, parece vir através do "amor verdadeiro". Não o amor dos ultrarromânticos, "babões" como diz Almeida, mas do amor transcendente, imaterial, o amor genuíno da primeira infância, com vistas à formação da família. Não deixa de passar uma lição romântica o escritor de *Memórias*. Lição que percorre toda a literatura do século XIX até desaguar no cancioneiro malandro dos anos 1930 e 1940, em que notamos a mesma divisão entre a "mulher para se casar" e a "mulher da vida".

Se Leonardo é nosso primeiro malandro, Vidinha é por certo a primeira cabrocha de nossa literatura.

> Vidinha era uma mulatinha de dezoito a vinte anos, de altura regular, ombros largos, peito alteado, cintura fina e pés pequeninos; tinha os olhos muito pretos e muito vivos, os lábios grossos e úmidos, os dentes alvíssimos, a fala era um pouco descansada, doce e afinada. Cada frase que proferia era interrompida com uma risada prolongada e sonora, e com um certo caído de cabeça para trás, talvez gracioso se não tivesse muito de afetado. (Almeida, 2010, p.264.)

A este desenho de mulata nacional irão somar-se Rita Baiana, de *O cortiço*, Durvalina, de *Desabrigo*, e as inúmeras mulheres dos sambas cariocas, eternamente cindidas entre as funções de puta ou santa. Carnais e luxuriosas, são a pior desgraça que podem acontecer a um homem. São as mulheres passionais, desenfreadas, ciumentas. Mulheres que se conhecem na vida e na rua, como já sinaliza o próprio nome da modinheira: Vidinha. Dentro de um projeto romântico, obviamente não se rivalizará com uma Luizinha, amor burguês, acalentado pela família, amor que, como irão mostrar futuramente os sambas, regenera. Com Vidinha, a mulata, é permitida a mancebia, "essa caricatura da família", com Luizinha é necessário a legitimação, a aprovação do clero, do mundo do trabalho, da família. Para consumar a união nos moldes burgueses românticos, no entanto, é preciso ser absorvido pelo mundo do trabalho, da "ordem", como nomeia Candido. Promovido a Sargento de milícias, Leonardo pode enfim consumar seu amor romântico. Leonardo, quem diria, parece ser nosso primeiro malandro regenerado.

A relação entre malandragem e amor em Almeida e nos "bons malandros" de Pena será similar a de alguns sambas. Como Claudia Matos já demonstrou, a mulher nos sambas ou aparece como adepta da orgia, da vida boêmia, ou representa o lado ordenado da vida – casamento, trabalho, família. A fala de Matos a respeito da representação das mulheres malandras do samba aplica-se perfeitamente a relação entre Vidinha e Luisinha.

> Sobre tal condição assenta a ambiguidade dessa mulher malandra, sublinhada ainda pela diversidade de reações que seu comportamento provoca, ao mesmo tempo de admiração e reprovação. [...] Ao contrário da mulher doméstica confinada ao anonimato do lar, ela ocupa o centro da cena coletiva, catalizando aspirações e receios generalizados. (1986, p. 156.)

Vidinha, centro das atenções dos dois primos e de Leonardo, é a mulher desestabilizadora da norma, escolhe ao invés de ser escolhida, passional ao contrário de sorumbática.

> Vidinha era uma rapariga que tinha tanto de bonita como de movediça e leve; um soprozinho, por brando que fosse, a fazia voar, outro de igual natureza a fazia revoar, e voava e revoava na direção de quantos sopros por ela passassem; isto quer dizer, em linguagem chã e despida dos trejeitos da retórica, que ela era uma formidável namoradeira, como hoje se diz, para não dizer lambeta, como se dizia naquele tempo. (Almeida, 2010, p. 288.)

Lambetas também foram outras "Vidinhas" que marcaram o samba carioca. Mulheres que recusaram o sistema burguês do casamento e da família, abandonando a ordem a ela destinada. "Cheguei cansado do trabalho/logo a vizinha me falou/ Ó seu Oscar tá fazendo meia-hora/ que sua mulher foi se embora/Um bilhete lhe deixou/E o bilhete assim dizia:/'Não posso mais eu quero viver na orgia'" ("Ó seu Oscar" – Ataulfo Alves e Wilson Batista - 1939). Agem do mesmo modo que os malandros, oscilam entre a negação do papel a elas atribuído pela sociedade e a regeneração.

Paralelo à censura oficial do Estado Novo, coibindo a expressão malandra a partir dos anos 1930, subsiste um discurso romântico cindido entre a normatização burguesa e a diferenciação marcada pela vivência boêmia. Para os autores românticos aqui analisados a decisão é clara: o casamento suplanta a paixão, ainda que o próprio Leonardo se admire "de como havia podido inclinar-se por um só instante a Luisinha, menina sensaborona e esquisita, quando havia no mundo mulheres como Vidinha" (Almeida, 2010, p. 272).

Antes da censura varguista perseguir os sambistas malandros, nossos autores dos oitocentos já criavam personagens tensionados pelas instâncias da transgressão e da aceitação às normas sociais. Por isso, minha dificuldade particular em acreditar no aparecimento, primeiramente, de um malandro avesso ao trabalho e ao casamento, e, em seguida, no surgimento de um malandro regenerado pela coibição da censura. Estas duas facetas da malandragem articulam-se entre si e em relação ao momento histórico, uma não prescinde da outra. Em alguns momentos, vemos o imaginário da nação refletir o orgulho da esperteza, da astúcia, das manhas de seus habitantes; em outros, atribuir ao caráter preguiçoso, individualista, espertalhão desse mesmo povo os males da nossa constituição.

A censura estadonovista deposita uma outra camada, talvez mais óbvia, mas não pioneira, na relação secular do Estado com os vadios e malandros. Repressão e cooptação dos indivíduos e dos discursos malandros para um presumível lado da ordem caminham juntos. Os círculos da ordem e o da desordem não se encontram tão afastados assim; observadas de perto, fronteiras entre o lícito e o ilícito aproximam-se dependendo dos interesses em jogo.

Os personagens de Martins Pena – um desfile de juízes, padres, policiais, sogras, namoradeiras, agregados – transitam sem pudor entre estas instâncias, da mesma forma que os conceitos de privado e público parecem se diluir. Martins Pena posiciona-se na soleira da porta de entrada, olhando, ao mesmo tempo, para o mundo das relações íntimas e das supostas leis de caráter impessoal que deveriam reger o cotidiano dos homens e mulheres na Corte.

Mas, como diz D. Maria ao Major Vidigal, força suprema do polícia no período joanino, "– Ora, a lei...o que é a lei, se o senhor major quiser?" (Almeida, 2010, p. 358). Nessa brilhante frase de Almeida pode ser resumido o panorama da época: de um lado a lei, princípio universalizante; de outro, o querer, a vontade pessoal, a prevalência do privado. A questão já traz consigo a própria resposta: o desejo pessoal, nas mãos de quem detém o poder, prevalece sobre a letra da lei. Uma pequena observação: sempre bom lembrarmos que a escravatura já foi legal, assim como a lei da vadiagem, a subjugação oficial da mulher à família e tantas outras leis desumanizadoras, racistas e misóginas. Evidencio aqui como a construção da sociedade brasileira oitocentista não prescindirá de "padrinhos" e "madrinhas", intercessores capazes de encontrar brechas para seus "afilhados".

Nesta equação, não há mais espaço para uma divisão rígida entre o mundo da ordem e da desordem. Ordem e desordem são fatores flutuantes, não externos ao indivíduo; pelo contrário, são expressamente determinados pela vontade desse indivíduo que, na maioria das vezes, tem algumas cartas na manga. O pedido pessoal – desde o simples choro, passando pela pequena chantagem, até a promessa de concubinato – é capaz de produzir resultados rápidos, eficazes e que independam dos ditames generalizantes da lei. É preciso sempre ter em mãos uma mercadoria a ser negociada. Martins Pena será um dos maiores críticos desse sistema personalista e corrupto. Ambrósio, personagem de *O Noviço*, homem que tem como profissão na vida casar-se com mulheres ricas e depois fugir com suas fortunas, representa bem este tipo, conhecedor das brechas da justiça.

> Há oito anos eu era pobre e miserável, e hoje sou rico, e mais ainda serei. O como não importa; no bom resultado está o mérito... Mas um dia tudo pode mudar. Oh, que temo eu? Se em algum tempo tiver que responder pelos meus atos, o ouro justificar-me-á e serei limpo de culpa. As leis criminais fizeram-se para os pobres... (Pena, s/d, p.25.)

Em um país onde as leis continuam a ser feitas apenas para os marginalizados, não é de se admirar que os ricos criminosos se sintam seguros e confortáveis; os pobres, em geral, repudiem o trabalho; e os malandros negociem constantemente com os limites do ilícito. Criminoso parece ser o malandro que é pego. O noviço Carlos é absolvido de suas mil artimanhas, em muitas semelhantes as de Ambrósio, por ser movido pelo senso de justiça e o amor romântico. Enquanto Ambrósio usa o casamento como meio de enriquecimento, Carlos almeja seguir sua vocação pessoal: ser militar e casar-se com a prima Emília. Os enganos, as ameaças, as chantagens, os disfarces são simétricos entre os dois personagens, a diferença está na oposição criada pelo comediógrafo entre o amor romântico e a acumulação de capital.

O mesmo procedimento aparece em *O judas em sábado de aleluia*. Faustino, funcionário da Guarda Nacional, disputa com o Capitão Ambrósio o amor da namoradeira Maricota. No decorrer da peça somos informados de uma prática usual do Capitão: cobrar dos guardas parte do salário em troca da dispensa do trabalho de rondas. Os que não "pagam para a música", como o método é chamado, acabam tendo como destino a prisão. Como afirma o próprio Capitão: "– Ou paguem ou trabalhem." Faustino termina por descobrir que mais da metade da companhia já não trabalha, e ameaça o Capitão de denunciá-lo aos seus superiores. Em troca exige ser dispensado "de todo o serviço da Guarda Nacional" (Pena, s/d, p.99).

À primeira vista, o término da peça seguiria os moldes do final em lição edificante, com os "maus" sendo punidos. Entretanto, Martins Pena mistura elementos do final exemplar – "É este o fim de todas as namoradeiras: ou casam com um gebas como este, ou morrem solteiras!" – às condições sociais e culturais daquele momento histórico. "Os falsários já não morrem enforcados; lá se foi esse bom tempo! Se eu o denunciasse, ia o senhor para a cadeia e de lá fugiria, como acontece a muitos de sua laia. Este castigo seria muito suave..." (Pena, s/d, p. 104).

Se o próprio sistema policial se mostra atingido por oficiais corruptos, Martins Pena, pela voz de Faustino, encarrega-se de encomendar soluções pontuais que não envolvem a presença da justiça ou de qualquer outra representação de ordem pública. Assim, os "castigos" não são exemplares, pois se restringem às possibilidades daquele momento da vida na Corte, onde o palco surge como espaço privilegiado de denúncia e educação do povo citadino. O parecer do censor Manuel Ferreira Lagos sobre a referida peça segue a mesma linha.

> Sou de parecer que o Conservatório Dramático Brasileiro deve não só permitir, mas até recomendar sua representação, pois ao merecimento de ser uma obra original de punho brasileiro, já bem conhecido por várias outras produções geralmente aplaudidas em nossos teatros, junta o de não conter expressão alguma que vá de encontro à moral pública,

> religião e bons costumes, combatendo antes, com jocosidade, certos abusos e ridículos que infelizmente se têm introduzido em algumas classes do nosso país. (Magalhães, Jr, 1972, p. 77.)

Diante do absurdo dos comportamentos relatados por Pena, o riso torna-se arma contundente. As "soluções" propostas em *O judas em sábado de aleluia* não oferecem uma correção das instituições públicas, mas sim dos indivíduos. A sentença "Ora, o que é a lei se o senhor quiser?", proferida em *Memórias de um Sargento de Milícias*, é apropriada por Faustino ao incorporar a função de juiz e "condenar" o falsário Antônio João a casar-se com a namoradeira Maricota: "Eis aqui o que lhe destino. É moça, bonita, ardilosa e namoradeira; nada lhe falta para seu tormento. Esta pena não vem no Código; mas não admira porque lá faltam outras coisas" (s/d, p.102).

Da soleira da porta para a rua Martins Pena espia a desorganização social e o abuso das classes dirigentes do poder, especialmente, em relação ao homem livre e remediado. Na ausência do cumprimento do código penal, a "justiça", quando feita, emerge dos arranjos realizados da porta de casa para dentro. O espaço do privado, com seus empenhos, pequenas chantagens e enganos, irá proporcionar soluções diante da inoperância dos sistemas públicos. Martins Pena apresenta personagens tensionados entre o cumprimento da vocação pessoal e romântica e os desígnios da sociedade patriarcal, autoritária e centralizadora. Surge desse quadro um registro que beira o absurdo e provoca o riso, como é possível observar em "O noviço":

> Este nasceu para poeta ou escritor, com uma imaginação fogosa e independente, capaz de grandes cousas, mas não pode seguir a sua inclinação, porque poetas e escritores morrem de miséria, no Brasil... E assim o obriga a necessidade a ser o mais somenos amanuense em uma repartição pública e a copiar cinco horas por dia os mais soníferos papéis. O que acontece? Em breve matam-lhe a inteligência e fazem do homem pensante máquina estúpida, e assim se gasta uma vida. É preciso, é já tempo que alguém olhe para isso, e alguém que possa. (Pena, s/d/,p. 121.)

O "alguém que possa", por certo, poderia ser o próprio Martins Pena, ele próprio amanuense. A burocracia do funcionalismo público surge como um meio de sustento e de controle – "matam-lhe a inteligência" – da intelectualidade brasileira. É preciso, afinal, encontrar ocupação para este contingente de homens livres que, dependendo da camada à qual pertencem, recusam-se a empregar suas forças em ofícios comuns. A princípio, esse comportamento seria explicado pela má remuneração conferida às pequenas profissões. No entanto, o problema toca noutro ponto. A escolha de certas profissões, notadamente as representantes das grandes instituições como o clero, as forças policiais, a magistratura etc., permite ao indivíduo, a palavra não é outra, extorquir dinheiro e benesses dos que estão abaixo numa escala hierárquica.

> Pimenta – [...] Torno a dizer, feliz a hora que deixei o ofício [de sapateiro] para ser cabo-de-esquadra da Guarda Nacional! Das guardas, das rondas e das ordens de prisão faço o meu patrimônio. Cá as arranjo de modo que rendem, e não rendem pouco...
> Maricota – [...] Quando meu pai trabalhava pelo ofício e tinha um jornal certo, não podia viver; agora que não tem ofício nem jornal, vive sem necessidades. Bem diz o Capitão Ambrósio que os ofícios sem nome são os mais lucrativos. (Pena, s/d, p. 88.)

Como diz Vilma Arêas (1987, p. 158), "a transgressão do pequeno não fazia mais que reproduzir em escala ordinária o modelo de corrupção dos grandes, esta com o beneplácito da lei". Absurdo formado pela constituição da sociedade brasileira: por ter a lei ao seu lado, o policial, padre ou juiz tornam-se mais violentos, autoritários e substituem o ardil usual aos malandros, pela extorsão pura e simples. A sagacidade, a esperteza, a lábia são substituídos por uma autoridade assegurada pelas leis. Quanto mais respaldados pela lei, mais estes personagens de Pena aparecem como criminosos e corruptores. A certeza da impunidade os tranquiliza. E talvez seja este o ponto crucial na diferenciação entre estes tipos e os malandros oficialmente marginalizados.

Institucionalizados, contando com a lei a seu lado, estes malandros se fixam, perdem a principal característica que lhes confere identidade: a mobilidade. Leonardo é o grande exemplo. Vadio, malandro, ele percorre as ruas da cidade; dorme com ciganos, conhece as festas e patuscadas, ouve serestas, vive como agregado em concubinato com sua Vidinha. Herdeiro de seu pai, Leonardo-Pataca, passa-se irremediavelmente para o lado do trabalho e do casamento. Torna-se, por seu turno, outro Leonardo-Pataca, dando continuidade, muito provavelmente, ao sistema de extorsões em benefício da acumulação de capital. A cidade, para este malandro fixado, torna-se, como mostra Almeida no início do romance, apenas uma esquina. Uma esquina como a formada pelas ruas do Ouvidor e da Quitanda; um "canto de meirinhos". Uma esquina formada pelo encontro da legalidade das leis e da ilegalidade do abuso autoritário. O mundo diminui para estes malandros e entristece para escritores e leitores que perdem de vista a cidade semovente, as frestas. Aparece, como diz Almeida no encerramento do livro, "o reverso da medalha".

O malandro cooptado, ainda que seja de certa forma um transgressor, é um malandro fixado. Sua transgressão tem método, norma e, até certo ponto, é esperada como fator que assegura a permanência da injustiça social. Não precisam mais se preocupar com o limite entre a contravenção e o crime, entre o lícito e o ilícito, com a lábia. Criminosos têm a lei ao seu lado, podem abrir mão das frestas, da mobilidade, do escape, da negociação. Parodiando Martins Pena, em pouco tempo matam-lhe a inteligência e sobrevém apenas a violência em suas múltiplas facetas.

Outros indivíduos e grupos restarão à margem, não assimilados à "malandragem oficial", seja por questões raciais, culturais ou mesmo como escolha individual. Os ciganos, nômades, não fixos, não confiáveis, serão um destes tipos de ociosos e vadios marginalizados pela sociedade de normas ocidentalizadas. Incapaz de seduzi-los ou cooptá-los, termina por expulsá-los, física e simbolicamente. Os negros serão o outro grupo.

A cultura do ócio no Romantismo

Para os primeiros cronistas aportados em terras brasileiras, estrangeiros em viagem ou contratados pelo governo, a explicação para a decantada preguiça dos trópicos é justificada pela escravidão.

> É que o negro cativo fazia tudo dentro de casa e, fora, ainda proporcionava bom rendimento a seu dono, o qual recebia dele uma féria diária ou semanal proveniente de que vendesse ou do aluguel ou do seu trabalho. [...] De resto, isto constituía motivo de consideração social: quanto maior o número de escravos, tanto mais ascendia o prestígio de quem os possuísse. (Araújo, 1993, p. 87.)

O indivíduo negro é tanto bem material como bem simbólico. Sua "posse" dignifica o senhor da mesma forma que desqualifica o trabalho braçal. Por essa lógica, não há nada de incongruente no sonho dos chamados homens e mulheres remediados, incluindo os próprios escravizados libertos, ao passar a incluir a compra de escravos de ganho, emulando uma suposta ascensão social e eximindo-lhes, ao máximo, de qualquer humilhante tarefa braçal.

> É a esses negros carregadores, que passeiam com o cesto no braço e a rodilha dependurada a tiracolo, que se dá o nome de *negro de ganho*. Espalhados em grande número pela cidade, apresentam-se imediatamente ao aparecer alguém à porta, tendo-se tornado tanto mais indispensáveis quanto o orgulho e a indolência do português consideram desprezível quem se mostra no Brasil com um pacote a mão, por menor que seja. (Debret, 1954, p.159 – grifo no original.)

A sentença de Debret não é mera retórica. Declara o pintor francês ter visto uma escrava carregando o lencinho de mão de sua senhora, ou ainda um negro de ganho carregando um enorme cesto no qual se via apenas um lápis de cor. Situações risíveis se não fossem apenas uma faceta de um sistema escravista que vilipendiou, violentou e massacrou milhares de africanos e negros brasileiros. Cria-se assim um ciclo, quanto mais escravizados se tem, maior status esse senhor terá entre os seus pares. No entanto, o maior número de escravizados domésticos impõe também uma diminuição das tarefas a cumprir. Tornam-se escravizados de "aparência", bens supérfluos e ociosos agindo a favor de uma despesa funcional.

Aos olhos dos viajantes europeus, munidos de uma mentalidade capitalizada, torna-se incompreensível entender como brasileiros e portugueses preferem o ócio, o tempo livre, à geração de empregos, fortuna e capital. "Era muito importante, principalmente para o estrangeiro que desejasse comprar alguma coisa numa loja, evitar de perturbar o jantar do negociante pois este, à mesa, sempre mandava dizer que não tinha o que o cliente queria" (Debret, 1954, p. 135). As razões para isso, continua Debret, era o intenso calor, responsável pelo comportamento dos homens, em casa, desprovidos de etiqueta e negligentes com os trajes, além de uma natural "disposição para o sossego". Na leitura dos escritores viajantes estrangeiros, o elemento branco, o português, será tomado como indolente. Visão oposta construída pelo imaginário nacional que ligará o índio, em primeiro lugar, e posteriormente, o negro, ao âmbito da preguiça e da aversão ao trabalho.

> As ruas enchem-se apenas de figuras hediondas de negros e negras escravos, que a indolência e a avareza, muito mais que a necessidade, transplantam das costas da África para servir a magnificência dos ricos e contribuir para o ócio dos pobres, que para eles transferem seu trabalho. (Frézier, apud Araújo, 1993. p. 94.)

Não se trata apenas de descrever a preguiça e a indolência dos moradores dos trópicos. Trata-se do confronto entre duas formas de compreensão do trabalho, do capital, e do próprio valor social da riqueza. Não é à toa a contraposição de *Memórias de um sargento de milícias* à *Letra Escarlate, feita por Candido*, ou a oposição entre *o semeador português e o ladrilheiro espanhol, em Raízes do Brasil,* de Sérgio Buarque de Hollanda. Para o sociólogo, o português relapso, semeador apenas da costa brasileira, ocioso e escravista, será a fonte dos nossos males; para Candido este "mundo sem culpa" surge como uma possibilidade de se pensar o país a partir de valores localistas e não de ditames civilizatórios trazidos pelo olhar do outro.

O pensamento opositivo e valorativo de Buarque de Hollanda transforma-se em Candido na dialética devoradora do olhar do outro sobre nós. O malandro metaforiza este movimento. Ao investir na sua singularidade, ele não perde o outro de vista por nenhum segundo. Sabe quais são as regras. Ver e ser visto, para em seguida modificar-se novamente e garantir um novo golpe. Nesse sentido, é possível retribuir o olhar do outro sobre nós e percebermos que no discurso desses escritores-viajantes há um discurso de base iluminista convivendo com um pensamento burguês, capitalista, sem eco (ainda) em terras brasileiras. "Como é possível ao negociante não atender a um comprador?" é a pergunta subliminar feita por Debret. Como é possível aos brasileiros preferirem o convívio com esses "negros hediondos" ao trabalho livre, assalariado, partilhado apenas pelos iguais?, pergunta-se Frézièr.

O Rio de Janeiro da primeira metade do século XIX será lugar consagrado ao ócio, assegurado pela escravidão e por uma cultura que tem a vadiagem como um dever quase aristocrático. O que nos diferencia, aos olhos do outro, é tomado como primitivismo, atraso. A mesma aversão ao trabalho é tomada como sinal de positividade quando examinada a partir das classes mandatárias. O trabalho próprio não enriquece ou confere status, como creem aqueles que compartilham de uma ética capitalista, protestante, burguesa. É a ociosidade, a exploração do outro para lucro próprio. "E o ócio, ou a demonstração social do ócio, era o mais importante signo de abastança, ou de conforto, ou de 'vida digna' de quantos pudessem ter escravos para mostrar poder, para dispor de mais tempo livre em seu trabalho [...]" (Araújo, 1993, p. 95).

Se aprender um ofício manual é considerado degradante, as profissões mais procuradas serão por certo as de ordem intelectual. Como nota Thomas Ewbank (1976, p.145), em 1846, as profissões de médico, funcionário público, militar, sacerdote e advogado serão as mais procuradas. O barbeiro, padrinho de Leonardo, parece ter visão semelhante:

> Pelo ofício do pai... (pensava ele) ganha-se, é verdade, dinheiro quando se tem jeito, porém sempre se há de dizer: – ora, é um meirinho!... Nada... por este lado não... Pelo meu ofício... Verdade é que eu arranjei-me (há neste *arranjei-me* uma história que havemos de contar), porém não o quero fazer escravo dos quatro vinténs dos fregueses... Seria talvez bom mandá-lo ao estudo... porém para que diabo serve o estudo? Verdade é que ele parece ter boa memória, e eu podia mais para diante mandá-lo a Coimbra... Sim, é verdade... eu tenho aquelas patacas; estou já velho, não tenho filhos nem outros parentes... mas também que diabo se fará ele em Coimbra? licenciado não: é mau ofício; letrado? era bom... sim, letrado... mas não; não, tenho zanga a quem me lida com papéis e demandas... Clérigo?... um senhor clérigo é muito bom... é uma coisa muito séria... ganha-se muito... pode vir um dia a ser cura. Está dito, há de ser clérigo... (Almeida, 2010, p. 56 – grifo no original.)

O barbeiro ensaia um movimento inusitado. Transformar o valdevinos, o viramundo, o vadio-tipo, o malandro, designações pelas quais Leonardo é identificado ao longo do romance, em um tipo dentro das (tortuosas) regras da sociedade de então. O objetivo é encontrar uma profissão que una a boa posição dentro da sociedade às facilidades de se ganhar dinheiro. Ao homem livre, sem condições de adquirir escravos, resta empregar-se em ocupações e tarefas que equacionem a lei do menor esforço ao máximo de lucratividade. Para muitos, como Leonardo, incapazes de se empregar no clero ou atividade semelhante, a principal função passa a ser a de agregado.

No dizer de Roberto Schwarz, o agregado aparece como a caricatura do homem livre, na verdade dependente do sistema de classes escravocrata. O *favor* será a maneira pela qual esses homens livres alcançarão algum ganho pessoal, não necessariamente significando o acúmulo financeiro. Pelo contrário, no Rio de Janeiro retratado em *Memórias* veremos como o dinheiro em circulação é praticamente inexistente. As relações pessoais são regidas pelo favor.

> Assim, com mil formas e nomes, o favor atravessou e afetou no conjunto a existência nacional, ressalvada sempre a relação produtiva de base, esta assegurada pela força. Esteve presente por toda parte, combinando-se às mais variadas atividades, mais e menos afins dele, como administração,

> política, indústria, comércio, vida urbana, Corte etc. Mesmo profissões liberais, como a medicina, ou qualificações operárias, como a tipografia, que, na acepção européia, não deviam nada a ninguém, entre nós eram governadas por ele. [...] *O favor é a nossa mediação quase universal* – e sendo mais simpático do que o nexo escravista, a outra relação que a colônia nos legara, é compreensível que os escritores tenham baseado nele a sua interpretação do Brasil, involuntariamente disfarçando a violência, que sempre reinou na esfera da produção. (Schwarz, 1988, p.16 - grifo no original.)

Na mesma linha de Sérgio Buarque de Hollanda, Schwarz irá atacar o elemento que – acertadamente ou não – nos diferencia. Por certo, o favor cria uma sociedade cordial, baseada na exceção e não na regra, no personalismo. Este mesmo favor rearranja a relação coletividade/indivíduo e permite formas criativas, próprias de se caminhar pelas brechas do sistema. A palavra "favor", nesse contexto, não pode mais ser considerada exata. Pois o favor indicaria uma fixidez de papéis já que nessa acepção sempre o mais poderoso iria se beneficiar do outro. Trata-se mais de uma *negociação*, em bases personalistas, com inúmeras variantes: desde o simples pedido até a sutileza de uma chantagem. A negociação é capaz de suspender, ainda que temporariamente, a hierarquia social, e oferecer um espaço de trocas pontuais, prontas a desaparecem logo que um dos indivíduos não possua mais mercadoria a ser trocada.

Só o olhar minucioso de um escritor como Machado de Assis é capaz de perceber essas variações nas relações entre senhor e homem livre. Em *Dom Casmurro*, Machado de Assis nos apresenta logo nos primeiros capítulos um personagem que irá, em vários momentos, interferir no amor de Bentinho e Capitu: o agregado José Dias. O narrador nos conta que este, há muitos anos, apareceu na fazenda da família apresentando-se como médico homeopata; pela sua eficácia e humildade, em pouco tempo passou a morar na casa sem nada receber além de abrigo e comida. Por fim confessou-se um charlatão, mas aí já era tarde; aprendera a fazer-se aceito e necessário, "sabia opinar obedecendo."

Esta característica parece fazer parte do agregado; aprende a ouvir e a falar nas horas certas, de modo a inverter o sinal hierárquico, e passa a ser o senhor a precisar dos favores. "Ao cabo, era amigo, não direi ótimo, mas nem tudo é ótimo neste mundo. E não lhe suponhas alma subalterna; as cortesias que fizesse vinham antes do cálculo que da índole" (Assis, 1975, p.73). Cortesias que valiam a José Dias uns cobres de D. Glória, mãe de Bento, e outros tantos do Tio Cosme.

O escritor brasileiro oferece ao leitor o contato com o temporário, o imprevisível de nossas relações, exceções diante das ideias liberais. Entre senhores, clero e escravos, essa classe de homens e mulheres livres – desde o simples agregado até os profissionais liberais – compartilham de sistemas de negociação pontuais e de complexa generalização. Machado de Assis nos ensina que a hierarquia social entre um senhor ou senhora e o agregado cumpre regras não ditas diversas dos moldes usuais empregados entre senhores e escravizados. A dependência financeira do agregado para com a família acolhedora é passível de ser revertida através da síntese: fazer-se necessário.

José Dias faz parte de uma classe de agregados que recorrem à *estratégia da malandragem*. Ao contrário de outras crias da casa (neste caso encontramos o barbeiro de *Memórias*) que servem apenas como criados, a moeda de troca do personagem de Machado não é a força física ou alguma outra habilidade doméstica, mas sim o escutar e o falar. Faz-se necessário porque descobre as fraquezas do outro e/ou segredos. Assim ele é sempre a resposta para o que *falta* na casa. Muda de máscara de acordo com a necessidade: é o homeopata, o parceiro de gamão, o ledor de histórias, o ombro amigo na dor, o conselheiro, o fazedor de contas, o fofoqueiro, o "jeitoso", como diz Bentinho. Assumirá tantas formas quantas forem necessárias a sua sobrevivência e aos seus interesses.[50]

Manuel Antonio de Almeida vai além e tece as duas possíveis variações de agregados no século XIX.

> Em certas casas os agregados eram muito úteis, porque a família tirava grande proveito de seus serviços [...]; outras vezes, porém, e estas eram em maior número, o agregado era um refinado vadio, era uma verdadeira parasita que se prendia à árvore familiar, que lhe participava da seiva sem ajudá-la a dar os frutos, e o que é mais ainda, chegava mesmo a dar cabo dela. E o caso é que, apesar de tudo, se na primeira hipótese o esmagavam com o peso de mil exigências, se lhe batiam a cada passo com os favores na cara, [...] no segundo aturavam quanto desconcerto havia com paciência de mártir; o agregado tornava-se quase rei em casa,

---

[50] Incluo nesta análise o capítulo chamado "Um agregado", de Machado de Assis, publicado em *A República*. Rio de Janeiro: 1896. Este texto, com algumas modificações, seria incorporado à narrativa de *Dom Casmurro*. In. *Dom Casmurro – Edições Críticas de Obras de Machado de Assis*. Rio de Janeiro: Civilização Brasileira, 1975.

punha, dispunha, castigava os escravos, ralhava com os filhos, intervinha enfim nos mais particulares negócios. (Almeida, 2010, p. 286.)

Leonardo corresponde ao segundo tipo descrito, enquanto seu padrinho, o barbeiro, torna-se "útil". Enjeitado pela família de origem, ele aprende na casa de um barbeiro o mesmo ofício. Já oficial ainda é obrigado a dar ao mestre o resultado de seu trabalho, além de ser utilizado no serviço doméstico. Ao fim de tantos desmandos e humilhações, ele termina por fugir da casa. "Tinham-lhe criado; ele tinha servido" é a sentença que, amargamente, encerra uma convivência de anos em casa de estranhos. Nenhum laço afetivo como o que unirá Leonardo à família de Vidinha. Apenas uma relação de uso. O que os diferencia?

Usualmente, no Rio antigo, a profissão de barbeiro era de domínio dos negros. Esta prática chamou a atenção de Debret e o levou a retratar o cotidiano de barbeiros ambulantes, geralmente muito pobres, e de barbearias cujos donos eram negros livres: "[...] o oficial de barbeiro no Brasil é quase sempre um negro ou pelo menos escravo" (Debret, 1954, p. 155). É bem provável que o padrinho de Leonardo pertença a essa classe de negros que se dividem entre as funções de barbeiro, cabeleireiro, aplicador de sanguessugas e sangrias e, claro, músico.

> As festas daquele tempo eram feitas com tanta riqueza e com muito mais propriedade, a certos respeitos, do que as de hoje: tinham entretanto alguns lados cômicos; um deles era a música de barbeiros à porta. Não havia festa em que se passasse sem isso; era coisa reputada quase tão essencial como o sermão; o que valia porém é que nada havia mais fácil de arranjar-se; meia dúzia de aprendizes ou oficiais de barbeiro, ordinariamente negros, armados, este com um pistão desafinado, aquele com uma trompa diabolicamente rouca, formavam uma orquestra desconcertada, porém estrondosa, que fazia as delícias dos que não cabiam ou não queriam estar dentro da igreja. (Almeida, 2010, p.135.)

Enquanto a presença dos escravizados é praticamente suprimida do relato de *Memórias*, o negro liberto é a ele acrescido como forma de inserção de diferentes manifestações culturais dos homens livres na cidade. No lugar do retrato da escravidão, Almeida nos oferece a vivência da cultura negra. Desfilam pelo livro procissões religiosas repletas de sincretismo, música de barbeiros, modinheiros, capoeiras, festas etc. A presença negra desloca-se do indivíduo para a cultura, já dinâmica, já incorporada ao cotidiano de uma camada social que acolhia elementos vindos de diferentes nações e com diversas funções sociais.

Antes que os brancos frequentassem as festas de Tia Ciata, Almeida faz Leonardo-Pataca ir buscar ajuda de um feiticeiro negro no Mangue, perto da Cidade Nova, já denunciando aí que "muitas pessoas da alta sociedade de então iam às vezes comprar venturas e felicidades pelo cômodo preço de algumas imoralidades e superstições" (Almeida, 2010, p.63, p. 22). Antes que as festas tomadas pela música negra se popularizassem, Almeida já nos oferece patuscadas em que o português canta modinhas saudosas de sua terra enquanto os brasileiros cantam o fado nacional acompanhados pela rabeca do barbeiro.

O escritor nos revela uma sociedade fragmentada no interior dela mesma. A convivência dos tipos não faz desaparecer a violência, a ocupação quase territorial da cidade loteada entre capoeiras, granadeiros, vadios. Nasce daí uma cidade dentro da cidade oficial – mediada pelo olhar ora "sem culpas", ora moralista do autor – em que não vigora um modelo de conduta moral rígido como acontece na representação da "boa sociedade".

Esquecidos, esses homens e mulheres misturam-se pelas ruas e casas, não de maneira absolutamente edênica, como seria agradável às visões do paraíso; tampouco são a raiz de todos os males, como querem outros. Antes de estarem "fora do lugar", para valer-me da expressão cunhada por Roberto Schwarz, esses homens e mulheres misturam-se de maneira tensionada, testando os limites do poder sobre o "outro", da violência, da coerção, da chantagem, mas igualmente do erotismo, da sedução e da palavra.

Fechando a gira

> *O malandro não desapareceu. Transformou-se, simplesmente,*
> *com sua cabrocha, para tapear a polícia.*
> Noel Rosa.
> *Noel Rosa – uma biografia*
> João Máximo e Carlos Didier

A malandragem acabou. Concluísse este trabalho desta forma e não estaria de todo errada. Faria coro a compositores como Moreira da Silva, o autointitulado "último malandro". Poderia também acompanhar acadêmicos como Claudia Matos e Gilberto Vasconcellos que acreditam que a malandragem desapareceu nos anos 1970 por não ser mais possível um Brasil com aquele "suporte sociológico que ancorou a vadiagem na música popular" (Vasconcellos, 1977, p.109). Ou como diz Matos (1986, p. 14), "hoje ele [o malandro] está praticamente desaparecido e só é retomado em seu caráter histórico, como no samba de Chico Buarque de Hollanda."

Ou ainda, poderíamos dizer que o Rio de Janeiro não comporta mais aquela tal malandragem em que o relógio era chamado de "bobo" por trabalhar de graça. Agora, o tempo se transfigurou em dinheiro e até a marginalidade foi absorvida por esta nova ordem do capital. Torna-se mais interessante uma sociedade repleta de traficantes, milicianos pondo capital em circulação do que a contínua negação malandra ao acúmulo de bens, ao crime institucionalizado. À nova ordem mundial não caberiam fronteiras móveis, negociações, mobilidade. É preciso dizer à qual facção, à qual grupo, se pertence. Ou ainda ascender, como fazem os malandros capitalizados, e participar dos grandes golpes que usurpam os cofres do país. Das negociações transformadas em negociatas. Poderia fazer eco a quaisquer destas conclusões e estaria correta.

Parto em direção a outras veredas. Compartilho das observações de Márcia Regina Ciscati. Em pesquisa de abordagem sociológica a respeito da malandragem paulista, Ciscati (2001, p.222) revela que seus entrevistados ao afirmarem o fim da malandragem recriam uma figura heroica do malandro e uma cidade assemelhado ao paraíso. Nesse movimento nostálgico, lamenta-se o desaparecimento de uma "ética da malandragem" que, apesar da miséria, não se rende totalmente nem à criminalidade, nem ao mundo dos malandros oficiais. Como diz Noel Rosa em "O X do problema" (1936): "Palmeira do Estácio/Não vive na areia de Copacabana."

Temos aqui um atrito entre a visão convencional do malandro – aí incluindo intelectuais e escritores – e as diversas estratégias de representação da malandragem. Desde Mário de Andrade, com sua emblemática frase a respeito de *Memórias de um sargento de milícias*: "O livro termina quando o inútil da felicidade principia.", os malandros que mudam de lado são entendidos como cooptados ou traidores da classe. Bem lá no fundo, estes malandros não deveriam ser tão espertos assim, tão anti-heróis da classe oprimida. Malandros como os de Chico Buarque, desaparecidos para dar lugar ao trabalhador oprimido ou ao deputado federal. Mas, afinal, essa malandragem tem um compromisso com a mobilidade até que ponto? Isto é, nossa visão, esta sim elitizada, não permite ao malandro, aprisionado no Estácio e nos anos 1930, ultrapassar essas fronteiras, cameleonicamente, e adaptar-se às novas realidades?

A mira fixa dos nostálgicos não é, e nunca foi, apta a perceber as constantes modificações desse sujeito. Paradoxo da representação malandra. Quando falamos em tipo literário nos referimos a personagens de características imutáveis, passíveis de serem reconhecidos por qualquer leitor. No entanto, o malandro se revela na ambiguidade do par fixação/mobilidade. Tipo zero no dizer sempre astuto de Noel Rosa.

Tipo Zero (1934)

Você é um tipo que não tem tipo
com todo tipo você se parece,
e sendo um tipo que assimila tanto tipo
Passou a ser um tipo que ninguém esquece

Quando você penetra no salão
e se mistura com a multidão
Você se torna um tipo destacado
Desconfiado todo mundo fica

Que o seu tipo não se classifica
Você passa a ser um tipo desclassificado

> Eu até hoje nunca vi nenhum
> Tipo vulgar tão fora do comum
>
> Que fosse um tipo tão observado
> Você ficou agora convencido
> Que o seu tipo já está batido
> Mas o seu tipo é o tipo do tipo esgotado.

Como atentam os biógrafos de Noel, João Máximo e Carlos Didier, a música transita entre os vários significados possíveis do termo "tipo", chegando à conclusão que o sujeito reduzido à mera cópia, incapaz de ser classificado e por isso desprovido de qualidades, torna-se um tipo esgotado. O tipo batido, destacado, observado, torna-se impossível de passar anônimo pelo salão. Torna-se um simulacro de si mesmo. Uma cópia da cópia, terminando por perder os contornos de singularidade e tornar-se um estereó(tipo). A etimologia do termo já revela essa nova função da malandragem: soma-se o termo grego "stereo", cujo significado é duro, firme, ao "typos", molde, cunho. Cria-se um signo ideal, sem confrontos entre significado e significante. O estereótipo perde sua função de tipo por não mais interferir no contexto histórico e ficcional, mas reafirmar um imaginário inventado que prescinde do tempo. Fora do tempo, o tipo literário que se queria mediador e crítico de sua época torna-se meramente ilustrativo, inofensivo, pitoresco, exótico.[51]

Mas Noel Rosa é um sujeito surpreendente. Quando acreditamos que o decodificamos, ele passa nossa frente. "Tipo Zero", apresentado acima, é a segunda versão de outro samba de mesmo nome composto também em 34.

Tipo Zero

> Você é um tipo que não tem tipo
> Com qualquer tipo você se parece,
> E sendo um tipo que assimila,
> Tanto tipo, passou a ser um tipo,
> Que ninguém esquece:
> O tipo zero não tem tipo.

---

[51] Para uma outra leitura de "Tipo Zero" na clave do tipo ideal/estereótipo ver Misse, M. "Tradições do banditismo urbano no Rio: invenção ou acumulação social?". *Revista Semear*, Rio de Janeiro: PUC-Rio, n. 6, p. 208-9, 2002.

> Quando você penetra no salão
> E se mistura com a multidão
> Esse seu tipo é bem observado
>
> E admirado todo mundo fica
> Mas o seu tipo não se classifica
> E você passa a ser um tipo
> Desclassificado!

Se o termo central da brincadeira é o mesmo – tipo – os significados caminham para finais opostos. Melhor dizendo, um samba suplementa o outro por conferir a este sujeito desclassificado diferentes intenções igualmente pertinentes. Se na primeira versão aqui apresentada o tipo aproxima-se do sentido de estereótipo e, portanto, torna-se esgotado, na segunda torna-se vantajoso ao tipo o anonimato, a mistura com a multidão.

Tipo aqui se aproxima do retrato do malandro enquanto personagem desprovido de honra, de caráter. Aos moldes macunaímicos, transforma-se em um tipo sem nenhum caráter próprio, sem nenhum sinal de negatividade implícita. Ao assimilar os outros tipos faz-se assemelhar a todos e a nenhum. Herói de nossa gente. Sintoma de nossa cultura. Sem máscara fixa, esse outro tipo de Noel Rosa não é mais esgotado, findo em si mesmo, mas deslizante, ressemantizado pelo contínuo dinamismo entre significado e significante.

Mudanças sutis, passíveis de ser compreendidas na comparação entre as palavras "todo" e "qualquer". Se "todo" cumpre o sentido de totalização, de inteireza, "qualquer" se refere, principalmente, à indeterminação do sujeito. "Todo tipo" busca um retrato unívoco desse tipo zero; "qualquer tipo" oferece a possibilidade de diversos mascaramentos, condição polissêmica por excelência. Condição resumida no verso "Tipo zero não tem tipo", obviamente, incongruente com a segunda versão do samba, na qual o tipo zero torna-se um único tipo, preso ao olhar desconfiado e aprisionador do outro. Olhar conformador, preso à caracterização, trocando a ginga pela armadura.

Paralelo ao olhar classificador, muitas vezes o olhar próprio do intelectual ansioso por esgotar seu objeto, encontramos a percepção daqueles que admiram a constante reformulação do discurso e do mascaramento malandro. Macunaímicos, desfilam ante nós capadócios, vadios, patuscos, pelintras, ciganas, Pombas Giras, boêmias, vagabundos, malandros, Exus, cavadores, peralvilhos, calaceiros, espertos, bambambãs, mandriões, vivaldinos, bilontras, valentões, bambas, peraltas, casquilhos. Sujeitos que escapam à classificação exclusivista por classes, raça, gênero. Personagens que mudam de lado quando menos se espera e se constituem de maneira dinâmica no jogo entre rua, literatura, música, religiosidade, cultura. Tipos até que, à primeira vista, poderiam não ser considerados malandros de maneira estrita pelo modelo fixado pelo samba, como o *snob* Jacques Pedreira, mas capazes de demonstrar como a *estratégia da malandragem*, quando desprovida de acirrados enquadramentos sociológicos e observada na sua organização literária e simbólica, pode igualmente ser utilizada por outras camadas da sociedade.

Este foi um dos caminhos, um fio de navalha, que me propus a percorrer na tentativa de analisar de forma mais ampla possível a figura do malandro e as *estratégias da malandragem* em diálogo com narrativas constituintes da identidade cultural brasileira. Lidar com a desestabilização de um conceito tão arraigado em nosso imaginário enquanto o percebemos também como parte constituinte, para o bem e para mal, da nossa tradição de formação nacional e cultural. Ensaiei tensionar duas forças: a primeira apreendida pela nação como parte de um discurso totalizante, homogêneo, formadora de conceitos, lembrando Nietzsche, desprovidos da capacidade metaforizante da linguagem. E a segunda força, cumpridora de sua função marginal de discurso desestabilizante da ordem, do unívoco, prolongando-se até o limite do ilícito, da violência, mas, preponderantemente, lançando mão da palavra metafórica, do espaço ficcionalizante em negociação com os sistemas culturais.

Da mesma forma que Noel Rosa deu – de graça – uma lição solidária de malandragem a Wilson Batista, também ensinou uma lição à Academia. As palavras de Custódio Mesquita bem poderiam valer para o parceiro e amigo Noel Rosa: "Sou doutor em samba/Quero ter o meu anel/Tenho esse direito/Como qualquer bacharel." A lição do doutor Noel para os acadêmicos da malandragem é manter sempre o olhar aberto ao novo, ao não reconhecível de imediato como sujeito malandro. Procurar não o mesmo, não o malandro lapeano que Chico Buarque vai buscar e não encontra mais, mas a malandragem disseminada como traço de nossa cultura. Sem se esquecer que haverá sempre um olhar desconfiado, pronto a classificar, aprisionar o malandro. Sem se esquecer também que este malandro igualmente nos olha, nos mira de cima a baixo – otários? – e dá uma volta em nós, sem precisar, como ensina o filósofo Noel a Wilson Batista, em "Rapaz Folgado", da navalha ou do lenço no bolso, apenas com o papel e lápis, com a palavra. Cabe, portanto, ao leitor da malandragem dialogar com estes dois tipos zeros: o esgotado e o desclassificado e com as potencialidades que cada um traz em si.

Fico devendo um texto a Noel.

Referências Bibliográficas

ALENCAR, Edigar. *Nosso Sinhô do samba*. Rio de Janeiro: Funarte, 1981.

ALGRANTI, Leila Mezan. *O feitor ausente*: estudos de escravidão urbana no Rio de Janeiro. Petrópolis: Vozes, 1988.

ALMEIDA, Manuel Antonio de. *Memórias de um Sargento de Milícias*. Rio de Janeiro: Cidade Viva, 2010. Ed. bilingue.

ALMEIDA, Manuel Antonio de. *Obra dispersa*. Rio de Janeiro: Graphia, 1991.

ANDERSON, Benedict. *Imagined Communities*. London: Verso, 1996.

ANDRADE, Mário. de. *Macunaíma – o herói sem nenhum caráter*. Espanha: ALLCA XX/ Coleção Archives.1997.

ANDRADE, Mário de . Memórias de um Sargento de Milícias. In: *Aspectos da Literatura Brasileira*. São Paulo: Martins, s/d. p. 125-139

ANDRADE, Oswald. *Pau Brasil*. São Paulo: Editora Globo, 1990.

ANTELO, Raúl. A profissão do proveito. In: Rio, João do. *A profissão de Jacques Pedreira*. Rio de Janeiro: Scipione/FCRB/IMS, 1992.

ANTÔNIO, João. Este homem não brinca em serviço. **Revista Realidade**. São Paulo, Ed. Abril, n.19, out. 1967.

ARANTES, Paulo Eduardo. *Sentimento de dialética na experiência intelectual brasileira* – dialética e dualidade segundo Antonio Candido e Roberto Schwarz. Rio de Janeiro: Paz e Terra, 1992.

ARAÚJO, Emanuel. *O teatro dos vícios* – transgressão e transigência na sociedade urbana colonial. Brasília: UNB, 1993.

ARÊAS, Vilma Sant'Anna. Martins Pena: um crítico social. In: *O teatro através da história*. Rio de Janeiro: Centro Cultural do Banco do Brasil/ Entourage, 1994.

ARÊAS, Vilma Sant'Anna. *Na tapera de Santa Cruz:* uma leitura de Martins Pena. São Paulo: Martins Fontes, 1987.

ASSIS, Joaquim Machado de. *Contos*. Rio de Janeiro: Ed. Globo, s/d.

ASSIS, Joaquim Machado de. *Dom Casmurro*. Rio de Janeiro: Civilização Brasileira, 1975.

ASSIS, Joaquim Machado de. Instinto de Nacionalidade. In: *Crítica Literária*. Rio de Janeiro: Ed. Mérito, p. 129-149,1959.

AUGRAS, Monique. *Imaginário da magia*: magia do imaginário. Petrópolis: Vozes, Rio de Janeiro: PUC-Rio, 2009.

BANDEIRA, Cavalcanti. *O que é a umbanda*. Rio de Janeiro: Ed. Eco. 1970.

BANDEIRA, Manuel. *Cartas de Mário de Andrade a Manuel Bandeira*. Rio de Janeiro: Organização Simões, 1958.

BANDEIRA, Manuel. *Estrela da vida inteira*. Rio de Janeiro: Nova Fronteira, 1993.

BANDEIRA, Manuel. *Poesia e prosa: edição das obras completas*. Rio de Janeiro: Cia. José de Aguilar Editora, 1958.

BANDEIRA, Manuel; ANDRADE, Carlos Drummond de. *Rio de Janeiro em prosa e verso*. Rio de Janeiro: José Olympio, 1965.

BATAILLE, George. *A parte maldita – precedida de "A noção dispêndio"* (trad. Júlio Castañon Guimarães). Belo Horizonte: Autêntica, 2013.

BARRETO, Lima. *A Nova Califórnia e outros contos*. Rio de Janeiro: Revan, 1994.

BARRETO, Lima. *Clara dos anjos*. São Paulo: Penguin e Companhia das Letras, 2012.

BARRETO, Lima. *Vida e Morte de M. J. Gonzaga de Sá*. São Paulo: Ed. Revista do Brasil. 1919.

BARBOSA, Orestes. *Bambambã!* Rio de Janeiro: Secretaria Municipal de Cultura, 1993.

BARTHES, Roland. *Aula* (trad. e posfácio Leyla Perrone Moisés) .São Paulo: Culltrix, 1989.

BASTIDE, Roger. *O candomblé da Bahia*. (trad. Maria Isaura Pereira de Queiroz). São Paulo: Companhia das Letras, 2001.

BAUDELAIRE, Charles. *Sobre a Modernidade* (trad. e org. Teixeira Coelho). Rio de Janeiro: Paz e Terra, 1996.

BENJAMIM, Walter *A origem do drama barroco alemão* (trad. Sérgio Paulo Rouanet). São Paulo: Brasiliense, 1984.

BENJAMIM, Walter. *Obras Escolhidas. Charles Baudelaire, um lírico no auge do capitalismo*. vol 3. (trad. José Carlos Martins Barbosa, Hemerson Alves Baptista). Rio de Janeiro: Brasiliense, 1995.

BHABHA, Homi. *O local da cultura*. (trad. Myriam Ávila, Eliana Lourenço de Lima Reis, Gláucia Renata Gonçalves). Belo Horizonte: UFMG, 1998.

BILAC, Olavo. *Vossa Insolência* – Crônicas. DIMAS, Antonio. (org.) São Paulo: Companhia das Letras, 1997.

BILAC, Olavo. Gazeta de Notícias. Rio de Janeiro. 13 de dezembro de 1903.

BILAC, Olavo. Gazeta de Notícias. Rio de Janeiro. 20 de novembro de 1904.

BILAC, Olavo. Gazeta de Notícias. Rio de Janeiro. 20 de outubro de 1907.

BOLLON, Patrice. *A moral da máscara* – Merveilleux, Zazous, Dândis, Punks, etc. (trad. Ana Maria Scherer). Rio de Janeiro: Rocco. 1993.

BOSI, Alfredo. *Literatura e resistência*. São Paulo: Companhia das Letras, 2002.

BOSI, Alfredo. Situação de *Macunaíma*. In: *Macunaíma – o herói sem nenhum caráter*. Espanha: ALLCA XX/ Coleção Archives.1997. p. 171-181.

BRANDÃO, Berenice. et al. *A polícia e a força policial no Rio de Janeiro*. Série Estudos PUC-RJ. n.º 4. Rio de Janeiro: PUC-Rio, 1981.

BUENO, Francisco da Silveira. *Grande dicionário etimológico-prosódico de língua portuguesa: vocábulos, expressões da língua geral e científica, sinônimos, contribuições do tupi-guarani*. 8 v. São Paulo: Saraiva, 1963.

CABRAL, Sérgio. *As escolas de samba do Rio de Janeiro*. Rio de Janeiro: Lumiar, 1974.

CAMARGO, Aspásia. Carisma e personalidade política: Vargas, da conciliação ao maquiavelismo. In. *As instituições brasileiras da era Vargas*. Rio de Janeiro: FGV/UERJ, 1999. p. 13-34.

CAMPBELL, Colin. *The Romantic ethic and the spirit of consumerism*. London: Blackwell,1989.

CANCELLI, Elizabeth. *O mundo da violência* – a polícia na Era Vargas. Brasília: UnB,1993.

CANDIDO, Antonio. Dialética da Malandragem. *Revista do Instituto de Estudos Brasileiros*. São Paulo, nº 8, p. 67-90, 1970.

CANDIDO, Antonio. Manuel Antonio de Almeida – O romance em moto contínuo. In: *Formação da Literatura Brasileira* – Momentos Decisivos. São Paulo: Martins, 3ªedição. p. 215-20.

CANDIDO, Antonio. O significado de "Raízes do Brasil". In: *Raízes do Brasil*. São Paulo: Companhia das Letras, 1998. p. 9 –21.

CARDOSO, Rafael. Modernidade em preto e branco – Arte e imagem, raça e identidade no Brasil. 1890 – 1945. São Paulo: Companhia das Letras, 2022.

CARNEIRO, Geraldinho. Os reis da malandragem. O Dia. Rio de Janeiro, 9 de abril de 1999, p. 8

CARVALHO, Luiz Fernando. Medeiros de. *Ismael Silva: samba e resistência*. Rio de Janeiro: José Olympio, 1980.

CARVALHO, José Murilo de. *Os Bestializados* – O Rio de Janeiro e a república que não foi. São Paulo: Companhia das Letras, 1987.

CHALHOUB, Sidney; PEREIRA, Leonardo Afonso de M. (org.) Apresentação. In: *A história contada – capítulos da história social da literatura no Brasil*. Rio de Janeiro: Nova Fronteira, 1998. p. 7-13.

CHALHOUB, Sidney. *Trabalho, Lar e Botequim*: o cotidiano dos trabalhadores no Rio de Janeiro da *Belle Époque*. Rio de Janeiro: Brasiliense, 1986.

CHEVALIER, Jean; GHEERBRANT, Alain. *Dicionário de símbolos*. (trad. de Cristina Rodriguez e Artur Guerra). Rio de Janeiro: José Olympio, 1982.

CISCATI, Maria Regina. *Malandros na terra do trabalho*: malandragem e boêmia na cidade de São Paulo (1930 – 1950). São Paulo: Annablume/FAPESP, 2000.

COTRIM, Alvaro. (Alvarus). *J. Carlos*. Rio de Janeiro: Nova Fronteira, 1985.

COUTO, Ribeiro. Endereço de Tia Ciata. In: *Conversa inocente*. Rio de Janeiro: Schimidt, 1935. p. 171-182.

DAMATTA, Roberto. *Carnavais, Malandros e Heróis* – para uma sociologia do dilema brasileiro. Rio de Janeiro: Rocco, 1978.

DEALTRY, Giovanna. Memória e esquecimento como formas de construção do imaginário da nação. In: LOPES, Luiz Paulo da Moita.; BASTOS, Liliana Cabral (orgs.). *Identidades –* recortes multi e interdisciplinares. Campinas: Mercado das Letras/CNPQ, 2003.

DEBRET, Jean Batiste. *Viagem pitoresca e histórica ao Brasil* (trad. e notas de Sergio Milliet). São Paulo: Martins, 1954.

DINIZ, Júlio César Valladão. A voz como construção identitária. In: MATOS, Claudia Neiva (org.) *encontro da palavra cantada.* Rio de Janeiro: 7 letras, 2001. p. 207-216.

DINIZ, Júlio César Valladão. Mário e Macunaíma na Pequena África. Anais do V Congresso da ASSEL-Rio, 1995. p. 359-366

DORFMAN, Ariel "La violencia en la novela hispanoamericana actual". In: *Imaginación y violencia en America*. Santiago do Chile: Editorial Univesitario, 1970. p. 9-37

EDMUNDO, Luiz. *O Rio de Janeiro no tempo dos vice-reis.* Rio de Janeiro: Aurora, 1951.

EWBANK, Thomas. *A vida no Brasil ou Diário de uma visita à terra do cacaueiro e das palmeiras* (trad. Jamil Almansur Haddad). Belo Horizonte/São Paulo: Itatiaia/Edusp, 1976.

FERNANDES, Antonio Barroso (org.) *As vozes desassombradas do museu.* Pixinguinha, Donga e João da Baiana – depoimentos para a posteridade realizados no Museu da Imagem e do Som. Rio de Janeiro: Secretaria de Educação e Cultura, 1970.

FERNANDES, Millôr. Jornal do Brasil. Rio de Janeiro. 24 de novembro de 2002. p.A14.

FINAZZI-AGRÒ, E. O duplo e a falta – construção do Outro e identidade nacional na Literatura Brasileira. *Revista Brasileira de Literatura Comparada.* Niterói: ABRALIC, nº1, 1991.

FRAGA, Antônio. *Desabrigo.* Rio de Janeiro: Secretaria Municipal de Cultura, 1995.

FRAGA, Antônio. *Desabrigo e outros trecos.* SILVA, Maria Célia Barbosa Reis (org.) Rio de Janeiro: Relume-Dumará, 1999.

FRAGA, Antônio. *Moinho e.* Rio de Janeiro: Edições Mundo Livre, 1978.

GAMA, Lopes da. *O carapuceiro*. São Paulo: Companhia das letras, 1996

GARDEL, André. *O encontro entre Bandeira e Sinhô*. Rio de Janeiro: Prefeitura da cidade do Rio de Janeiro, 1995.

GENS, Armando; GENS, Rosa. O taquígrafo das esquinas. In: *Bambambã!* Rio de Janeiro: Prefeitura da cidade do Rio de Janeiro, 1993.

GIRON, Luis Antonio. *Mario Reis* – o fino do samba. São Paulo: Editora 34, 2001

GOMES, Bruno Ferreira. *Wilson Batista e sua época*. Rio de Janeiro: FUNARTE, 1985.

GOMES, Renato Cordeiro. *João do Rio* – vielas do vício, ruas da graça. Rio de Janeiro: Relume-Dumará, 1996.

GOMES, Renato Cordeiro. *Todas as cidades, a cidade*. Rio de Janeiro: Rocco, 1994.

GOMES, Renato Cordeiro. Cultura e fundação: Modernismo, Antropofagia e Invenção. In: ROCHA, Everardo (org). *Cultura e imaginário* – Interpretações de filmes e pesquisa de ideias. Rio de Janeiro: Mauad, 1998.

GUMBRECHT. Hans Ulrich. *A modernização dos sentidos* (trad. Lawrence Flores Pereira). São Paulo: Editora 34, 1998.

HADDOCK-LOBO, Rafael. *Abre-caminho* – assentamentos de metodologia cruzada. Rio de Janeiro: ApeKu, 2022.

HOBSBAWN, Eric; RANGER, Terence. *A invenção das tradições* (trad. Celina Cardim Cavalcante). Rio de Janeiro: Paz e Terra, 1984.

HOLANDA, Sérgio Buarque de. *Raízes do Brasil*. São Paulo: Companhia das Letras, 1998.

JABOR, Arnaldo. Malandro renasce em "Desabrigo e outros trecos". O Globo. Rio de Janeiro, 17 de agosto de 1999. Segundo Caderno.

LAFARGUE, Paul. *O direito à preguiça* (trad. Teixeira Coelho). São Paulo: Hucitec/UNESP, 1999. Introdução de Marilena Chaui.

LIPOVETSKY, Gilles. Violências selvagens, violências modernas. In: *A era do vazio.* (trad. Miguel Serras Pereira, Ana Luísa Faria). Lisboa: Relógio d'água, 1983. p. 161-204.

LOPES, Nei. Cultura banta no Brasil: uma introdução. In. Nascimento, Elisa Larkin (org.) *Cultura em movimento*. Matrizes africanas e ativismo negro no Brasil. São Paulo: Selo Negro, 2008.

LOPES, Nei. *Novo dicionário banto do Brasil*. Rio de Janeiro: Pallas editora, 2006.

LOPES, Nei. *O negro no Rio de Janeiro e sua tradição musical* – partido alto, calango, chula e outras cantorias. Rio de Janeiro: Pallas, 1992.

LOPEZ, Telê Ancona Porto. *Macunaíma – a margem e o texto*. São Paulo: Hucitec/Secretaria de Cultura, Esporte e Turismo, 1974

LÜHNING, Angela. Música: palavra-*chave* da memória. In: MATOS, Claudia Neiva (org.) *Ao encontro da palavra cantada*. Rio de Janeiro: 7 letras, 2001. p.23-33

MAFFESSOLI, Michel. *No fundo das aparências* (trad. Bertha Halpern Gurovitz). Petrópolis: Vozes, 1996.

MAGALHÃES, JR., Raimundo. *Martins Pena e sua época*. São Paulo: Lisa. Rio de Janeiro: Instituto nacional do livro, 1972.

MATOS, Claudia Neiva. *Acertei no Milhar* - Samba e Malandragem no Tempo de Getúlio. Rio de Janeiro: Paz e Terra, 1982.

MATTOS, Rômulo Costa. A construção da memória sobre Sete Coroas, o "criminoso mais famoso da Primeira República. *Anais do XV encontro de regional de história da ANPUH-Rio*. Rio de Janeiro, 2012. Disponível em: http://www.encontro2012.rj.anpuh.org/resources/anais/15/1338512062_ARQUIVO_SETECOROAS.pdf

MÁXIMO, João; DIDIER, Carlos. *Noel Rosa* – uma biografia. Brasília: UnB, 1990.

MISSE, Michel. Tradições do banditismo urbano no Rio: invenção ou acumulação social? *Semear*, Rio de Janeiro: Instituto Camões/PUC-Rio/Fundação Calouste Gulbenkian, nº 6, p.197 232, 2002.

MISSE, Michel. Malandros, marginais e vagabundos & a acumulação social da violência urbana no Rio de Janeiro. Tese de doutoramento. Rio de Janeiro, IUPERJ, 1999.

MOREIRA, Roberto.S.C. Malandragem e Identidade. Série Sociológica, nº 147, 1997. p. 1-17.

MOURA, Roberto. *Tia Ciata e a Pequena África no Rio de Janeiro*. Rio de Janeiro: FUNARTE, 1983

NEGRÃO, Lísias Nogueira. *Entre a cruz e a encruzilhada:* formação do campo umbandista em São Paulo. São Paulo: Edusp, 1996.

NIETZSCHE, Friedrich. *A gaia ciência*. (trad. Márcio Pugliesi, Edson Bini, Norberto de Paula Lima) Rio de Janeiro: Ediouro, [19--].

NIETZSCHE, Friedrich. *Obras incompletas*. (seleção de textos de Gerard Lebrun; trad. e notas de Rubens Rodrigues Torres Filho; posfácio de Antonio Candido.) Os pensadores. São Paulo: Abril, 1983.

NIETZSCHE, Friedrich. *Assim falou Zaratustra* – um livro para todos e para ninguém (trad. de Mário da Silva). Rio de Janeiro: Civilização Brasileira, 1986.

NIETZSCHE, Friedrich. Introduction théorétique sur la vérité et le mensonge au sens extra moral. In: *Le livre du philosophe* (trad. Angèle Kremer-Marietti). Paris: Flamarion, 1991.

ORTIZ, Renato. *A morte branca do feiticeiro negro:* umbanda; integração de uma religião numa sociedade de classes. Petrópolis: Vozes, 1978.

PASCHOAL, Rodolfo. *A cidade proibida: Madame Satã e outros personagens da velha Lapa*. Tese de doutoramento. Rio de Janeiro, 1997. PUC-Rio.

PENA, Martins L. C. *Teatro de Martins Pena*. vol 1. Ed. crítica por Darcy Damasceno. Rio de Janeiro: Instituto Nacional do Livro, 1965.

PENA, Martins L. C. *Folhetins – a semana lírica*. Rio de Janeiro: Instituto Nacional do Livro/ MEC, 1965.

PIMENTEL, Luis; Viera, Luis Fernando. *Wilson Batista*. Rio de Janeiro: Relume-Dumará, 1996.

PRADO, Antônio Armoni. Mutilados da Belle-Époque: notas sobre as reportagens de João do Rio. In. *Os pobres na literatura brasileira*. Schwarz, Roberto (org). São Paulo: Brasiliense, 1983. p.68-72.

PRADO, Décio de Almeida. A evolução da literatura dramática. In: *A literatura no Brasil*. Rio de Janeiro, 1971. vol. 2.

PRADO, Décio de Almeida. *O drama romântico brasileiro*. São Paulo: Perspectiva, 1996.

PRANDI, Reginaldo Exu, de mensageiro a diabo - Sincretismo católico e demonização do orixá Exu. *Revista USP*, São Paulo: USP, nº 50, p. 46-65, 2001. Disponível em: http://www.asemarabo.com.br/mensageiro.htm.

QUEIROZ, Jr. *222 anedotas de Getúlio Vargas*. Rio de Janeiro: Cia. brasileira de artes gráficas, 1955.

QUEIROZ. Renato da Silva O herói trapaceiro – reflexões sobre a figura do *trickster*. *Tempo Social*. São Paulo: Rev. Sociologia da USP, 1991. p. 93-107.

RENAN, Ernest "O que é uma Nação?". ROUANET, M. H. (org.). Nacionalidade em Questão. *Caderno da Pós/Letras*. Rio de Janeiro: Instituto de Letras/UERJ, p. 12-43,1997.

RIO, João do. *A Alma Encantadora das Ruas*. Rio de Janeiro: Secretaria Municipal de Cultura, 1995.

RIO, João do. *A profissão de Jacques Pedreira*. Rio de Janeiro: Editora Scipione/Fundação Casa de Rui Barbosa, 1992.

RIO, João do. *As religiões do Rio* (org. e notas Rodrigues, João Carlos). Rio de Janeiro: José Olympio, 2006.

RIO, João do. Gazeta de Notícias. Rio de Janeiro. 25 de agosto de 1907. Coluna Cinematographo.

RIO, João do. Gazeta de Notícias. Rio de Janeiro. 03 de julho de 1910. Coluna Cinematographo.

RODRIGUES, João Carlos. *João do Rio* – Catálogo Bibliográfico. Rio de Janeiro: Secretaria Municipal de Cultura, 1994.

RODRIGUES, João Carlos. Desabrigo: Marginalismo e vanguarda. In: *Desabrigo*. Rio de Janeiro: Secretaria Municipal de Cultura, 1995. p. 9-12.

SANDRONI, Carlos. *Feitiço Decente* – Transformações no samba do Rio de Janeiro (1917-1933). Rio de Janeiro: Zahar/UFRJ, 2001.

SANTIAGO, Silviano. *Uma literatura nos trópicos*. São Paulo: Perspectiva, 1978.

SANTIAGO, Silviano. *Vale quanto pesa*. Rio de Janeiro: Paz e Terra, 1982.

SANTIAGO, Silviano. *O Cosmopolitismo do pobre*: crítica literária e crítica cultural. Belo Horizonte: Ed.UFMG, 2004.

SCHWARZ, Roberto. As ideias fora do lugar. In: *Ao vencedor as batatas*. São Paulo: Duas Cidades, 1988. p.13-25.

SENNET, Richard. *O declínio do homem público* – As tiranias da intimidade. (trad: Lygia Araújo Watanabe). São Paulo: Companhia das Letras, 1998.

SEVCENKO, Nicolau. A capital irradiante: técnica, ritmos e ritos do Rio. In: SEVCENKO, N. (org). *História da vida privada no Brasil*. vol. 3. São Paulo: Companhia das Letras, 1998. p. 513-619.

SEVCENKO, Nicolau. A inserção compulsória do Brasil na *Belle Époque*. In: *Literatura como Missão: tensões sociais e criação cultural na Primeira República*. São Paulo: Brasiliense, 1983.

SIMAS, Luiz Antonio. *O corpo encantado das ruas*. Rio de Janeiro: Civilização Brasileira, 2019.

SIMAS, Luiz Antonio; RUFINO, Luiz. *Fogo no mato* - A ciência encantada das macumbas. Rio de Janeiro: Mórula, 2018.

SILVA, Maria Célia Reis Barbosa *Antônio Fraga:* Personagem de si mesmo. Tese de doutoramento. Rio de Janeiro,1998. PUC-Rio.

SILVA, Marília Trindade Barbosa da; OLIVEIRA FILHO, Arthur de. *Pixinguinha* – filho de ogum bexiguento. Rio de Janeiro: Gryphus, 1998.

SOARES, Carlos Eugênio Líbano. *A capoeira escrava e outras tradições rebeldes no Rio de Janeiro*. Campinas: Unicamp, 2001.

SODRÉ, Muniz. *A verdade seduzida* – por um conceito de cultura no Brasil. Rio de Janeiro: Codecri, 1983.

SODRÉ, Muniz. *O terreiro e a cidade* – A forma social negro-brasileira. Salvador: Fundação cultural do estado da Bahia. Rio de Janeiro: Imago, 2002.

SODRÉ, Muniz. *Samba, o dono do corpo*. Rio de Janeiro: Mauad, 1998.

SOUZA, Eneida Maria de. A preguiça – mal de origem. *Alceu – Revista de Comunicação, Cultura e Política*. Rio de Janeiro, n. 2, jan/jun 2001. p. 77-88,

SOUZA, Jessé et al. *O malandro e o protestante* – a tese weberiana e a singularidade cultural brasileiro. Brasília: UnB, 1999.

SÜSSEKIND, Flora. O cronista e o secreta amador. In: *A profissão de Jacques Pedreira*. Rio de Janeiro: Scipione/FCRB/IMS, 1992. p. IX-XXXI.

TATIT, Luiz. Quatro triagens e uma mistura: a canção brasileira no século XX. In: MATOS, Claudia Neiva et al. (orgs.) *Ao encontro da palavra cantada*: poesia, música e voz Rio de Janeiro:2001, 7 letras. p. 223-236.

VASCONCELLOS, Gilberto. *Música Popular:* de olho na fresta. Rio de Janeiro: Graal, 1977.

VELLOSO, Mônica. Pimenta. *Mário Lago:* boemia e política. Rio de Janeiro: Fundação Getúlio Vargas, 1998.

VELLOSO, Mônica Pimenta. *Modernismo no Rio de Janeiro* – turunas e quixotes. Rio de Janeiro: Fundação Getúlio Vargas, 1996.

VENEU, Marcos Guedes. *O flâneur e a vertigem:* metrópole e subjetividade na obra de João do Rio. Rio de Janeiro: IUPERJ, 1987. nº 57. Série Estudos.

VENEZIANO, Neide. *O Teatro de Revista no Brasil:* dramaturgia e convenções. Campinas: Pontes- Ed. Unicamp, 1991.

VENTURA, Zuenir. *O Rio de J. Carlos.* LOREDANO, Cássio (org.) Rio de Janeiro: Lacerda/ Prefeitura da cidade do Rio de Janeiro, 1998.

VERGER, Pierre. *Notas sobre o culto aos orixás e voduns.* (trad. Carlos Eugênio Marcondes de Moura). São Paulo: Edusp, 1999.

VIANNA, Hermano. *O mistério do samba.* Rio de Janeiro: Zahar/UFRJ, 1995

WEBER, Max. *A ética protestante e o espírito do capitalismo.* (trad. M. Irene de Q. F. Szmrecsanyi, Tomas J. M. K. Szmrecsanyi). São Paulo: Pioneira Thomson Learning, 2001.

Periódicos

Jornal do Brasil – 14 de dezembro de 1922.
O Globo – 18 de dezembro de 1999.
Revista Careta – 16 de janeiro de 1915
Revista Manchete – 08 de outubro de 1966

Referências fonográficas

Baiana, João da. Batuque na Cozinha. Intérprete João da Baiana. *Gente da Antiga – Pixinguinha, Clementina de Jesus e João da Baiana*. Rio de Janeiro: Odeon, 1968. LP

Baiana, João da. Cabide de Molambo. Intérprete: João da Baiana. *Gente da Antiga – Pixinguinha, Clementina de Jesus e João da Baiana*. Rio de Janeiro: Odeon, 1968. LP

Baiana, João da. Cabide de Molambo. Intérprete: Patrício Teixeira. Rio de Janeiro: Odeon, 1932. Disponível em https://discografiabrasileira.com.br/en/music-recording/name/cabide%20de%20molambo . Último acesso: 10/06/2022.

BATISTA, Wilson. Averiguações. Intérprete: Moreira da Silva. *Moreira da Silva – o último malandro*. Rio de Janeiro, Odeon,1958. LP.

BATISTA, Wilson. Lenço no pescoço. Intérpretes Roberto Paiva e Francisco Egydio. *Polêmica*. Rio de Janeiro, Odeon, 1956. LP

BATISTA, Wilson. Mocinho da Vila. Intérpretes Roberto Paiva e Francisco Egydio. *Polêmica*. Rio de Janeiro, Odeon, 1956. LP.

BATISTA, Wilson e ALVES, Ataulfo. Intérpretes: Rodrigo Alzuguir e Cláudia Ventura. Ó, seu Oscar. *O samba carioca de Wilson Batista*. Rio de Janeiro: Biscoito Fino, 2011. CD duplo.

BATISTA, Wilson e LOBO, Haroldo. Intérprete: Vassourinha. Emília. Rio de Janeiro: Columbia, 1941. Disponível em https://discografiabrasileira.com.br/en/music-recording/59336/emilia Último acesso em 18/03/2022.

CANINHA e DANTAS, Horácio (Visconde de Bicoíba) – É batucada. Intérprete: Moreira da Silva. e Grupo Gente do morro. *Mestres da MPB*. Rio de Janeiro, Continental, 1994. CD.

CHINA e PIXINGUINHA. Já te digo. Intérprete: Baiano. Rio de Janeiro, Odeon, 1919. Disponível em https://pixinguinha.com.br/discografia/ja-te-digo/. Último acesso 02/02/2022.

DONGA e CANINHA - Foram-se os malandros. Intérpretes: Francisco Alves e Gastão Formenti, Rio de Janeiro, Odeon, 1928. Disponível em https://discografiabrasileira.com.br/fonograma/name/foram-se%20os%20malandros . Último acesso em 03/02/2022.

MARTINS, Wanderley. Saravá, seu Zé Pilintra. Intérprete: Genimar. Saravá, seu Zé Pilintra. Universal: 1977. LP

MIKE, Rafael. Não tá mais de graça. Intérprete: Elza Soares e Rafael Mike. Planeta Fome. Rio de Janeiro: Deckdisc, 2019. CD.

PRAZERES, Heitor dos. Intérprete: Alfredo Albuquerque. Rio de Janeiro: Parlophon, 1929. Disponível em https://discografiabrasileira.com.br/en/music-recording/name/olha%20ele%20cuidado . Último acesso em 10/02/2022.

PRAZERES, Heitor dos. Rei dos meus sambas. Intérprete: I.G. Loyola. Disponível em https://discografiabrasileira.com.br/fonograma/name/Rei%20dos%20meus%20sambas/ . Rio de Janeiro: Parlophon, 1929. Último acesso em 04/02/2022.

ROSA, Noel. Com que roupa? Intérprete: Noel Rosa. ROSA, Noel. Noel pela primeira vez. Volume 1. (org. JUBRAN, Omar). São Paulo, Velas, 2000. CD.

ROSA, Noel. Não tem tradução (Cinema falado) Intérprete: Francisco Alves. Noel pela primeira vez. Volume 4. (org. JUBRAN, Omar). São Paulo, Velas, 2000. CD.

ROSA, Noel. Rapaz Folgado. Intérprete: Aracy de Almeida. Noel pela primeira vez. Volume 6. (org. JUBRAN, Omar). São Paulo, Velas, 2000. CD.

ROSA, Noel. Tipo Zero. Intérprete: Marília Baptista. Noel pela primeira vez. Volume 6. (org. JUBRAN, Omar). São Paulo, Velas, 2000. CD.

ROSA, Noel, ALMIRANTE e BARROS, João de. Lataria. Intérprete: Bando dos Tangarás. Noel pela primeira vez. Volume 1. (org. JUBRAN, Omar). São Paulo, Velas, 2000. CD.

SEU JORGE; YUCA, Marcelo; CAPELLETTE, Wilson. A carne. Intérprete: Elza Soares. Do cóccix até o pescoço. Salvador: Maianga, 2002. CD.

SILVA, Moreira da e GOMES, Bruno Ferreira. Olha o Padilha. Intérprete. Moreira da Silva. Moreira da Silva – o último malandro. Rio de Janeiro, Odeon,1958. LP.

SINHÔ. Fala, meu louro. Intérprete: Mário Reis. Mestres da MPB. Rio de Janeiro, 1994. CD.

SINHÔ. Gosto que me enrosco. Intérprete: Mário Reis. Mestres da MPB. Rio de Janeiro, 1994. CD.

SINHÔ. Ora, vejam só. Intérprete: Mário Reis. Mestres da MPB. Rio de Janeiro, 1994. CD.
SINHÔ. Quem são eles? (Bahia boa terra) Intérprete: Baiano. Rio de Janeiro: Odeon, 1918. Disponível em https://discografiabrasileira.com.br/fonograma/1700/quem-sao-eles-bahia-boa-terra Último acesso em 02/02/2022.

Arquivos consultados:

Fundação Biblioteca Nacional – Hemeroteca BN

Arquivo Barão do Pandeiro (particular).

Arquivo José Ramos Tinhorão – IMS

Arquivo Nirez – IMS

Esta obra foi composta em Arno pro light 12 para a Editora Malê e impressa na RENOVAGRAF em São Paulo em março de 2023.